ソラのひと

MODORU ASAOKA

朝丘 戻

ILLUSTRATION 苑生

CONTENTS

ソラのひと

これがぼくの短くてちっぽけなたったひとつの命なら、あなたが最後の人でいい。

　絶望しながら眺める星は、いつもより美しく輝いて感じられるのはなぜだろう。

「――……かまわないよべつに。わたしだって性欲強いほうじゃないし、イチカとのつきあいは正直気楽だった。でもやっぱりさ……それが恋愛のすべてだとは思わないけど、半年一緒にいて一度も求められなければ愛されてないのかもって虚しくなるよ」

　そうだね、という返答さえ、彼女への申しわけなさと自分への失望感で声にならない。

「……ごめんね。イチカに言われるのは癪だからわたしから言わせて。……今日で、終わりにしよう」

　月明かりがにぶくさしこむ薄暗い室内に、短い期間恋を分かちあった女性とふたりでいる。たったいままで恋人だった人。そしてこの瞬間、ただの友人に戻ってしまった人。

　彼女がどんな表情をしているのか知りたい気持ちもあったが、うつむいたまま、自分が祈るように握りしめている両手をただ見つめることしかできなかった。

「……うん。わかったよ。……ごめん。今日までありがとう」

　さよならと言われるとき、ぼくはいつだって相手をひきとめる言葉を持たない。

「もう～……白谷（しろや）先輩、いったい何度目ですか？」

サーモンのクリームパスタをとり分けてくれながら、高校の後輩である郷原夏希（さとはらなつき）がうんざりと顔をしかめて見せる。

「今回は長いことつきあってたからうまくいくかなと思ってたのに、結局駄目だったんですね。しかも理由もまたおなじ。半年間キスだけじゃね……そりゃあ辛くなりますよ」

「うん……わかってる」

パスタののった小皿をぼくの前におき、夏希が「はあ……」とため息をこぼす。

「ほら、とりあえず食べてください。先輩の慰め会なんですから」

……ありがとう、本当にごめん、と小さくこたえて、ぼくもフォークを持った。食欲も湧かないけれど、憂鬱（ゆううつ）さごとフォークで絡めとって噛み砕くようにパスタを咀嚼（そしゃく）する。

ショートカットがチャームポイントの夏希とは、高校時代ワンダーフォーゲル部で活動した仲だった。アウトドアについて学んだり体力づくりをしたりしながら、毎月一度必ずキャンプやバーベキューへでかける部だ。夏は遠方の山へ、冬はスキー場への合宿もあった。テントをはって料理を作り、星を眺めて一晩過ごした翌日、励ましあって山頂まで到達したすえに分かちあう達成感と絶景――教室から逃れて得がたい時間を共有した仲間の絆は案外深い。

「ああ～……めちゃ美味（おい）しいっ。この店ＳＮＳでバズってたから一度きてみたかったんですよ。たしかに人気になるはずだわ、盛りつけもおしゃれで映える感じでしょ？」

「そうだね、美味しいし綺麗」

「まあでも、ワンゲル部でみんなと食べたカレーに勝る料理なんてないですけどね〜」

パスタを頬張ってにっこり微笑む夏希が、懐かしく幼げな高校生の顔になる。

ひとつ歳下の夏希は初めてキャンプへでかけたとき作ったカレーにいたく感動し、以来『あの味がいちばん』と公言して憚らない。思春期のかけがえのない思い出が生む錯覚だ。決してプロの料理人と張りあえる味ではなかったし、なんなら水っぽくてしゃばしゃばで、ご飯も焦げついた失敗作だったのだから。でも夏希がそう言いたくなる気持ちは十二分にわかるので、ぼくも思わず頬がゆるむ。

「ほんとに、大自然のなかでみんなと食べるカレーは宇宙一ですって」

「宇宙一は言いすぎじゃない？」

「いーえ、まじ宇宙一です！」

得意げに唇を尖らせる夏希につられて、ようやく自分も素直に笑えた。

大学へ進学してその後社会へでても、当時のワンゲル部員とは交流を続けていた。なかでも夏希はおなじ大学に進学したうえ、社会人になって働き始めた会社も近場で、おたがいなにかあるたび会っては昔と同様に苦楽を分けあっている。

「白谷先輩のおかげで、宇宙で二番目に美味しいものもたくさん食べられるなあ……」

「二番目が多すぎだね」

無邪気にパスタを食べる夏希の、笑顔も泣き顔も知っている。自分と違って表情がころころ変わる天真爛漫な彼女に何度救われてきたことか。

「そうだ先輩。占いとかしてもらったらどうですか?」

「は? 占い……?」

「ワンゲル部の先輩で、宇来先輩っていたじゃないですか。あの人ずっと消息不明だったけど瀬見先輩がこのあいだ偶然会ったらしいんです。で、いま占い師してるんですって」

「え……」

「びっくりですよね~、会社員じゃなくて占い師かよって。生活していけるのかな?」

宇来……──他人の声で数年ぶりに聞いたが、自分の胸のうちでは折に触れて響き渡る男の名前だった。

「占いって……あの人そんなの得意だったっけ」

自分の声が不自然に掠れた。

「わたしも初耳です。でもガチらしいですよ。ショッピングモールでやってるみたいで、そこ白谷先輩の家から近いはずだから今度いってたしかめてきてくださいよ、わたしも気になるし。ついでに恋愛運向上のアドバイスをもらえればバッチリでしょ?」

瀬見先輩はワンゲル部の部長だった真面目な人で、宇来先輩が占い師をしているなんて素っ頓狂な嘘、悪ふざけでつくタイプじゃない。彼が言うなら真実なんだろう。

「先輩がいってみて~、ほんとに恋愛運あがったら~、わたしもいきますから。うふ」

「……夏希はぼくを偵察につかいたいんだな」

「ばれました? ははっ」

口もとを左手で押さえて笑っていた夏希がふと視線をさげ、皿の上のクリームソースをフォークで手前へ集めだす。

「でも〜……わたし的に、宇来先輩はいきなり会いにいける人でもないんですよ。昔から近寄りがたくて、嫌いじゃないけど苦手？　みたいな。てか、嫌いって言えるほど仲よくしてもらえなかったっていうか。遊び人ってところも得体が知れなくて、ワンゲル部の仲間だったのにほんとろくな会話もできないまま疎遠になっちゃったなー……って」

　近寄りがたい、嫌いと言えるほど仲よくしてもらえなかった、遊び人――。

「……そうだね」

「先輩は宇来先輩と結構しゃべってたじゃないですか。だからね？　もう一回宇来先輩と縁を繋ぐためにも、いってきてください！」

　元ワンゲル部員として先輩と親しくしたい、といまだ願っている夏希の情深さが垣間見える。ぼくが恋人と続かないのは彼が原因でもあるんだと言ったら、夏希は軽蔑するだろうか。


　ひとり暮らしのマンションへ帰宅して暗い部屋の灯りをつけると、バッグと、酒とつまみの入ったコンビニ袋を手から離してソファへ転がった。

　占い師。……占い師か。

　最後に姿を見た卒業式での、宇来先輩の制服の背中とそこについていた桃色の桜の花びらが脳裏を掠める。二股三股はあたりまえのプレイボーイでありながら、ひとりでいる印象の強い人だった。三年間過ごした学校から去る最後の日でさえ、恋仲になった相手やクラスメイトと写真を残すでもなく、あっさり姿を消してしまった。

彼を嫌悪する人はとことん嫌うが、好意を抱く人は魔法にかかったようにまたたく間に熱し、耽溺する——宇来先輩はそういう不思議な魅力を持つ存在で、自分もれなく後者だったわけだが、あの人に惹かれる者はおそらく、彼の言動やふる舞いから庇護欲を見いだして、放っておけなくなるんじゃないかと思う。

寂しそうだった。突っ慳貪でかなり傲岸でもあるのに、それすら孤独の言いわけに見えた。告白してくる相手全員の想いに応える姿も勝手な妄想に拍車をかけた。たったひとりの愛せる誰かを、探しているんじゃないだろうかと。

——相手は、きょ……教師じゃないですかっ。学生同士ならまだしも、教師は、法的にも赦されない関係なんですよ、犯罪です、すぐに別れるべきです！

あのとき先輩は表情どころか瞼も瞳も、心臓すら動いてないんじゃないかと疑うほど微動だにせず、ただぼくを冷たく睨み据えていた。すごく申しわけなくて恥ずかしくて、情けなくて、忘れたいのに絶縁したあの日の光景を頻繁に反芻しているのはなぜなのか。

——……おまえ、面倒くさい奴だな。

ひとつ歳上の宇来学先輩は、ぼくの初恋の人だ。

自分が性別にこだわらず恋愛ができる人間だ、と理解して納得して受け容れて、認めながら生きられるようになったのは社会にでたあとで、宇来先輩を好きになった高校生のころはそんな柔軟性など持ちあわせておらず、ひどく幼稚で愚かでめちゃくちゃだった。

——面倒くさいってなんですか、ぼくはあたりまえのことを言ってるだけでしょう⁉　しかも先生は男ですよ！

人を好きになった経験もなかったのに、相手は恐ろしくハンサムな同性の先輩なうえ、求められれば性別どころか年齢も職業も問わず関係を持つ人だったから、心がすり減って千切れて、粉々の塵になるまで毀れる恋だった。

——正義を楯にして逃げる奴は嫌いだ。気持ちが悪い。

おまけに先輩は明敏犀利で、やたら他人の機微にも聡かった。

——……逃げるって、どういう意味ですか。

——言葉のままだよ。おまえみたいな奴を天の邪鬼って言うんだろ？

化学教師の本木先生と先輩が裏庭でキスしているのを目撃したあの日、先輩はぼく自身さえ受け容れきれていなかったこの片想いにたぶん気づいていた。そしてその争いを境に彼はワンゲル部を辞めてしまい、会話をかわすことはおろか姿をまともに見る機会すらなくなった。

何度恋人ができても先輩が心の隅にいた。あの人より好きになれない、と悟って毎回別れをくり返してきた。おまけにこの初恋はときが経つにつれ苦い経験に研磨されて、輝きを増していくからたちが悪い。

とはいえ未練という単語で記憶に検索をかけると〝先輩をだすべきだ〟と直感が働くだけで、すべてはとうに終わったことだ。

——あの人ずっと消息不明だったけど瀬見先輩がこのあいだ偶然会ったらしいんです。で、いま占い師してるんですって。

——もう一回宇来先輩と縁を繋ぐためにも、いってきてください！

……終わったと思っているのに、夏希の言葉がひっかかるのはどうしてだろう。

好きだ、と結局最後までひとことも伝えられずに喧嘩別れしたからかもしれない。

さよならも言わずに。


占いなどしてもらった経験もなければ、してみたいと考えたこともない。毎朝ニュース番組の合間にやる星座占いが目に入った瞬間、すこし喜んだり、嫌な気分になったりする程度だ。だから自ら足を運んでみてもらう場合の相場も初めて知る。

ショッピングモールの最上階にある占いコーナーは木製のおしゃれなパーティションで仕切られており、傍ら(かたわ)の立て看板に『お手軽に・十分程度千円、ちょっと詳しく・三十分程度三千円、じっくりしっかり・一時間程度五千円』とあった。手相なのか、タロットカードなのか、はたまた水晶なのか……占う方法は記(しる)されていない。

薄いパーティションなのに話し声が聞こえないところをみると、いまは接客中じゃないのか、どうなのか……。

「——白谷唯愛(いちか)」

うしろから突然名前を呼ばれてどきっと心臓がちぢみ、背筋が凍りついた。

「ここでなにしてる」

十年——唐突に、先輩無しに過ごした長い年月が頭にふり落ちてきた。十年。……そうだ、十年だ。

このやや低めの声を聴けなくなって十年。

　ひさしぶり、と懐かしむでも驚くでもない、こういう軽蔑に似た冷ややかな口調の文句を、投げつけられなくなって十年。……全身がしびれて竦んで、身体ごと退行していくようだった。十七の、愚かすぎた自分に。

「……先輩」

　恐る恐るふりむくと、酷薄そうな細い瞳をさらに細めてこちらを睨んでいる彼がいた。

　黒くて艶のある髪は昔よりのびて左耳の上だけはねている。輪郭も、十代のころのまるみが消えて余計凛々（りり）しく、精悍（せいかん）になっている。大人に、なっている。

「お……ひさし、ぶりです」

　当時もハンサムだったのに、より格好よく成長していた。名前を、憶えていてくれた。

「その……夏希に、宇来先輩がここで働いていると聞いて。あ、夏希は、郷原夏希です、ワンゲル部の後輩の。彼女も、瀬見先輩から、宇来先輩のことを教わったそうで、それで、ええと……占って、もらおうかと」

　この目にたしかにうつっているはずの現実がなにもかもすべて幻のようで、意識が肉体から離れているみたいに呆然としていた。自分で、自分の感情がわからない。周囲の視線も状況も。いまここにいる、いてくれている、先輩しか視界に――世界にいない。

「占い?」と先輩の眉が訝（いぶか）しげに、不愉快そうにゆがんだ。

「占い……なさってるんですよね、ここで」

「……。まあ」

「して、いただけませんか」

占ってほしいがそれが真の目的でもない、という曖昧な動機なので、ぼくも及び腰になる。

先輩はぼくの内心を覗いて探るような眼差しでこちらをまっすぐ見据え……やがて、小さくため息を吐いてからぼくの真横をすり抜けると、パーティションをよけて奥へ入っていってしまった。

「とっととこい」

「あ……はい」

ふっと緊張の糸がゆるんでようやく意識をむけられた周囲には、自分以外誰もいなかった。離れた場所に並んでいる店舗へ、ちらほら客が訪れているだけ。テラスへ続くそばの出入り口のむこうにも、すっかり暗くなった景色のみがひろがっている。……不思議だ。働いたあとの疲労感を抱えてやってきたさっきまでの世界と、先輩のいるこの世界が、ハサミで切って貼り変えたみたいにまったく別物に感じられる。

「おい、こないのか」

苛立った声に再び呼ばれて我に返った。

「い、いきます」

また緊張が走った心臓を左手で押さえ、慎重に、自分もパーティションのなかへ踏み入れる。お粗末に囲われただけの狭い空間に小さなテーブルがおかれており、奥に先輩が座っていた。彼の手もとにはタロットも水晶玉もなにもない。ただメモ帳とペンだけがある。

「座れ」

「……はい」

　指示されて、先輩のむかいの椅子に腰かけた。ビジネスバッグを右隣の荷物かごへ入れて、スーツを整えつつ居ずまいを正す。真正面にいる先輩の視線を感じて手脚の感覚が微妙に狂い、彼の眼力に操作されている気さえして落ちつかない。……なんだこれは。十年分自分も大人になっているはずなのに、そんな余裕がまるで保てない。

「思い浮かべろ」

「え……？」

　先輩は右手に持ったペンをくるっとまわしてぼくを睨む。

「占ってほしいんだろ。ここにこようと思った理由や出来事を頭に思い浮かべろ。俺の占いはそれだけでいい」

　さっさと帰れ、と拒絶されているのがありありとわかる冷然とした目、物言い、態度。

「思い、浮かべるって……普通占いっていうのは掌なりカードなりなにかつかったり、誕生日やら星座やら血液型やら、悩みやら、こう……訊いたりしてするものじゃないんですか」

「おなじことを二度言わせるな」

「たしかめてるんです」

「不満があるなら帰ってもらってかまわない」

　ぐ、と奥歯を噛んだ。……先輩も根に持っているんだ、十年前のことを。

　そりゃもちろん、関係が決裂するほどの諍いをしておいて、〝すべて過去のことじゃないか〟と笑って優しく迎えてもらえる、だなんて甘えた期待はしていなかった。けれどぼくはただ、あの十七の自分の愚かな過ちを謝りたくて、だから……占いを口実にここへきたんだ。

「……。変わってないんだな」

「え」

先輩が視線を下にそらして左手で後頭部を掻き、咳払いした。

「面倒だ。話したければ好きにしたらどうだ。誕生日でも、星座でも血液型でも、悩みでも。それに応じて俺も適当に返してやるから」

「適当って、」

一応客なんだぞ、こっちも。

「いい加減って意味じゃない。おまえが支払う額と要求に見あう返答をしてやるって意味の〝適当〟だ。……客なんだろ、一応？」

横柄ながらも、仕事として接してくれる気はあるらしい。

小首を傾げて、どことなく挑戦的にぼくを見返してくる先輩の目の、睫毛が長い。まばたきと同時に揺れる整然とした毛先と、ライトの白い光を受けてきらめく黒い瞳……つい無意識に見入っていて、いささか焦ってうつむいた。

「た……誕生日は、九月二十三日、星座は天秤座、血液型はO型です」

「へえ」と無関心そうな相づちをうつ先輩が左手で頬杖をつく。手前のメモ帳に記すでもない。

ぼくは、学生時代こんな簡単なプロフィールも彼と話さなかったんだといまさら気づく。

「悩みは、その……」

——恋愛運向上のアドバイスをもらえればバッチリでしょ？

恋愛事だ、といきなり言うのは、どうなんだろう……。

「……そういえば、瀬見先輩のことも占ったんですか」

「は？」

「瀬見先輩は宇来先輩とここで再会したそうだから。昔ワンゲル部の部長で、いまは奥さんと子どもを支えている立派な瀬見先輩でも、やっぱりぼくらとおなじように、悩み事ってあるのかなと」

それとも単に、懐かしい思い出話に花が咲いただけだったのか。

「他人のことを詮索するな」

「せ、詮索って、そんなつもりじゃなくて、」

そこから話題を繋いでいけたら、と期待しただけだ。

「……本当に変わらないな」

「え……なんですか？」

細く切れ長の目には威圧感があって、睨まれると心が竦む。

「……おまえは自分の本心を隠して、周囲を利用しながら他人を責めたり探ったりすることがあるよな。その狡猾(こうかつ)さは処世術だと思うよ。でもおまえは大事だと想う相手にもおなじ保身をはかって逃げるだろ。俺はそれが昔から嫌いでしかたない」

嫌いで、しかたない――……心臓に、刺し貫かれるような痛みが走った。

「最後に俺に突っかかってきたときがそうだった。教師の倫理観や立場を、優等生ぶって責めるだけ責めて自分が望む状況をつくろうとした。本当に想っていたことや不満だったことは、教師に対する不信感とはまるで違ったんだ。そうだろ？」

口撃の刃で胸を刺してひき裂かれ、汚い欲で何重にも覆って秘めていた恋心を暴かれながら眼前に曝される。……羞恥といたたまれなさで腕の表面がしびれて冷えた。恥ずかしくて情けなくて、この人にだけは知られたくなかった薄汚い強欲さがこれ以上露呈していくのも耐えきれなくて萎縮する。

……やっぱりばれていたんだ。この想いも、狡くて醜い嫉妬も、傲慢な欲望も。

「先輩も……変わりませんね」

「なにが」

見返すこともできず、不快そうに放られた短い返答を額のあたりで受けとめる。

「あなたは自分に正直な態度しかとらない。嘘偽りなく思いどおりに、したいように好き勝手にする。……それでいつもひとりだった」

うつむく視界の上方で先輩のペンを持つ手がじっと停止している。

「先輩は、人に嫌われるのも、ひとりで生きていくのも、怖くないんですか」

「ああ、なにも怖くない。失うものもないしな」

「そんなの……人として、おかしい」

ふっ、と小さな嘲笑が聞こえた。

「傷ついたら相手を攻撃するのも昔のままか。自分の愚かさを反省する聡明さも、相手の状態や心情を慮る誠実さも簡単に見失う。自分優先、自分大好き。そればかり」

感情が、粉々に崩れていく。彼の主張を正しいと感じれば感じるほど、自分がどんどん醜悪になっていくようで息苦しい。

「……誰もが……あなたみたいに、孤独を恐れないわけじゃないでしょう」

ここへきても保身をはかって、ぼくは先輩を責めた。恋しさとおなじぐらいに憎悪と憤懣も湧いてきて、もはや素直に謝るタイミングなど見いだせなかった。

「そうか。じゃあ帰ったらどうだ？　ちょうど十分経った。無駄話につきあったうえに不愉快な気分も味わったけどタダでいい。金を払ってもらうより、おまえにいなくなってもらったほうが嬉しいからな。おまえはその小賢しい性格を許してくれる奴らと偽りで塗りかためられた友情ごっこをして生き長らえろよ。俺は二度と関わりたくない」

徹底した、完璧なまでの拒絶にもう言葉もでない。

「さよならだ、唯愛」

目をあげると、先輩は厳しく鋭利な眼差しでぼくを見ていた。

縋るような言葉は当然、口からでてこなかった。でも咄嗟に、やっと別れの言葉をかわして最後を迎えられた、と、安堵してしまった自分がいた。そして思い出した。〝唯一の愛〟と書くぼくの大仰な名前を、当時先輩だけがずっと呼び続けてくれていたことを。


仕事から帰宅して、部屋の灯りをつけて、ソファに崩れる。適当に夕飯を食べて風呂へ入り、明日のためにまた眠る。

判で押したように続く毎日なのに、四日前から自分は宇来先輩と再会した時間を生きている。これは白い線できっちり区別できるぐらい以前とまったく違う日々だ。

——白谷唯愛。ここでなにしてる。

先輩の姿を目の前で見られた。十年ぶりに。

——面倒だ。話したければ好きにしたらどうだ。誕生日でも、星座でも血液型でも、悩みでも。それに応じて俺も適当に返してやるから。

本当に現実だったのか……と疑念に襲われたあと、だんだん腹が立ってくる。

——その狡猾さは処世術だと思うよ。でもおまえは大事だと想う相手にもおなじ保身をはかって逃げるだろ。俺はそれが昔から嫌いでしかたない。

——最後に俺に突っかかってきたときがそうだった。本当に想っていたことや不満だったことは、教師に対する不信感とはまるで違ったんだ。そうだろ？

猛然と怒りが迫(せ)りあがってきて、テーブルの上のビールをとって呷(あお)った。

ああそうさ。ぼくは自分を正しいとも、育った環境などのせいでやむを得ず性格のゆがんだ不幸な人間だとも思ってない。傷つけられた悔しさで反撃したこともあるし、いまも嫌われるのを恐れて人の顔色をうかがいながら態度や言葉を選んでいる。これは生まれもっての性分だ。大人になった現在では高校のころ以上に自分を偽って、諂(へつら)って過ごしているとも、あたりまえだろう？　波風立てず穏便に関係を保持できるのが大人なんだから。おまけに好きな相手ならなおのこと、自分をさらけだすのが怖くて当然じゃないか。

「欲望のまま遊びまくって、つきあう人みんなを哀しませてきたあなたがなにを偉そうに」

——傷ついたら相手を攻撃するのも昔のままか。自分の愚かさを反省する聡明さも、相手の状態や心情を慮る誠実さも簡単に見失う。自分優先、自分大好き。そればかり。

……くそ。どうせ成長してないさ、と勢いよくビールを口にながしこむとスマホが鳴った。ソファのクッション横に埋もれていたそれをとって確認したら夏希から届いたメッセージだ。

『白谷先輩、宇来先輩のところいってきました？　どうでした？』

まるで監視されていたかのようなタイミングだな。

『最悪だったよ』

返事を送ると、またすぐにぴろんと返ってくる。

『先輩の恋愛、絶望的？』

『そうだね』

まったくもってそのとおり。

『あちゃ〜そうですか……。じゃあまたわたしと一緒に頑張りましょ。大丈夫、先輩ならすぐ新しい恋人できますよ。いつも相手だけはあっさり見つかるんだから、憎らしいことに』

『憎らしいってひどいな。でもしばらく恋愛はいいよ』

『先輩それもいつも言ってる笑　何事もそうなんでしょうね……欲しがってる人は得られないけど、いらないいって思ってる人のところには訪れるんですよ』

いらない……たしかに宇来先輩もあんなばか正直に失礼に生きているのに、恋人は途切れなかった。本当に憎たらしい。

『自分を磨け、ってことかもですね。他人に幸せにしてもらおうとするんじゃなくって、趣味でもつくって自分の内側から幸福を生んで輝けってこと。そうしたらモテるんです』

自分を磨いて、内側から幸福を生みだして輝く、か……。

『夏希はさ、好きな相手に自分を正直にさらけだせる?』

　文字で会話しているのをいいことに、恥ずかしい質問をした。

『え、無理無理。てか好きな人のほうが無理です笑』

　しかし夏希はからりと笑ってくれた。

『だよね、普通そうだよね?　自分をよく見せたいって欲張ったりするものだよね?』

『宇来先輩に〝自分をだせ〟ってアドバイスされたんですか?』

　……アドバイスというか、そうしない狡賢い性格が嫌いだと指弾されたんだ。

『あの人みたいに恋愛まで奔放にしてた人間には、小心者の気持ちなんかわからないんだよ』

　これも自分棚あげの文句だよな、と苦々しく感じつつもとまらない。

『そうですね、宇来先輩はね〜……笑　わかりますよ、わたしもすぐ正直になるのは無理。自分の駄目な部分をどこまで受け容れてもらえるだろうって、ゆっくり探り探り、徐々にだしていく、みたいな。誰でもそうじゃないのかな。結婚してから相手がDV男だった、とか発覚するのは最悪だから、そういう本性はさっさとだしておけよって思うけど』

『あー……たしかに嫌だね。裏表の差がありすぎてもたまらない』

『そう考えると宇来先輩って常に〝表〟なんですよね。なんだろうあれ、好きな人にとっては硬派って感じなのかな〜……?』

　硬派か。……そうだな。無駄に度胸があって、率直で、思いやりの嘘すらついてくれなくて、そこが格好よくて、世捨て人のようでもあって、孤独な影があって、寂しそうで。

『てか、宇来先輩は十年経っても変わってないんですね。みんなと呑み会も無理かー……』

スマホをテーブルの上において、左手で頬杖をついて夏希の言葉を見下ろした。

みんなと呑み会も無理かー……——黒い無機質な文字を凝視して、反芻する。それから顔をあげ、横にあるベランダへ続くガラス戸のむこうの夜空へ視線を投げた。

夏希に思う存分不満を吐き、同意を得て味方になってもらい自分の精神を守ってもらった。ぼくは幸せな人間だ。恋人などいなくとも、こうして親身になってくれる後輩がいる。

ぼくと会った先輩は、ぼくに対する不満を誰にぶちまけて味方になってもらい、心の安寧をはかったのだろう。そんな相手、はたしてあの人にいるのだろうか。

大勢の人の恋心に応えて恋人関係になっても、あの人自身が心を許して自分のすべてをあずけているような相手は、いなかったように思う。そこも十年経ったいまだに変わらないのだとしたら、あの人の孤独は終わっていないんじゃないだろうか。

窓の外の星が遠い。

——唯愛。

ぼく自身が嫌っている自分の名前を、大人になってからできた恋人には『好きに呼んでいいよ』と委(ゆだ)ねた。けれど〝ち〟の部分をくぐもらせて、誰も正しくは発音しなかった。

——さよならだ、唯愛。

変わらなかった。高校のころもいまも、先輩は〝いちか〟と一言一句(いちごんいっく)すべての音をきちんと発した。こんな些細(ささい)なことがどうして胸にひっかかり続けているんだろう。

『あの人がおべっかつかって愛想笑いして、社交的な大人になったらそれも驚きだけどね』

『ははっ、言えた、想像できない～』

恋人や片想い相手どころか、ぼくは自分の味方になってくれる夏希にすら、この想いを隠したままここまできてしまった。あの人のどこを、なにを、責める権利があるだろう。本当に、大人になっても恋心にすら誠実になれず性根が腐っていく一方だ。

七時過ぎのショッピングモールは仕事を終えたあとに訪れる人もたくさんいて、買い物や食事を楽しむべく館内にあふれている。しかし三階隅のテラス付近にある占いコーナーだけは、近づくにつれ人が減っていった。しんとしずかで、客の笑い声や足音もわずかしか届かない。

「——失礼します。三十分間お願いできますか」

二度とくるな、と言われた一週間後にまたやってきた。

パーティションをよけて身体半分をなかへ傾け、覗きこむと、あからさまに不愉快そうな瞳だけじろりとむけて睨まれた。いらっしゃい、でも、なんだ、でもない。

「今日はお時間をいただくぶん料金を支払います。だからぼくは客です。先輩が嫌なら十分のコースでかまわないので、話だけ聞いてください」

嫌われているのだと念を押すように態度でしめされれば胸も痛む。心臓に感じる刺激を無視して平静を装い、返事がないのを許可とみなして強引に椅子へ腰かけた。

先輩は今日も左側の髪だけ寝癖のようにはねさせている。細い目もとは冷酷そうなのに艶と憂(うれ)いがあって見惚れてしまう。暇を持て余していたのかペンを持っている右手の、その手前にあるメモ紙には、へんてこなまるいクマの落書きがあった。

「先輩、単刀直入に言います。ぼくはあなたが好きです」

「……は」

「高校生のころ好きになって、結局いままでずっと、誰とおつきあいをしてもあなたの存在が消えませんでした。当時は誰彼かまわず告白されたらつきあう先輩が……というかつきあってもらえる人たちが羨ましくて嫉妬して、あなたにも八つ当たりして優等生ぶるので精いっぱいだったし、好かれていないのに恋人になってもらっても自分は嬉しくないと、反発してもいたんですけど、ばかでした。こんなにひきずるぐらいだったら、たとえひとときだろうと恋人になってもらって、自分たちは無理なんだと納得して別れておくべきだった」

　頭のなかに先輩とつきあっていた髪の長い美人な先輩や、テニス部の華奢で可愛い後輩や、あの本木先生の姿が過る。十年間何度も想い返した卒業式の背中の桜と、ワンゲル部で分かちあった山々の神々しい姿、澄み渡る空気、山水の冷たさ、そしてただ一度ふたりきりで眺めた摑めそうに大きく近い星空も。

「先輩が〝好きな相手にまで小賢しい真似をするな〟と怒ったから、ひとまずあなたにだけは、ぼくももう腐った態度をとるのはやめます。そう努めていきます。だからいまもあなたが昔のように告白してくる人とつきあっているんだったら、お願いです、飽きるまででいい、ぼくも恋人にしてください」

　用意していた言葉を全部言いきると、やけに清々しい気分になった。岩石のように腹の底でたまりにたまって重苦しく居座っていた鬱憤が、霧散していって爽やかな感覚……本心を口にするというのは、案外気分のいいものなのかもしれない。

それに、好きだと告げながらもなぜか、これまでの不平不満をすべてぶつけられたような満足感もあった。あなたの自由奔放で自制心のかけらもない恋愛態度が嫌いだった、不快だった、こちらの勝手な怒りだけれど嫉妬で狂ってしんどかった、一瞬たりとも嫌いにさせてくれないことが憎かった、こんなに好きだった、焦がれていた、ばかみたいに十年もあなたへの一方的な想いに費やした、傍にいたかった、あなたのことを知りたかった、どうして孤独そうな顔をするのか聞かせてほしかった、ほかの誰にもこんな激情は持てなかった。

どうせあなたはぼくの想いに鬱陶しさしか抱かないでしょうけど、こっちはあなたに人生を縛られていて息苦しい。いっそ恋人にして、どうしたって好きになれない、本当に嫌いだ、と手ひどくふって終わりにしてくれ。

「嫌だ。おまえとだけはつきあいたくない」

「え、なんですか〝だけは〟って」

「おまえはほかの奴らと全然違う。ずば抜けて面倒くさいんだよ」

「ずば抜けて、って……意味がわかりません」

「言葉のままだ。思考が予測不可能で疲れる」

はあ、と疲弊まじりのため息をついて、先輩が前髪を掻きあげる。

「こんなにシンプルに言ってるじゃないですか。あなたが好きです、それだけです」

「違うだろ。おまえの感情は常に煩雑で人を翻弄する。だいたい、恋の告白がどうして挑戦的なんだよ、突っかかってこられるのも怠い」

怠い、と言われて言葉に詰まり、……すう、と深呼吸していったん気持ちを整えた。

「……すみません。恥ずかしがって頬を染めてぶりっこできる歳は過ぎてしまいました」

「純粋さに年齢は関係ない」

「性別も年齢も問わずとっかえひっかえしてた人に、ピュアになれと言われるのも解せないんですが。それにこれは、あなたみたいな人を好きになって拗らせたせいですよ」

「ほら、また噛みついてくる。俺といて性格がゆがんでいくなら悪影響だろ。おまえももっといい奴とつきあえよ、俺に執着する必要もないじゃないか」

「あります。腹が立つのも苛つくのも好きだからでしょう？　想いはシンプルでも恋愛は複雑なんです。あたりまえじゃないですか、心の全部、感情の全部で患（わずら）うのが恋なんだから」

先輩の黒い瞳がすっとこちらを捉えて、視線同士のピントがあった。

「……おまえは恋愛を知ってるって言うのか」

低く率直な声で問う。

「そうですね、少なくとも十数年分の片想いならどんなものか知ってます」

見つめあって口を噤（つぐ）む。黙ったまま、彼の瞳と会話をかわした。……この人は恋い焦がれる感覚を知らないのだろうか。喜怒哀楽が一瞬のあいだで嵐のようにめぐる情動も、ふたりだからこそ芽生える寂寥（せきりょう）も、心臓がはち切れそうになるほど恋苦しくなるあの痛苦も。

「だとしても、やっぱりおまえに教わりたいとは思えない。悪いな、帰ってくれ」

にべもなく裁断して視線もそっぽへ投げてしまう。見返してくれなくなった横顔をそれでも見つめてしばらく縋っていたが応えてはくれない。やがて観念してうな垂れると、まだそこにいる落書きのまるいクマも哀しげに泣いて見えた。

Ⅱ　てのひらの空々

晴天の朝は窓から入る明るい日ざしに瞼を灼かれて起きる。閉じた目の奥まで真っ白い光が痛いほどさしこんでくるから、呻いて寝返りをうち、太陽に背をむけて再び寝ようとするのだけど、普段規則正しく会社へいっている身体は意外と怠けてはくれない。中途半端に覚醒したまま部屋を眺めていると、サイドテーブルに先週まで恋人だった彼女のシュシュを見つけた。紺色の生地に金色の星と月の模様がついたそれは、彼女がここでつかっていたものだった。

――わたし、食事するとき長い髪を括らない女って嫌いなんだよね。でもわたしもイチカのうちにくるときたまにゴム忘れちゃうから、買っていっておいといていい？

――うん、いいよ。

――どれにしようかな〜。イチカも選んで、どんなデザインが好き？

――ぼく？　そうだな……この星空っぽいのは？

――可愛いね！　じゃあこれにしよっと。イチカって女がこういう面倒な頼みごとしても〝おまえの好きなやつにしろよ、いちいち訊くな〟って邪険にしないよね。

――ひどい言い草だね、べつに面倒でもないよ。そんなこと言う男とつきあってたの？

――ふふ。……忘れた。

あのあと、以前の彼氏はとても横暴で、手はあげないまでもモラハラ男と言えるひどい奴だったと教わった。『だからイチカは優しくて天使みたいだよ』と。モラハラ男と、恋人らしい触れあいを一切要求しない男……真逆なようでいて、どちらも非道なことにかわりはない。

はあ、と息をついて身体を起こし、シュシュをとった。手のなかでやわらかくひろがる星空模様の輪っか。これがサイドテーブルにある光景はもはやこの部屋のあたりまえになっていて、十日近く彼女の忘れものだということに気づけずにいた。連絡をするべきか否か……。

宇来先輩にも一昨日ふられたものの、納得できないまま次にどう接すればいいのか見いだせず迷い続けている。どんなかたちであれ一度心の深い場所へ招き入れた人たちなのに、なぜこんなにも一瞬で遠く、畏怖(いふ)に満ちた存在になってしまったのか。

――思考が予測不可能で疲れる。

――おまえの感情は常に煩雑で人を翻弄する。

――俺といて性格がゆがんでいくなら悪影響だろ。おまえももっといい奴とつきあえよ。

わかるのは、先輩との関係を複雑にしている原因こそ自分自身にあるということだ。

「……起きよう」

ひとりきりの部屋でわざと声をだして立ちあがり、気持ちをリセットした。シュシュを所定の位置へ戻して、洗面所へ顔を洗いにいく。

宇来先輩と接点ができたのは自分が高校一年、先輩が二年の年の秋だった。

学園祭終了から数日後、ワンゲル部の部室へ突然現れた先輩が、部長の瀬見先輩に『今日から新しくうちの部に入ることになった宇来学だよ』と紹介され、あの沈毅(ちんき)な態度で『よろしく』と短く挨拶したようすを、いまでもはっきり憶えている。

二年の宇来先輩といえば遊び人としてひそかに目立っていたので、ぼくも存在は知っていた。

そのとき抱いたのは、傍で見るとたしかに遊んでいてもおかしくないぐらい男前だな、という驚嘆と、部内の女子生徒と恋愛事で揉めて、雰囲気を悪くしないでほしいな……という不安や嫌悪だけだったのだが、そんな彼の孤高の魅力に、自分もまたたく間に落ちることになるとは、無論予想だにしていなかった。

なんせ態度が悪い。素っ気ないし冷たい。気をつかう、思いやる、相手の反応を予測して発言する、という人づきあいにおいて初歩的なマナーすらない。

——宇来先輩は、どうして二年の途中から部活に入ったんですか？　三年生になったら大学受験の勉強が始まるから、ほとんど一緒に活動できないのに。

——俺の勝手だろ。

——そうですけど……山が好きなのかな、と思って。

——山は好きでも嫌いでもない。

他人と会話するときは〝こんな返答がくるだろう〟と漠然と想像しながらむきあうけれど、あの人だけはそれらを全部、ことごとく裏切った。すべてが斜め上。おまけに信じられないぐらい突っ慳貪で無愛想。なんなんだ、終わらない反抗期か……？　と閉口していると、

——このあいだの学園祭で、ワンゲル部は写真を展示してただろ。自然のなかで撮ってきた景色だよ。……あれがよかった。とくに、夕暮れ時や真夜中や明けがたの、空が綺麗な写真。ああいうのを俺も撮りたい。

などと、急に瞳だけ輝かせて少年のように語ったりもした。それもぼくの想像からはるかにかけ離れた返答と表情だった。

　実際にキャンプやバーベキューへいくと、顧問の先生から借りた一眼レフを大事そうに抱えて、先輩はたくさんのものを撮った。空以外にも、雨露のついた草花や蜘蛛の巣、不思議な色あいのきのこ、虫の這う大樹、水鏡の紅葉、動物の足跡、滝の裏側、山を跨ぐ虹。

――先輩は自然が好きなんですね。

――おまえはのんきだな。

――え、のんきって？

――地球人はこの世界の美しさをもっと真面目に受けとめて、大事にするべきだ。

心底から湧きあがる感動を、スケールの大きな怒りで語る姿は妙に可愛かった。

恋愛関係はやはりめちゃくちゃで、部活動で行動をともにしていると告白されている場にもしょっちゅうでくわしたし、『つきあってもいいよ』と、退屈そうに即答する顔も何度も見た。瀬見先輩に〝部活内恋愛は禁止だ〟と厳しく指導されていたらしく、ワンゲル部でトラブルはなかったものの、ぼくの胸のうちだけはどんどん不安定になっていった。

自然を愛し、人間を嫌う心の温度差も、友人すらつくらないのに求められれば誰の恋情にも応えるアンバランスさも、どういうわけか知れば知るほど愛しくなった。

　部活後瀬見先輩に『一緒に帰るか』と誘われて『嫌だ』と断った彼が、待ち伏せていた彼女に『手を繋ごう』と要求されて『好きにしろ』と雑にこたえ、並んで下校していったうしろ姿。『一ヶ月つきあってもあんたを好きだと思えなかった。別れてほしい』と残酷にふった眼差し。『何股もするのやめてよ』と怒鳴られて、『好きになれるかどうか、全員見定めてる途中だからかまわないだろ』と堂々と言い放ち、頬を叩かれていた場面――どれをとっても非道でしかない宇来先輩の態度が、大自然のごとく無言で抱きしめて孤独を癒やしてくれる相手を探しているようで憎みきれなかった。無垢で無知な子どももめいたあの人に、幸福感や笑顔をあげられる存在になりたいと、傲慢にも願うようになっていた。そしてそれは信頼できる後輩や歳の差も超えた親友や、我が儘を許してもらえる弟みたいなものとも違うとわかった。キスをして照れて笑いあえたり、セックスをして泣けるほどの至福感を分かちあえる、そんな〝恋人〟という存在なのではと予感した。

——星、うまく撮れますか。

あれは長野へキャンプをしにいった夏休みの深夜のことだ。いつまでも眠らず夜空に浮かぶ天の川へカメラをむけている先輩に気づいて声をかけた。

——……ああ。でももっとうまく撮れるんじゃないかと思うととまらない。

一心にファインダーを覗いて空にながれる星の川を撮影する横顔に胸を甘くくすぐられた。

——写真に撮ってずっと残しておくのも素敵だけど、肉眼で、目で見て胸に刻んでおくのも大事ですよ。

山の深夜は真っ暗で自分の手すらまともに見えなかったが、そのとき先輩がふりむいて感心したような表情をしてくれていたのはなんとなく察せられた。

——たしかに胸に焼きつけておくべきだな。レンズ越しの記憶しかないのはもったいない。

——はい。ここからだと街中で見るより星がずっと鮮明ですね。星の砂みたいに手で触って摑めそう。

——星の砂？　なんだそれ。

――知りません？　よく海辺のおみやげとかであるんですよ。小瓶に星形の砂がつまって売ってるんです。

――へえ……いいな、星形か。

先輩は家族や恋人と海へいった経験がないんだろうか、と疑問に思った。思いながら、彼の右隣に寄り添って長いあいだ夜空を眺めていた。いくつかながれ星も降って一緒に興奮した。

――ながれるのはやすぎて全然駄目ですね、願い事できない。

――はは。あんなのただの宇宙塵や小石だぞ、願いなんて叶わない。

――輝く塵ってだけで希望があるじゃないですか。とるに足らない存在の自分だって誰かの光になれるかもしれないって思えません？

――夢見がちすぎる。

――先輩ってほんと淡泊ですよね……クールすぎてロボットか宇宙人みたい。

黙ってしまった先輩のほうを見ても暗いシルエットで、今度は反応もよくわからなかった。だんだん眠気も訪れてきて、朦朧と揺らぐ意識の狭間で左側にいる先輩の気配を感じていると、この世界に、宇宙に、生きているのは自分たちだけのような錯覚をして幸せになった。立てた膝に手をのせて座っている先輩の、腕が近い。触ってみたい。先輩がつきあっていた女子みたいに手を繋いでみたい。それで、別れを告げるときのあの無慈悲な表情じゃなくて、嬉しそうで幸せそうな、笑顔をむけてもらいたい。

やっぱりぼくは宇来先輩を――この男を、好きになったんだ。はっきりとそう自覚したとき、ランタンを灯した先輩はぼくを訝しげな、それこそ異星人でも見るような顔で眺めていた。

はあ、と掃除機をとめてため息をこぼした。なにをしていても思考が先輩へむかってしまう。十年越しにきちんとむきあうと決めたとたん、重症化するばかりで途方に暮れる。

どうしたもんか、とソファへ腰かけて、日が暮れ始めた窓の外へ視線をむけると、スマホが鳴った。夏希かな、と予想したが、画面には瀬見先輩の名前とメッセージがある。

『こんばんは白谷。夏希に聞いたよ、おまえも宇来に会いにいったんだって？』

……情報がはやい。

『こんばんは。そうです、家の近くで働いてるって教わったので、それならと』

『占い師って知ってびっくりしただろ。いいこと言ってもらえなかったんだって？　笑』

夏希め、瀬見先輩に暴露しすぎだ。

『そうですけど、宇来先輩の厳しい指摘は参考になったので、今後に活かします』

『真面目だな笑　夏希と話してて、やっぱりせっかくだから宇来を誘って呑まないかって計画してたんだよ。月末月初はみんな忙しいだろうし、来月の九日あたりどう？』

ぱっ、と喜びが咲いたのをごまかせなかった。立ち往生していたのに、宇来先輩に会うチャンスをもらえた。壁にかけてあるカレンダーを確認すると九日は水曜日。

『はい、大丈夫です。定時退社の日なので、いつもどおり六時ぐらいから動けます』

『了解。じゃあ店決めたらまた連絡するな』

『はい』と返信してスマホをテーブルにおくと、自分の口角があがって知らず知らずのうちに微笑んでいたことに気がついた。……嫌われていても会えるのは嬉しい。本当に、宇来先輩に対峙すると自分は十七歳に戻ってしまうな。

いつの間にかまた日が傾いて、室内も薄暗くなっている。テーブルを斜めに照らす黄金色の日ざし、近くの公園から響く子どもの笑い声、夕日の影に沈む紺色のシュシュ。

何度目かのため息をついていま一度スマホを手にとり、メッセージ画面をだした。

『ひさしぶりだね。いきなり連絡してごめん。部屋にきみのシュシュがおき忘れてあったんだけど、どうすればいいだろう』

会社の同僚とバーベキューにいったとき知りあった彼女とも日常に接点がないので、自発的に行動しない限り会ったり話したりすることはできない。

思えばぼくはずっと宇来先輩ただひとりを好きでいた。心の奥底に想い人がいながら未来へ新しい希望を抱いて、身勝手につきあいを重ねたんだ。自分の幸せのために他人を利用した。宇来先輩を遊び人だと責められる立場でもない。

『処分してくれていいよ。連絡ありがとうイチカ。元気でね』

彼女らしい思慮を失わない返事が届いて夕日を反射し、まばゆく光っている。

モラハラ男から逃れた彼女は、天使のような男と結婚する夢も抱いていたのかもしれない。ぼくはそんな彼女の幸せを祈り、人柄を好みはしても恋情は抱かなかった。自戒もこめていま自分がすべきなのは、宇来先輩への片想いに真摯にむきあって決着をつけることなんだろう。人を傷つけたのだから自分も傷ついて当然だ。逃げては駄目だ。怖れるのも許されない。

『わかった。こちらこそありがとう。きみもどうか元気で』

スマホをおくと、星空っぽい柄がいい、などと言って先輩との想い出を無意識に彼女に身につけさせた、醜い自分をゴミ箱へ捨て入れた。

「――じゃあ十年ぶりの邂逅(かいこう)を祝して、乾杯！」

　個室の座敷席で、瀬見先輩の音頭にあわせて元ワンゲル部員の仲間たちがグラスをかかげ、「乾杯～」とぶつけあう。かつん、かつん、と涼やかな音とともに総勢十五名の男女が笑顔をかわすあいだも、正面にいる宇来先輩は相変わらずの無愛想で輪に入りきれていない。

「宇来、今日はおまえと再会できた祝いだからな。ここの居酒屋は料理も美味いし、みんなと食って呑んで楽しめよ」

　先輩の右隣から瀬見先輩が声をかけると、「ああ」と箸を持ったが、紹介された料理にしか興味をしめしているようすはなく、まわりを囲むぼくらなど視界の外だ。

　ぼくの左隣にいる夏希が銀だらの西京焼きを裂きながらつっこんだ。

「宇来先輩って昔からマイペースですよね」

「褒め言葉だと思っておくよ」

　宇来先輩はごまカンパチを口に入れて唇の右端を上げ、にいと笑む。……ハンサムだ。

「褒めてないです。高校のころは我慢してましたけど、もっと仲よくしてくれてもいいのにって、わたし不満でしたからね？」

「べつに仲悪くしてたつもりはない」

「え～、でもすごい冷たいじゃないですか」

「ちゃんと会話してるだろ」

「そうなんですけど～」

ふたりのやりとりを聞いていた瀬見先輩が小さく吹きだし、ほかのみんなも笑った。

夏希は誰に対しても分け隔てなく接しつつも、ある種の不躾さがあるのだが、無邪気な妹っぽい明るい愛嬌も備え持っているので不思議と不快感を生まない。宇来先輩にも対等な態度で言葉を投げられるこの人柄が羨ましい。

「けど、まさか宇来先輩ともう一度会えると思ってませんでした。瀬見先輩が偶然見つけたんでしたっけ」

夏希と同期の小林美来に声をかけられると、瀬見先輩も「うん」とグラスをおいた。

「休日に家族でショッピングモールへいったら会えたんだよ。占い師してるって言うもんだからびっくりした」

「占い師⁉」とみんなも驚いたり、「いいな～っ」と興奮したりする。

「宇来先輩、なに占いをするんですか?」

ぼくと同い年の星野も数席横から身を乗りだしてきた。

「なんでもない。占いたいことを頭に思い浮かべてもらえればアドバイスできるよ」

宇来先輩は見返しもせず、ビールを呑みながら返答する。

「それって占いっていうより、霊能者っぽくないです?　もしくはメンタリスト?」

「ジャンルにこだわりもない」

「瀬見先輩のことも占ったんですか?」

　ぼくがしたのとおなじ質問が飛んできた。宇来先輩は百合根豆腐をつついて聞こえなかったかのように黙している。あれ、とふいに違和感がただよってみんなの意識が躓いてすぐ、瀬見先輩が「妻がね」と回答をひき受けた。

「うちの奥さんが占ってもらってたよ」

　眼鏡のずれをなおしてそう言う瀬見先輩は、苦笑いしている。

「ふうん、当たってました？」

「どうかな。俺と娘は追いだされちゃって、妻が宇来と話しこんでたんだよね」

「へえ」とみんなが興味深げにうなずきあい、ぼくも好奇心を揺さぶられた。瀬見先輩の奥さんは宇来先輩の占いを信じて一時間のコースを利用したりしたんだろうか。そういえばぼくも占いを頼んだとき、心を読まれているような感覚があった。

　――おまえは自分の本心を隠して、周囲を利用しながら他人を責めたり探ったりすることがあるよな。

　……ふり返るのもしんどい苦い出来事だ。

「瀬見先輩は奥さんの悩み、気にならないんですか」

　夏希が低い声で瀬見先輩に訊いた。そのようすがどこか挑発的で怪訝に思うと、宇来先輩も夏希をやや厳しい目で一瞥した。

「……よせよ、夏希」

　瀬見先輩はうつむきがちに小声で制する。

「自分の奥さんのことですよね。占い師と長々話してたのに心配になりません？」

「ならないよ」

「おかしくないですか、それ。夫婦なのに〝心配じゃない〟って言いきるなんて」

「夏希？」と、思わず横にいる夏希の腕を触ってとめた。どうしたんだよ、と目で問う。でも夏希は瀬見先輩だけを凝視している。

「夏希は瀬見が心配なんだろ。宇来が瀬見の奥さんに手ぇだしたんじゃないかって」

酒癖の悪い合田先輩がフォローのようなからかいを入れた。

「あ〜わかる。宇来先輩、モッテモテでしたもんね〜……さすがに不倫は駄目ですよ？」

星野も便乗して宇来先輩を責めると、みんなも「あははは」と嗤って場が沸いた。

「俺は瀬見の女になんか興味はない」

先輩は松茸の天ぷらをとって口に入れる。

「おい、人の奥さんに〝女〟って言いかたやめろよ」

「宇来先輩って結婚にはむいてなさそうですよねー……」

「そうだ宇来、おまえ結婚は？　指輪はしてないみたいだけど……バツイチ？　それともバツニ？　何個バツがあっても驚かねえやおまえは」

嗤い続けるみんなのなかで、瀬見先輩と夏希と、宇来先輩とぼくだけが黙していた。

当時のワンゲル部内には〝風紀を乱すのは厳禁〟という集団心理が働いて、全員が宇来先輩と注意深く接していた。女子のほとんどが〝好きになったらまずい〟と敬遠していたし、男子には〝調子に乗りやがって〟と忌避していた人さえいたから、あのしがらみから逃れたいまは、昔のストレスもあいまって余計に宇来先輩に対する苛立ちが攻撃へ発展するのかもしれない。

「宇来にはバツどころか隠し子がいてもおかしくないか」

「あー……女性のほうが宇来先輩に黙って産んで、育ててるとかありそうですね」

「女子は宇来のどこがよかったんだ？　皆目見当がつかないよ」

　合田先輩と星野の煽りがエスカレートして危うい空気がながれだし、さすがに焦る。

「まあ、若気の至りって誰にでもあるじゃないですか。それよりこのお店の料理とっても美味しいですね。ごまカンパチなんて滅多に食べられないから嬉しいなあ」

　へら、と笑顔を繕って料理を頬張ったら、合田先輩と女子たちの視線がこちらへむいた。

「白谷先輩は彼女さんとどうなったんですか？」

「そうだ、おまえもこのあいだ〝微妙だ〟って言ってたよな。いい加減今度は結婚するかもって、俺らも期待してたのに」

　美来と合田先輩に詰問されて笑顔がひきつる。

「結婚って、とくにそこまでは……」

「彼女も結婚願望あったんでしょ？　女は子どもを産むなら年齢も考えなくちゃいけないからはやく決断してあげなよね」

　星野まで厳しく諭してくる。視界の隅に、牡蠣のネギ味噌焼きを淡々と食べている宇来先輩がいる。

「その……彼女とは別れたんだよ。ついこの前」

「え、またか〜。白谷は宇来先輩と違って浮気性でもなんでもないのに全然うまくいかないね。なんなの？　相手に不満があったわけ？」

「不満ってことじゃなくて、」

「なくて？」

「はは……」と苦笑いで濁した。

「じゃあ白谷先輩、宇来先輩に占ってもらったらどうですか？」

美来がにまりと微笑んで提案する。

「白谷先輩にまた彼女ができるか、次こそ結婚できるか、ぜ〜んぶ無理ならなにをどう変えていけばいいのか、宇来先輩ならわかりますよね？」

ぎょっとした。

「いや、ぼくはいいよ」

「占ってもらいましょうよ、わたしたちも宇来先輩の占いがほんとに当たるのか知りたいし。道具もなにもいらないんですもんね？」

「待ってって美来、ここでそんなことしなくてもさ、」

「ここだからです。ひさびさに会えた宇来先輩が占い師だっていうんだから腕見せてもらいましょ。白谷先輩も二十八年恋愛惨敗してるんですよ、いい加減女泣かせちゃ駄目です」

「そうだそうだ〜」と星野や、ほかの女子メンバーも乗っかって囃したててきた。宇来先輩は聞こえないふりを続けながら次々と料理を口へ運び、のんびり食事している。

「いまは結婚が絶対って時代じゃないけどさ、白谷も俺と瀬見みたいに幸せな家庭持ちたいんじゃねえの？　てかアレか⁉　おまえもしかしてセックスが下手ってヤツっ？」

合田先輩の突飛な発言に美来が「先輩サイテー」と軽蔑したが、顔は楽しげにゆがんでいた。

「やめてください、ほんとにー……」とぼくもいなすけれど、合田先輩は酒が入ると下ネタが増えるので抵抗しても無駄だ。

「でも白谷ってたしかに下手そうかも」

星野までのっかってきた。

「〝口でして〟とか〝騎乗位して〟とかめっちゃ要求してくるのに早漏ってイメージ」

「ははっ、星野先輩ひどいっ、でもそれすごいわかりますっ」

「美来もわかる～？　そんな気するよね？」

今夜はみんな妙な方向へテンションがむいている。どうしたんだ、こんな厭味や下世話な話をげらげら嗤ってひろげたりすることはいままで一度だってなかったっていうのに。

「白谷先輩が優しいからって調子乗りすぎじゃないですか」

突然、夏希が割って入った。

「セックスの巧さより、人間としての魅力のほうが大事ですよ。下品で最悪」

とうとう空気が冷たく張りつめてぼくも困惑した。夏希が庇ってくれたのは嬉しかったが、状況は明らかに悪化した。

「なんなの。てか、わたしらは最初夏希のフォローをしただけでしょ？　瀬見先輩にいきなり当たったあんたがおかしかったんでしょうが」

星野も本気で憤慨（ふんがい）しだした。

「そうだよ、どうして俺らの人間性を非難されなきゃなんねえんだ」

合田先輩も酔っ払いの勢いで夏希を攻撃する。

「ちょっとちょっと、みんな落ちつきましょうよ。せっかく懐かしいメンバーで集まって呑めたのに、料理も酒も不味くなっちゃいますから」

ひりつく雰囲気に明るい口調で笑顔をさし入れなんとかおさめようと努めてみても、星野も合田先輩も美来も夏希を睨んで静止し、ほかの仲間もバツ悪そうに口を噤んでいる。ワンゲル部の呑み会はいつも、山で手料理を食べて笑いあった高校時代をなぞるような、和気あいあいと温かい時間だった。たとえ衝突しても瀬見先輩や仲間の誰かが納得いく解決へ導いて、仲を深めるための単なる試練に変えた。そうしてやってきたんだ。

「――唯愛は十年俺のことが好きで、俺とセックスしたがってた。新しい恋をしようとしても結局俺を忘れられなくて、別れて相手を傷つけてたんだよ」

テーブルを囲んでまじわっていたそれぞれの視線の先で、全員の目がまんまるく見ひらかれ、一瞬のうちに驚きの表情へ変化した。そして宇来先輩と、自分に、注目が集まった。……右頰が羞恥と怒りで強張っているのを感じる。宇来先輩は刺身に醤油をつけながら、瞼をゆっくりあげてぼくを見据える。

「嘘、白谷が、宇来先輩を……?」

星野は動揺しつつも、あからさまににやけている。

「星野。おまえは表むき〝仕事のできる強い女〟で通してるが、夢はプロアーティストだとかほざいてる歳下のバンドマンを居候させて、DVまがいのことまでされてるよな。〝暴力ふるったあとは優しくしてくれる〟とか〝自分だけが彼を理解してる〟とかそんな幻想はさっさと捨てて、あんたこそそいつと別れたほうがいい」

続く宇来先輩の発言に再び全員が瞠目した。「ちょっ、は⁉　なんで宇来先輩がそれっ」と、星野が慌てるから、暴露話に真実味が増してみんなもさらに当惑する。

「適当なこと、言わないでくださいっ」

美来が声を震わせながら星野を庇って抗議した。

「小林も占ってほしいか？　おまえと友だちになる女は気の毒だよな、みんなおまえに男を寝とられる。で、おまえは寝とっても飽きてすぐ捨てる。その悪癖どうにかしろよ」

追いうちで〝寝とる〟というとんでもない単語まで飛びだしてきて誰もが絶句する。

「やっ……やめてください、ふざけた嘘！　寝るとか信じられない、するわけないじゃないですかそんなことっ、みんな信じないで、嘘だから、全部宇来先輩の嘘！」

慌てれば慌てるほど、美来の本性のようなものも覗き見えた。

「俺はやめてくれよ宇来……もう占いは充分だよ、な？」

怖じ気づいた合田先輩の態度は、もはや唖然と眺めることしかできなかった。

「愛人がふたりいるのをばらされたくないか、合田。いまさら善人ぶったってしかたないだろ。毎週末家族に嘘ついてよろしくやっておきながら〝幸せな家庭〟だとかよく言えたもんだよな。おまえこそ隠し子に気をつけろよ」

グラスを右手に持ってビールを呑もうとした宇来先輩を、合田先輩が嵐のような激しさでひっつかんで、立ちあがらせた。

「宇来てめえっ……」

「いい加減にしろおまえら！」

瀬見先輩がようやく一喝したが手遅れだった。宇来先輩の胸ぐらを掴む合田先輩の怒りの形相と、蔑視を含んだ呆れ顔の宇来先輩、苦々しい表情でうつむいている星野と美来、息をつめる仲間たちと凍りついた居酒屋の個室内――。

「帰るよ」

誰にもこの場を軌道修正することなどできないと悟ったとき、宇来先輩がそう言った。

「宇来先輩、」

賑やかな夜の繁華街を進んでいく彼の猫背のうしろ姿を追いかけた。

「先輩、待ってくださいよ……っ」

こんなときでも、先輩の肩口に指先をかけるのすら怖れて躊躇ってしまう自分が情けない。

やっと顔半分だけふりむいてくれた先輩の目は鋭く尖っていた。

「なんでついてきた。おまえまで店をでてくることないだろ」

くるな、という拒絶が、はっきり伝わってくる。

「放っておけませんよ、まだ呑み始めたばかりだったのにひとりで帰るだなんて」

「同情は必要ない。もともと俺だけ場になじんでなかったしな」

「なじむための、親睦を深めるための呑み会だったんじゃないですか」

「笑わせるな。そんなふうに思ってたのはおまえら三人だけだ」

斜めうしろに並んで、先輩の横顔をうかがった。

「三人って……ぼくと、瀬見先輩と夏希ですか？」

彼は冷めた表情で正面を見つめていて、こたえてはくれない。

「……先輩って不思議な人ですね」

本当に他人の心を読んでいるのかもしれない、と思えてくる。

ジャケットの襟をあわせて、寒風に身を竦めて歩く。視界の左右にちらつくネオンが眩しい。

この繁華街を抜けてしまえば大通りにでる。

「宇来先輩はどこ住みなんですか」

「家までついてくる気か」

「いいえ。駅にいくのか、この先の通りでタクシー捕まえるのか、どっちかなと思って」

「どうでもいいだろ」

いつまで一緒にいられるのか、それぐらい教えてくれたっていいだろうに。

「あの……まだ時間も浅いですし、呑みなおしませんか」

「おまえとふたりきりでか？　お断りだ」

とりつく島もない。高校生のころの自分だったら地の底まで沈んで傷つきはてて、前後不覚になっていたんじゃないかと思う。

「……先輩、どうしてあんなこと言ったんですか」

でも二十八になったいまは傷を隠して会話を続ける精神ぐらいは保てる。

「あんなってなんだ。おまえが俺とセックスしたがってるってやつか？」

「違いますよ、星野たちのことです。……誰にどうやって聞いたのか知りませんけど、真実がどうであれ、あそこまで暴露しなくてもよかったでしょう」

先輩がばっとふりむいて、つりあがった目で声を荒げた。

「おまえはどうなんだ、下手だの早漏だのばかにされてもへらへら笑って愛想をふりまいて、道化を演じるのがそんなに楽しいか」

道化。

「星野たちには昔から頭があがらないんですよ」

「は?」

「三人とも瀬見先輩の次にワンゲル部のリーダー的存在で、いまだに呑み会やバーベキューをすると先頭きって輪をまとめてくれてるんです。みんなが頼りにしてる。そういう、仲間同士で育んできた秩序みたいなものも守りたいですし」

この思考が先輩にとって道化に感じられるのもわかるが、人と人、グループや社会の場では、個々の役割が自然と割りふられていくものだ。そこからどう見られたがるかが己に問われて行動に繋がっていくのだろうけれど、少なくともぼくは元ワンゲル部のなかで〝いじられるへたれ役〟に抗ってまで保持したい人権はない。

「おまえは矜持も捨ててあほを演じて、虐げられてるのが楽なわけだな」

「楽って言うと語弊がありますけど……まあ、納得してますよ」

「ばかだろ」

子どもじみた単純な悪口で扱きおろされて、むしろ吹いてしまった。

「ふふっ……かもですね」

納得はしていても、本当に正しい世渡りのしかたなど結局わかってはいないから。

「……ぼくは先輩の素直なところに憧れているのかもしれません。先輩はその正直さで他人を傷つけはしても、裏切りはしていないんですよね。ぼくはたぶん、ずっと、すこしずつ他人を裏切りながら人と接してるんです、いまも。でも、」

先輩が視線だけこちらへむけて瞼を眇めた刹那、風に揺らぐ前髪が目もとを邪魔した。

「でも、先輩も世渡り下手なのは自覚してください。せっかくの再会祝いの呑み会が、完全におじゃんでしたから。普通大人になったら他人や空気にあわせるものですよ」

「はっ、ふざけるな、俺のせいじゃない」

「ええ。けど先輩の責任もゼロじゃなかった。……ぼくと先輩がひとつならいいんでしょうね。適度に正直で、適度にばかで。それなら完璧なのに」

そんなバランスよく生きられる人間がいるのかどうかも定かじゃないが、強いてあげるなら瀬見先輩あたりだろうか。あの人のカリスマ性と柔軟性は真似しても得られるものじゃない。それこそ生まれもっての才能なんだろうな。

「おまえはなにもわかっちゃいない」

先輩が呆れのような憂いのような、複雑そうなため息をついた。

「なにもって……たとえばなんですか？」

「というか、おまえに説教されるのも腹が立つ。人がキスしてるのを目撃して、空気読まずにぎゃあぎゃあ騒ぎたてた張本人じゃないか」

ぐっ、と息が詰まった。

「……すみません。あれはぼくの若気の至りです」

「単なる嫉妬だったくせに、教師がなんだ、男同士がどうだ、って偉そうに突っかかってきて鬱陶しかったよな？」

「ええそうです、嫉妬で暴走しましたよ。同性なのにあなたに恋人にしてもらえたうえに、校内で生徒相手にキスするような教師のあの男が羨ましくて憎らしくてしかたなかったんです。……しつこいですね、先輩も」

「は？　おまえが非難してくるのは違うだろ」

「そうですけど」

じろ、と睨まれて怯みつつ、ぼくも口を曲げて負けじと見返した。

決してうきうき喜べる話題ではないのに、この人と並んで話しているだけで、胸が弾むのはなぜだろう。

二度と会えない、と諦めて疑わなかった先輩が隣にいる。今夜も散々な呑み会だったものの、おなじ場所でおなじ時間を過ごせた。秋風は冷たいが、左横にある先輩の存在感はキャンプのときみんなで囲んだ焚き火みたいにどうしたって温かくて、幸せで、ああ本当に好きなんだなと、諦念まじりに理解させられる。

「……先輩。道化になるのはぼく自身がそのグループのなかで道化扱いされるのを受け容れているからです。会社では疲れますけど、元ワンゲル部の仲間に対してはあれでいいと思ってる。要は〝自分はこうありたい〟って貫くほどの意思がないんです。他人がつくる自分に、ながされて甘んじてるっていうか」

「あほだな」

「ただ、好きな人とはもうすこし対等でいたいですよ。当然、気づかってあわせる部分もあるでしょうけど、それもおたがいさまだろうし……ありのままの自分でありながら双方が配慮しあって、想いあってつきあいたいって意思があります。理想論かもしれませんが」

先輩がまた瞼を細めて睨んできた。

「知ったふうな口きくようになったじゃないか」

「高校卒業してから、それなりに傷つけてきた人がいるので」

ただまっすぐに宇来先輩だけを想う人生を歩んでいたなら一途で誠実な人間だと評されたのだろうが、べつの場所にこそ真実の幸福があるんじゃないかと、右へ左へ迷いながら、他人を傷つけてぼくは生きてきた。しかしそこで育んだ関係も時間も無駄だったとは言いたくないし、あの経験があったからこそ、いま宇来先輩に堂々と対峙できているのだと思う。今度は自分が真正面からこの人を想って傷つけてもらう番だ、という覚悟とともに。

「……おまえらは本当に、面倒なことをうだうだ考える生きものだな」

ちょうど大通りへさしかかって、先輩がおもむろに左手をあげた。タイミングよくやってきたタクシーが反応し、ゆっくりと路肩へ停車する。

「ここから帰るんですね」

「おまえと話して疲れたからな」

ということは、本当は駅へいくつもりだったのか……？

「そうだよ」

「え、」

ドアがひらいて、先輩がタクシーへ乗ってしまう。

「先輩、好きです」

咄嗟に想いを投げたが、彼は恐ろしく冷めた横顔で後部座席へついた。

「また会いにいきます。身体を大事に、ゆっくり休んでください。おやすみなさい」

あともう一秒でもいいから傍にいたいと願って声をかけ続けても、運転手に目的地を告げてさよならもなしに、先輩は去ってしまった。


コンビニへ寄ってから自分も帰宅し、風呂へ入るのが億劫だな……とぐったりしつつ鮭弁当を食べていたらスマホが鳴った。画面には夏希の名前が。

『お疲れさまです。呑み会終わってわたしも帰宅中です。白谷先輩、大丈夫でしたか?』

歩きながら話している気配がある。口調は落ちついていた。

「大丈夫だよ。夏希たちのほうが大変だったんじゃない?」

『うーん……』と唸ってから、夏希は、結局あのあと星野たち三人の〝占い結果〟について話しあう会になってしまった、けれど誰も責めることはしなかった、と状況をかいつまんで教えてくれた。

『宇来先輩の占いは当たってたんです。……星野先輩も合田先輩も美来も、わたしたちに軽蔑されたくなかった、って辛そうに話してました。みんな同情したり諭したりして親身になってましたよ』

「そっか……」

三人とも〝リーダーのように頼られる存在〟のイメージを壊したくなかったのか。とはいえ、ワンゲル部のメンバーたちは星野の姉御肌な厳しさに支えられ、美来の思慮深さと料理の知識に救われ、怪我をしても肩を貸してくれる合田先輩の力強さに助けられてきた。嘘偽りのないその厚意に恩を抱き続けてきたぶん、どんな大愚さを知っても簡単に見捨てられない気持ちもわかる。

『白谷先輩も、宇来先輩が好きだったって本当なんですよね』

夏希は確認の声音で言った。

「……うん。本当だよ」

『なるほど、宇来先輩か……。きっと好きな人がいるんだろうなって薄々感じてたんですよ。いままでつきあってた人とキスしかしなかったのも、白谷先輩なりの配慮だったんでしょう？罪悪感、っていうか』

「どうだろう。ぼくは同性愛者っていうよりバイなんだよ。だから彼女たちに欲情しなかったわけじゃない。でもできなかった。身体の関係まで結びたいと想えるときがくるのを、恋人づきあいしながら待ってた。最低野郎だ」

『んー……せめてつきあう前に〝忘れられない人がいる〟って伝えておけば誠実だったかもしれませんね。相手も納得したうえでつきあったり諦めたり、選択できただろうし』

「うん。今度は誰にも迷惑かけないように、ぼく自身が納得いくまで宇来先輩を想ってみるよ。ふられてるのにつきまとって、もうすでに迷惑かけてるんだけどね。……夏希にもずっと言えなくてごめん。ぼくも星野たちとおなじだ。夏希の〝理想の先輩〟でいたかった」

ふふ、と夏希が苦笑するのが聞こえた。『白谷先輩に理想を抱いたことなんてあったっけな?』とふざけた声で呟くから、「ひどいな」とこたえて、ふたりですこし笑った。

『白谷先輩。……わたしも、みんなにも先輩にも言えなかったことあるんです』

「え?」

『瀬見先輩と、ずっとつきあってたんです。不倫してたんです』

思いがけない名前と事実がでてきて驚愕した。

「瀬見先輩……? 信じられない、いつから、」

『自然とそうなってました。もともとわたしは瀬見先輩に憧れていたんですけど、瀬見先輩が大学で奥さんと知りあって、つきあって結婚して、奥さんに対する不満とか悩みをこぼすようになって相談に乗ってるうちに、先輩の心の避難場所になれればって願ってたら……どこかで選択を間違えました』

夏希は淡々と、凛然と披瀝する。

「夏希が魅力的なのはわかるけど、瀬見先輩はもっと常識や倫理観を重んじる人だと思ってた。自分に厳しい人だって印象もあったよ。それも外野の理想の押しつけだったのかな。奥さんってそんな問題ある人だったっけ……」

『わたしから詳しい事情は話せません。ただ……瀬見先輩って、ああ見えて弱い人なんですよ。わたしはもう別れてるつもりでいるんですけど、瀬見先輩は奥さんとむきあう気がないから、たぶんこのままだとくり返すんです。そうさせないために、最後に自分になにができるのか……悩んでて』

未練なのか、なけなしの情なのか、夏希は捨て去るだけでは駄目だと煩悶していたらしい。それこそ、しょっちゅう会っていたぼくにも縋らずたったひとりで。

「夏希は瀬見先輩との恋愛に納得できたの」

できるだけ後悔を癒やせるような口調を努めて問うたら、夏希はまた小さく苦笑した。

『わたし、大人になりたくなかったんです。高校生のまま、ワンゲル部のみんなと山登って、キャンプして、美味しいもの作って食べて、笑いあっていたかった。それで瀬見先輩にも執着してたんです。ワンゲル部の部長だった先輩は、わたしにとって青春の象徴だったから。でも気づいたらいちばんなりたくない嫌いな大人になってた。……みんなや白谷先輩の可愛い妹でいたかったな』

夏希の笑い声が濡れて震えていて、胸がぐっと痛んだ。

「ばかで放っておけない妹だよ。愛嬌があるだけよりずっと面倒の見がいがある。いくらでも迷惑かけていいんだよ、遠慮するような仲でもないでしょう」

『はい……でもそれは白谷先輩もですよ。ばかな妹頼ってくださいね、だめお兄ちゃん』

涙まじりに明るく笑ってくれる夏希の表情が、スマホ越しに見えた。

――何事もそうなんでしょうね……欲しがってる人は得られないけど、いらないって思ってる人のところには訪れるんですよ。

――自分を磨け、ってこととかもですね。他人に幸せにしてもらおうとするんじゃなくって、趣味でもつくって自分の内側から幸福を生んで輝けってこと。そうしたらモテるんです。

ぼくの弱音を聞いて味方でいてくれていたとき、夏希はひとりなにを想っていたんだろう。

——道化を演じるのがそんなに楽しいか。

立派な先輩だったりリーダーだったり可愛い妹だったり……ぼくらは誰かに、なにかに必要とされたくて、他人を欺く道化になってしまう。偽った自分を求められても喜べないくせに、礼儀や良識も捨てきれず、他人との距離のとりかたに懊悩して結局ありのままでもいられない。きっと誰もが、この命には生まれてきた意味があるんだ、と確信したいだけなのに。

『……けど、宇来先輩の占いってなんなんでしょうね。みんなもそれ気にしてましたよ』

夏希が洟をすすって不思議そうに言う。

「ああ……うん、ほんとだね、なんなんだろう」

『占いっていうより、やっぱり霊能力っぽくないですか？　相手を見てわかっちゃうみたいな。みんなの裏事情を聞きだせる情報源なんてないだろうし』

「だけど霊能力も非現実的だよ。守護霊とでも話してるっていうの？」

ふたりで、うーん、と唸る。

『……あのね先輩。もし、ですよ。もし宇来先輩に他人の心を読む力があるんなら、わたしと瀬見先輩の関係もわかったはずなんです。そもそもいちばんはじめに話をややこしくしたのもわたしです。けど宇来先輩、黙っててくれた』

「え、あの人が夏希と瀬見先輩を気づかったって？」

『星野先輩たちの事情を暴露したのだって、嗤われてた白谷先輩を守るためだったんじゃないですか？』

心が一瞬喜びにざわついた。

「いや、まさか。ぼくだってセックスがどうのってとんでもない暴露されてるし」

『星野先輩たちの話に比べたらちっちゃいもんです、あんなの』

「ちっちゃいって……」

『でね、』と夏希が声をくぐもらせて、なにやら動きながら言葉を続ける。

『わたし宇来先輩から買いたいものがあるので、おつかい頼まれてくれませんか』

「買う……？　占い師からなにを？」

『それはいってのお楽しみ。白谷先輩はまだ知らないんですね、瀬見先輩が教えてくれたんですけど、すごく綺麗なんですよ』

「綺麗って……え？」

『空です。宇来先輩、空を売ってるんです』

面食らって、スマホに表示されている夏希の名前を確認してから再び耳にあてなおしたら、楽しげな夏希の笑い声が聞こえてきた。

『宇来先輩の謎解明と長年の片想いの進展、頑張ってねお兄ちゃん』

「ここか……」

呑み会から三日経過した土曜日の午後、夏希に教わった店へやってきた。

自由が丘のいかにも都会的でお洒落な街の片隅にあるその店は、レンガ造りの階段をおりた地下で営業している複合型書店だった。書籍のほかに雑貨なども扱っている有名なチェーン店で、自分も他店舗へ訪れたことはある。しかし夏希が指定したのはこの支店だ。

――宇来先輩の空は、この店舗にしかないんです。

〝空〟というのがなんの比喩なのか……まだわからないでいる。先輩は写真が好きだったから、『カメラマンみたいなことしてるの？』と訊ねたけれど、『ぶっぶ～違いますよ』と笑ってはずれを言い渡された。まさか本当に空を地域で区切って売っているわけでもなかろうに。

「いらっしゃいませ」

自動ドアをくぐって入店すると、サメのぬいぐるみや輸入チョコレートなどの雑多に陳列された商品が目に飛びこんできた。書籍も宗教やオカルトに特化したかなりマニアックな品揃えで、興味をそそられつつもサブカルチックな雰囲気に及び腰になる。迎えてくれたカウンターの男性店員の声と笑顔が穏やかだったのが救いだ。

「……あの、すみません。探しているものがあるのですが」

近づいて訊ねたら、上背のある男前な店員は小首を傾げて微笑んだ。ウエーブのかかった栗色の髪はやわらかく爽やかで、逞しい体躯に店のロゴマークがついた赤いエプロンを身につけている不つりあいさも絶妙に可愛い。

「はい、どんなものでしょうか」

「ええと……『夕さりの緋』という空です。人に頼まれて、これしか教わってこなかったのですが、わかりますでしょうか」

「ああ、はい。大丈夫ですよ、こちらへどうぞ」

店員の笑顔に深みが増して、愛らしく幼げになった。カウンターからでてきた彼に丁寧にうながされ、奥のほうへついていくと、やがて背の高いガラスケースが現れて、そこにたしかに、空が並んでいた。

「わ……」

子どもみたいに思わず声がでた。四段の棚にゆったりした間隔をあけて、空の模様が入った水晶のような球体が佇んでいる。夕焼けや朝焼けや夜空を思わせる美しい色彩と、さまざまなかたちで浮かぶ雲や星。息を呑むほど美しい。

「これが『夕さりの緋』ですよ」

店員が軽く屈んで、三段目の棚の左端にある球体を指さした。

夕さりとは夕方のことだ。沈みゆく太陽の金の光が下方から立ちのぼり、上方に余韻を残す昼の晴天の青を溶かしている。雲には桃色の光の帯が透けてまばゆく反射していた。子どものころ、遊び疲れて家へ帰る途中に見あげた、懐かしい夕空が脳裏を過る。横切るカラスの鳴き声を聞きつつ眺め続けた、黄昏のもの寂しさも。

「……驚きました。こんな綺麗なものがこの世にあるなんて」

素直な感動を口にしたら、店員が「はは」と笑った。

「わかりますよ、ぼくも新作が入荷するたび感激しますから」

ながれる前髪を掻きあげて、温かい低声で同意してくれる。

「これって水晶なんですか？」

「いえ、レジンです。型にレジン液をながしこんで、UVライトを照射するとできるんです。口で説明すると単純ですけど、ここまで自然なグラデーションを描くには技術がいるんですよ。磨いて仕上げるのも結構手間ですしね。とくにこの作家の作品はサイズも大きいですから」

「レジン……初めて聞きました。ここにあるのは珍しい大きさなんですね」

「ええ、レジンはわりと小物をつくる作家のほうが多いかもしれません。キーホルダーやペンダントにピアス。空の球体は滅多にないので作家に頼みこんで特別に扱い始めました。量産も難しいから、うちの支店にしかないんです。おかげさまで人気商品ですよ」

台座の横にある値札には三〜五千円程度の価格が記されている。相場はわからないがすべて直径十センチほどの球体だ。こんなに立派で手製の希少な空となれば安い気もする。

「――唯愛？」

突然背後から名前を呼ばれて、はっとしてふりむくと宇来先輩がいた。

「先輩」

予感はしていたが、先輩も黒いワイシャツとジーンズの上に、店のロゴ入りエプロンを身につけている。艶のある細い目を眇めて足早に正面へやってきた。

「どうしてここにいる、瀬見か郷原にでも聞いたのか」

察しがいい。

「そうです。夏希にこれを買ってきてほしいって頼まれました」

「あいつ……」

「あれ、学の知りあいなの？」と隣にいる店員も砕けた口調で首を傾げた。学、と先輩を名前で呼んだ。

「ええと……はい、宇来さんは高校時代の先輩で、」

「なんだ。じゃあこれをつくったのも学だって知ってたのかな」

「えっ、つくった……？　この空を先輩が？　レジン作家って、宇来先輩なんですか？」

さすがにそれは予想を超えていた。

「郷原に全部は教わらなかったんだな」

「はい……ただおつかいを頼まれただけだったんです。先輩のこともレジンのことも秘密で、ぼくを驚かせたかったのかもしれません。……びっくりしました、まんまと」

〝空を売っている〟と聞かされたから店員かもという想像はできたがレジンには結びつかなかったし、まさかその空をつくっている本人とも思わなかった。

「でもすとんと腑に落ちました。先輩は昔から美しい景色が好きな人でしたけど、球体のなかにおさめてしまうなんて……すごいですね。綺麗なものをたくさん見てきた先輩だからできる、ぴったりのお仕事ですね」

ぎょっとしたように目をまるめ、先輩はあからさまに意外そうな顔をする。

「厭味か……？　ぴったりなんて言われたのは初めてだ」

「え、そうなんですか。普通に正直な感想ですけど」

「そもそもレジンは男がつくるイメージもないんだよ、一般的に」

「イメージって……そんなの知りませんよ。先輩は空や自然が好きで、手先も器用だったなっていうあなたの印象での話です」

「器用？　おまえが俺のなにを知ってるんだ」

「ちょっとは知ってますって。山で葉笛をつくって聴かせてくれたじゃないですか。重ね笛も巻き笛もぼくはできなかったのに、先輩は簡単につくって、ぷーって綺麗な音が、」

「おい、変な話をこんなところでするなよ」

「先輩が文句垂れるからでしょう？」

「ははっ」と横にいる店員が吹きだした。

「いいね、本当に長年の知己(ちき)って感じだ。楽しそうで微笑ましい。――学、接客は頼んだよ。ぼくは失礼しますね、イチカさん。ごゆっくりどうぞ」

　夏風みたいに爽やかな笑顔を残して、颯爽(さっそう)と去ってしまう。「いらっしゃいませー」と声をかけながらカウンターへむかう余裕に満ちたうしろ姿まで格好よくて、先輩を名前で呼ぶあなたのほうがよっぽど親しそうじゃないですか、とほんのすこし恨めしくなった。

「誰彼かまわず嫉妬するな」

　先輩に見透かされる。はあ、と呆れ顔のため息つきで。

「……嫉妬っていうか、羨ましくなっただけです」

「あいつはここの店長なんだよ。だから多少馴れ馴れしくてもおかしくないだろ」

「店長だったんですか」

といっても、他人と馴れあわない孤立気味な先輩が、名前で呼ばせているのは異常事態だ。高校のころも先輩の恋人のなかに勝手に呼ぶ人はいたが、彼自身に喜んでいる気配はなかった。しかし店長は明らかに許されている。雇い主に対して、彼も〝あいつ〟などと呼ぶあたり……ぼくが知る限り先輩にとって初めての友人のような、そんな近しささすら香る。

「……学さん」

口内で転がして羞恥を噛みながらこぼしたら、いきなり後頭部をぺいんと叩かれた。

「いたっ」

「さっさと選んで帰れ。職場で騒がれると厄介だ」

「ぼくは客ですよ？　占い師のときもそうですけど先輩はほんと接客がなってませんね」

ち、と舌打ちして、先輩がわざとらしく営業スマイルをひろげる。

「どちらをお求めですかお客さま」

不覚にも、滅多に見せてくれない笑顔に心臓がくっとちぢんだ。

「……舌打ちはやめてください」

とりあえず、夏希に頼まれた『夕さりの緋』をお願いした。自分もひとつ欲しくなり、改めて眺めていると、澄んだ球体の色彩をとおして昔先輩と分かちあったさまざまな景色も去来して心が震えた。

群れて飛ぶトンボに囲まれて笑った、ススキ野原の夕べを想い出す『明夜の面影』。

夜明け前、太陽の兆しが世界を青く染めるころ眺めた、富士山が蘇る『朝まだきの虹』。

あの永遠にも似た、静寂と星と、甘苦しい恋の胸触りが感じられる『待宵のとばり』。

「これもください。『待宵のとばり』」

　待宵とはたしか、くるはずの恋人を待つ夜のことだったと思う。先輩への恋心を自覚した瞬間の自分と、恋を探しているような先輩が、球体の夜空のむこうに淡く重なる。

　紫と青が混ざりあう晴れ渡る夜のグラデーション。小さな気泡がいくつか浮かんでいるのも星のようで綺麗だ。

「ふたつでいいか」と訊かれて「はい」とこたえると、先輩がガラスケースの鍵をあけて、エプロンのポケットからだした綿手袋を長細い綺麗な指につけたあとそっととりだした。ガラスケースの横においてある木製の棚から緩衝材の袋をとり、ひとつずつ入れる。

「カウンターで包んで会計するから。郷原のはラッピングでもするか？」

「あ、はい、ぜひ。夏希もきっと喜びます」

　——あのね先輩。もし、ですよ。もし宇来先輩に他人の心を読む力があるんなら、わたしと瀬見先輩の関係もわかったはずなんです。

　——星野先輩たちの事情を暴露したのだって、噛われてた白谷先輩を守るためだったんじゃないですか？

「……先輩、あの。先輩が人のプライベートを当てられるのって……霊能力なんですか」

　おすおず訊ねたら、先輩は緩衝材にテープを貼りながら横目でちらりとこちらを見た。

「好きに解釈してくれてかまわないって言ったろ。ただし、おまえらの恋愛事情に興味があるかと訊かれたらこたえはノーだ。俺は自分に見えることを言った、それだけだ」

「見える……じゃあ、夏希のことはどうですか。見えていたんですか」

「さあな」

〝郷原のことってなんだ〟と疑問を抱かないのが、すべて知っている証拠だと確信した。

「……ありがとうございます。夏希と瀬見先輩を庇ってくれて」

頭をさげたら、ふ、とまたため息に似た音が洩れ聞こえてきた。

「なんでおまえが礼を言うんだよ」

「瀬見先輩も夏希も、元ワンゲル部員にとって特別な存在ですから」

「他人のことより自分が早漏って嗤われたのを気にしろ」

「いいんですって、それは。結果的に星野たちも先輩のおかげで全部吐きだせて、みんなとの絆も深められたって聞きましたよ。夏希と瀬見先輩への配慮も、ぼくは嬉しいです。先輩からワンゲル部への愛情が感じられたっていうか……言葉は悪いですが、人間らしさがあるんだなと知られて」

「人間らしさ！　面白いこと言うなおまえ」

肩を竦めて半笑いで受けながす先輩の横顔をじっと観察する。

「……本当は先輩も人と親しくなりたいんじゃないですか？　でも相手にあわせて接するのが道化じみてばからしくてできなくて、反抗期を拗らせた子どものまんま大人になったら孤独も極めてた、みたいな。そうでしょう」

ふりむいた長身の彼に、真正面から蔑むように見下ろされた。

「べつに孤独じゃない」

まさに反抗期の子どもっぽい拗ねた返しだ。

「ぼくも拗らせ仲間です。……先輩をどうしても忘れられない、片想い拗らせた高校生のまま。だから先輩の寂しさをぼくに半分くれませんか。このあいだも言いましたけどあなたの前では偽りません。道化になりませんから。信じて、恋人にしてください」

　綿手袋をはずしながら、先輩はうんざりと肩を落とす。

「しつこいなおまえも……人間らしくもない、反抗期のガキは放っておけ。もう二十八だろ、あいつらにも言われてたけど、親にも結婚しろだのなんだのせっつかれてるんじゃないのか」

「先輩は親に結婚を急かされてるんですか」

「俺の話にすりかえるな」

「ぼくは先輩にしか興味がないので」

「俺に親はいない」

　短く断じて会話を遮断すると、先輩はカウンターへむかっていってしまった。頭が一瞬真っ白になったが、すぐに彼を追いかけた。

「先輩、その、ええと……先輩の本業ってなんなんですか。普段はショッピングモールにいるんですよね？　それともここや、レジン作家がメイン？」

「どうだっていいだろ」

「シフトが知りたいんです。可能な限りあなたに会いたいから」

「ストーカーされるのは困りますお客さま」

「客じゃなくて、いまは後輩として接してください」

「我が儘が過ぎるだろ」

先輩がカウンターに入っていって奥の棚でラッピングを始める。幸い、客でも横側から傍へいくことのできる位置なので、失礼して近づく。

「土曜日はここで働いているんですか？　平日は占い師？」

背後のカウンターで店長が接客しているから小声で話しかけた。

「お品物の準備ができましたらお呼びするので店内の商品を眺めてお待ちください」

先輩はコットン生地の巾着袋にレジンの空を入れ、店員口調で突き放してくる。

「話したいことがまだたくさんあるんです」

心が読めるという謎も、美しいレジンを始めた理由も、高校時代の思い出も、もちろん恋愛についても、迷惑でなければいま洩らしたご両親の事情も。

夏希がせっかく先輩のところへ導いてくれたんだ、せめて次また会う約束や繋がりぐらいは結びたい。

「つきあうつもりはないって断ったはずだ」

――瀬見先輩は奥さんとむきあう気がないから、たぶんこのままだとくり返すんです。

夏希とかわした会話が浮かんできては、ぼくの背を押してくれる。

「先輩も、帰れだの面倒だの、いつもぼくを拒絶するだけでむきあってくれませんね」

「は？」

「ぼくをふりたいなら、どこが嫌いなのか詳細に教えてください。面倒っていうのは逃げです。恋心は誰にでも芽生える感情じゃないんですよ。このひろい世界で、宇宙で、たったひとりのあなたにぼくは落ちたんです。狂わされたんです。性根の芯まで徹底的に嫌いだと叫べるほど責任持って誠実にぼくを知ろうとしたらどうですか。愛しあうっていうのも疎ましいことなんです。自分本位ではいられないから面倒で当然なんですよ。でも疎ましくて面倒なことが幸福なんじゃないですか。他人を選り好みして自分に都合のいい環境だけに浸かり続けていたら、あなた自身が、ずっと寂しい孤独なままですよ」

小声で思うまま無我夢中に訴えた想いは我ながらめちゃくちゃだった。しかし一言一句全部が訂正する必要もなく真正直な本心だからどうしようもない。

睨み上げるぼくを、先輩も眉をゆがめて困惑気味に見返してくる。

「……理解できない言葉で突っかかってくるのが嫌いだ」

それは、納得せざるを得ない。

まるで恋をさせた罪が先輩にあるとでもいうふうな責めかたをしてしまった。

彼はただ本能のまま生きていただけで、惚れたのはこちらの勝手なのに。せめてもうすこし言葉を選ぶべきだった……嫌いと叫べ、好かれた責任を持て、って、そりゃ困惑して当然だ。おまけに愛について語りまで入れて、いったい何様なんだ。

「はあ……」

自宅へ帰り着くと絶望感を大きく吐いてソファへ沈みこんだ。だいたい、先輩はぼくの小賢しさが嫌いだったと最初に明言していた。自分に正直に接するからつきあってくれ、と縋ったのはぼくの悪足掻き(わるあが)でしかないにも拘わらず、拒絶する先輩を〝逃げてる〟って……考えれば考えるほど申しわけなくて消えたくなってくる。

自戒を腹に燻らせつつ、ひとまず手に持っていた袋をあけた。ラッピングを頼んだのは夏希の空だけだったが、先輩はぼくの『待宵のとばり』もコットン生地の巾着袋に包んで青いリボンを結んでくれていた。ほどくのをもったいなく思いながら指をかけてひく。

宝箱をひらく瞬間の熱が胸に灯り、とりだして緩衝材もとくと、青い夜空の球体が現れた。

「……綺麗だ」

サイドテーブルのライトをつけ、照らして凝視する。時刻は日付が変わってから深夜中という感じだろうか。昔先輩の写真でも星だけがまたたくこんな夜空を見たことがある。深い紺色と薄い紫が溶けあう、こういう色あいをつくるには技術がいるのだと店長が教えてくれた。この雲も、なんの素材をどうやってかたちづくっているんだろう。雲にも夜色の影がのってグラデーションを描いている。もともと色をつけているのか、それとも白い雲の素材が自然と色を吸いこんで同化した、偶然の美しい産物なのか……眺めているだけでは、とうてい読み解けない。

闇とわずかな残光がひとつに混ざりあう箇所と、もうもうとひろがる雲の輪郭――記憶の端でおよそ現実味を失っていたあの夜の先輩との息がつまる距離感や、ペンでなぞって描けそうなぐらい立体的だった星々が、木々の香りが、風音が、再び生き返ったかのように、リアルに掌のなかへ呼び覚まされる。

あんな突っ慳貪で傲岸な先輩のなかに、こんなに美しい景色がひそんでいるというのだから、愛しさが増して憎くなってくる。あなたはぼくを好きにばかりさせる。

――おまえの感情は常に煩雑で人を翻弄する。

愛憎、という言葉を先輩は知っているだろうか。恋がこの空みたいに美しいだけのものだと信じているなら愚鈍極まりない。でも先輩が望むように小賢しさを捨てて醜さにもむきあえば、この想いも純粋さのみに彩られていくんじゃないか、とぼくは期待している。

——俺に親はいない。

純粋すぎると狂気にもなり得るだろうが、せめてもうしばらくのあいだだけ許してほしい。擲りどころのないあなたを癒やす、美しい空になりたいんです、ぼくは。

……指紋がついてしまったな、と遅まきながら気づいてティッシュに包んだら、ふと底付近に傷があるのを見つけて息を呑んだ。え、あれ、いつからあったんだ……？　どこでついた。しかも結構深い。尖ったものにひっかけたような、一本線の溝だ。

「うそ、え……どうしよう」

恐怖で心臓がひきつる。まだとりだして眺めただけだから、自分の過失ではないと思いたい。しかし傷の原因を探りたいというよりは、なおしたい。素材が天然石やガラスじゃないぶん、方法もあるんじゃないだろうか。そんな簡単ではないか。どうあれ、世界にふたつとない貴重な品だ。先輩を哀しませてしまう。困った、なんとかしないと。

とりあえず電話、とスマホで店のサイトをだして電話番号へコールした。すぐに男性店員がでて、店名と名前を名乗ったあと『どのようなご用件でしょうか』と訊いてくれる。

「すみません、本日そちらで品物を購入させていただいた者なのですが、その品に傷がついておりまして」

『それは申しわけございません。商品と詳しい傷の状態をお教え願えますでしょうか』

「はい。購入したのはレジン作品で『夕さりの緋』と『待宵のとばり』です。その『待宵のとばり』のほうに、ひっかき傷のような痕が、」

言いかけたとき『ああ、イチカさん？』と店員の口調が晴れた。

『わたし、最初に接客させていただいた店長のとざきです。とざきりゅうせい』

「あ、店長さん」

顔と声が一致して、ぼくも緊張がほどける。『ご迷惑おかけしてしまいましたね』とやわらかく話してくれるので、「いいえ」とこたえつつ焦りだけは和らいだ。

『レジンは一点ものなのですが、返品や交換をご希望ですか？』

「とんでもない。修復できるかどうかうかがいたかったんです」

『でしたら安心してください、レジンは樹脂なので多少の傷ならおなおしもできます』

「本当ですか、よかった……」

『色が複雑にのっている部分だと完全に再現できない場合もありますが、まずは実物を見て判断させてください。ただ学も今日は営業時間が過ぎて帰ってしまいましたし、明日の日曜はお休みいただいているんですよ』

あ、と我に返って「営業時間って」とスマホに表示していたサイトを探すと、先に『夜七時までです』と教えてくれる。たしかにそうあった。確認せずに電話してしまった。

「すみません、営業時間外に……」

『いえ、むしろでられてよかったです。学にも、お渡しするときは検品を義務づけているのに忘れてしまったみたいですね。イチカさんとずいぶん夢中で話してたから』

ふふ、と苦笑が聞こえてくる。優しげだが、先輩に対する厭味……だろうか。

「すみません、せんぱ……――宇来さんが集中力を欠いていたとしたらぼくのせいです」

今度はもうすこし大きめに、ふふっ、と笑われた。

『明後日お詫びと修復の診断へ学をうかがわせます。イチカさんのご都合はいかがですか』

「え、いいえ、家は遠くて場所も説明しづらいですし、ぼくがもう一度店へお邪魔します」

『そう、ですか？　でしたら水曜と日曜以外が学の出勤日になっておりますが』

「平日は仕事で、七時の閉店に間にあうかどうか……たぶんまた土曜になると思います」

会社から自由が丘は微妙に場所が悪い。定時退社できる水曜以外だと、おそらく急いで着いたとしても七時ジャストだ。……先輩も、今週は書店の仕事をしているみたいだな。それとも占い師は書店閉店後の夜にしているんだろうか。

店長が『うーん』と唸っている。

『一週間お待たせするのは申しわけないので、お手数をおかけしてしまうのですが店のホームページにあるお問いあわせフォームを利用して先に相談内容だけ送っていただけませんか？　写真も添付できますから、傷の状態をぜひ見せてください、学に返事をさせます。そうすればご来店いただいたときもスムーズに対応できます』

「あ、はい、わかりました、すぐに送っておきます」

ひとまず、ほっと安心できた。先輩がメールを見てくれるのもありがたい。「閉店後にすみません、ありがとうございました」と伝えると、店長も『いえ』と笑む。

『りゅうせい、なにしてるんだよ』

ふいに、やや不機嫌そうな若い男の声がスマホ越しに聞こえてきた。『し』と店長が小さく合図して、苦笑が続く。

『……すみません、ではメールとご来店をお待ちしております。このたびはご迷惑をおかけして本当に申しわけございませんでした、修復完了までどうぞよろしくお願いいたします』

「え、いいえ。こちらこそすみません、よろしくお願いいたします」

誰かと一緒にいたのだろうか。バイト店員……？

まあ詮索するでもないか、とスマホを改めて見やり、早速サイトのお問いあわせフォームをひらいた。名前やメールアドレスが必須で、住所などの個人情報は任意になっている。ふう、と深呼吸してから書きこんだ。

『お世話になっております。本日お店へお邪魔して空のレジンを購入した白谷と申します。

先ほどお電話で店長にも相談させていただいたのですが、帰宅して作品を眺めていたところ、「待宵のとばり」に傷を見つけてしまいました。可能でしたら修復をお願いしたいと思っております。

一点もので、返品交換ができないのは承知しております。修復が無理だとしても作品には心惹かれており大事なので、手放すことも考えておりません。作家さんが傷に心を痛めていたらお詫び申しあげます。この傷ごと完成品だとしたら失礼な勘違いをすみません。傷部分の画像も添付します。土曜日に改めてうかがいますので、診断をどうぞよろしくお願いいたします。

検品の見落としもあったんじゃないかと店長にご指摘いただきましたが、ラッピング時に店員の宇来さんに執拗に話しかけて、邪魔をしたのはこちらです。すみませんでした』

スマホで写真を撮って、添付して送信した。
あとで夏希にも連絡して、『夕さりの緋』を渡す日の約束をしよう……、と考えながら、また星空が内包された球体の景色の記憶へ旅をする。

『白谷唯愛さま
先日はご来店ありがとうございました。お求めいただいた作品の破損の件でご迷惑とご心配をおかけしてしまい大変申しわけございません。
外崎（とざき）からも修復をご希望だと聞いております。画像を拝見したところ一日いただければおなおし可能な傷でしたので、ご足労おかけいたしますが土曜日のご来店をお待ちしております。
レジンのような壊れものや一点ものの商品をお渡しする際には、必ずお客さまにも確認していただいております。検品を失念していたのも含めて、今回の件はこちらの失態です。当然ながら無料で対応させていただきますので、あわせてどうぞよろしくお願いいたします。

＊＊

おまえは小賢しいけど、俺と会うきっかけをつくるためにレジンに傷をつけたりするような奴じゃないのは知っている。俺が心を痛めないか、この傷も作品の一部じゃないか、と察してくれた言葉からもそれはちゃんとわかった。たぶん傷はもともとついていたものだろう。横でぎゃあぎゃあ騒がれて鬱陶しかったが、俺の責任だ。すまなかった』

月曜の夜、帰宅途中の電車内で、宇来先輩がくれた返信を三度続けて読み返した。

……文字のなかの先輩を初めて見た。店員と客の仰々しい会話ではあるものの、だからこそ最後に紛れていた私信が光を放って見えた。

いさんで返事を送る。

『レジン作品「待宵のとばり」の破損の件でご連絡させていただきました白谷です。

ご丁寧なお返事をありがとうございました。修復が可能なうえ、時間もさしてかからないとのことで心から安心いたしました。土曜日にお邪魔しますので、どうぞよろしくお願いいたします。

＊＊

意図して傷をつける人間じゃないと、信じてもらえたことが嬉しいです。
でも心苦しいトラブルとはいえ、こうしてメールで内緒の会話ができたのも嬉しくて、不本意ながらこの傷にも、すでにすこし思い入れができてしまいました。修復はもちろんお願いしたいのですが。
「待宵のとばり」は昔先輩と見た星空を想い出す特別な作品です』
『白谷唯愛さま
修復の件で改めまして、お詫びとお礼を申しあげます。
「待宵のとばり」へのお気持ちも聞かせていただいて大変恐縮いたしました。

じつは「待宵のとばり」はもうひとつ異なるものが存在します。色彩や球体の大きさはおなじなのですが、空に雲がないものです。画像を添付いたしますのでご覧ください。作家蔵として保管していたものではありますが、お気に召しましたら修復した「待宵のとばり」とともにお詫びの品として贈らせていただきます』

「お詫びの品って……」

火曜の夜、再び届いたメールの返事を読んで首を傾げた。先輩がレジン作家本人だとしても、きちんと値のついた価値ある作品をぽんと贈っていいものなのだろうか。だいたい今回の傷の原因がどちらにあるのかも結局明らかにはなっていない。あめ玉一個おまけでつけます、ぐらいなら遠慮なくいただくところだがサービスが過剰だ。しかも雲がないって、どんな景色なんだろう。

不思議に思いつつスクロールして添付画像を表示したら、スマホの画面いっぱいに現れた夜空の球体に呼吸がとまった。深い青紫の夜の空に、天の川のように連なる星々がある。それは小さな砂粒と、星の砂で描かれていた。

——星の砂？　なんだそれ。

——知りません？　よく海辺のおみやげとかであるんですよ。小瓶に星形の砂がつまって売ってるんです。

——へえ……いいな、星形か。

「あのタラシめ……」

悪態をつきながら、胸に迫りあがってくる獰猛な至福感を抑えきれずに奥歯を噛んだ。左手で額を覆ってうな垂れる。くそっ……〝嫌いだくるな帰れ〟と、冷たくあしらっておきながら、作品を好きだと褒められたら気をよくしたっていうのか？　どんなサプライズだよ、あのとき知らなかった星の砂を、いま、こんなかたちで夜空のレジンにつかってくれているだなんて。

ぼくとの会話を憶えていたのか。だからくれるって？　棚に並べていなかった秘蔵の星空……こんなことしておいて、恋するなと言われたくない。

まさに愛憎だ、と愛しさと憎さを胸の奥で綯いまぜに待て余しながら返事を書いた。

『「待宵のとばり」のおなおしの件でお世話になっております、白谷です。

修復だけでなく、もうひとつの「待宵のとばり」までいただけるとのことでこちらこそ恐縮いたしました。懐かしい想いに掻き乱される、筆舌に尽くしがたい美しい作品でした。いただけるならふたつとも大事にいたします。ありがとうございます。

筆舌に尽くせる思いもありますので、それは直接伝えさせてください。

土曜日が楽しみです』

＊＊

夜の電車内で、フンとこっそり鼻を鳴らしてメールを送信する。無事に送信できたのを確認するとスマホをスーツの胸ポケットにしまって、窓越しにながれる夜景へ目を転じた。

ビジネス絡みとはいえ毎日先輩とメールのやりとりができて楽しかったな。ひとときでも、彼と恋人になれた人たちはこんな幸せを味わっていたのか。羨ましさでまた胸も痛む。

翌日は先輩が休みだと聞いていた水曜日で返事はなかったが、その次の木曜日に、再び『お待ちしております』という内容の短いメールが届いた。私信部分にはこうあった。

『俺も話がある。昼の一時ごろか、夜六時半ごろにきてほしい』

土曜日、指定された六時半に再び店へ訪れた。宇来先輩は先週ラッピングをしてくれた作業机の前で『待宵のとばり』にライトを当て、傷を診ながら言う。

「――……うん。これなら三十分もあればなおせるな」

「本当ですか、そんなにはやく？」

「ああ。グラデーション部分じゃなくて青一色のところだから楽に塞がる。……悪かったな。これだけ深い傷はかたいものにかなりの力で打ちつけないとつかない。すこし前俺が休みの日に、棚に衝撃が加わって作品が落ちたことがあるんだよ。たぶんそれが原因だ。どれが落ちたのかわからなくて全部たしかめたのに、見落としたまま渡したんだと思う。申しわけない」

先輩にきちりと姿勢を正して頭をさげられ、狼狽（ろうばい）してしまった。

「いえ、やめてください。謝られるとぼくも申しわけなくなります。犯人捜しをしたかったわけじゃないんです。先輩が検品を失念するぐらい邪魔をしたぼくも悪いし、作品が傷つくのはつくった本人がいちばん辛いでしょう。ぼくは先輩が〝完成だ〟って胸を張って言える『待宵のとばり』をいただければ幸せです」

頭をあげた先輩が、瞼を細めてじっと見返してくる。

「おまえ、俺以外にもものをつくってる奴とつきあいがあるのか……？」

「え。や、ないですよ。創造力を必要とする仕事……ということなら職場で商品のパッケージデザイナーと接する機会がありますね。才能のある人間は、感性も発想も凡人と違うなと尊敬しています」

「合点がいった。〝作家が傷に心を痛めていたらすまない〟〝傷ごと完成品だとしたら勘違いして悪い〟〝傷にも思い入れができた〟って、そんなこと言う奴も初めてだ」

先輩は見慣れた無表情をしているが、瞳の奥にほんのわずか喜びや感動を輝かせているのがうかがえる。この人もこんなふうに喜んだりするんだ。それだけレジン作品にこだわりを持ってむきあっているってことなのだろうか。……とはいえ、だ。

「ぼくはなんの才能もない凡人なので、失礼のない言葉をかけられていたなら恐縮です。でも、だからおまけをくださる気になったんですか？　星の砂の？」

「おまえ好きなんだろ、星の砂」

やっぱり憶えていてくれたんだ、あの夜の会話も。

「好きというか……まあ嫌いじゃないですけど、」

「あれは気に入っていて、売りにださずに部屋で飾っていたものなんだ。レジンは時間が経過すると劣化して黄ばみがでるから定期的にメンテもしてた。綺麗だったろ」

「綺麗でしたし、それほど思いのこもったものをいただけるのも嬉しいですけど、」

こういうときだけ少年の心を剥きだしにして邪気なくはしゃぐのは狡いじゃないか。

「なにか不満があるのか」

怪訝そうな表情で顔を覗きこまれる。近い。

「……すみません先輩。ご理解いただいてないようなので言いますが、ぼくが星の砂に特別な想いを抱いているのは、十年前にあなたとかわした会話があるからです。星の砂が好きなわけじゃないんですよ。あなたを好きだから、あなたが星の砂であの夜に似た星空をつくっていたことにも、それを贈ると言ってくれたことにも舞いあがってるんです」

鈍感にもほどがあるだろ、と口をまげて軽く睨み見たら、先輩は「……うわ」と小声でぼやいた。

「じゃあやらない」

「そりゃないでしょっ」

「やっぱり面倒くさいなおまえは」

「先輩はにぶすぎですよ、恋愛してる人間をナメすぎです」

「あー……わかったわかった」

やれやれと頭をふりながら、肩を竦める。

「あと十五分で閉店する。上のカフェで待ってろ」

「え」

「話があるって言っただろ。帰り支度がすんだらいく」

冷淡な目尻が若干やわらかくたわんで見える。どことなく先輩の表情や態度から険がとれたような印象を受けるのは気のせいじゃないのか。

「……わ、かりました」

見つめ返しながら、再会後初めてこの人の目に人間としてうつしてもらえている、と感じてそらしがたくなった。小賢しい虫けらでも道化でもない、刺されれば傷つくおなじ人間同士として、いま先輩のなかに存在できている。

「待ってます」

視線をあわせたまま瞼だけで会釈をすると、先輩も目を細めて小刻みに二度うなずき、こたえてくれた。左脚から一歩ずつうしろへさげて、ゆっくり退く。数十分後にはとける短くささやかな約束に不思議なほど心が躍った。先輩とプライベートで会う約束をかわしたのも初めてのことだ。

話というのもきっと悪い内容ではない、と期待できる雰囲気があったから余計に浮かれた。恋人にしてもらえるんだろうか。やっとひとつ前進できるんだろうか。

恥ずかしいほど足どりも軽く階段をあがった。先輩が言ったとおり書店の上には手作りパイが自慢のカフェがあり、カウンター横のショーケースに十種類前後のパイが並んで輝きを放っている。赤い果実の覗くチェリーパイに惹かれたが、コーヒーだけを注文して、店の前の通りに面したテラス席で先輩を待った。

ぼくは先輩の不器用な孤立主義から心をそらせないし、彼を癒やし、癒やしあえる無二の存在になりたいと切望せずにはいられないが、身も蓋もないことを言ってしまえば彼の顔や容姿もどうしたって好きだ。

冷たい秋の夜風に吹かれて書店と地上を繋ぐ階段のほうを眺めていると、数十分後私服姿の先輩が颯爽と現れた。百八十センチを優に超える身長と、長い手脚の麗しいスタイルだけでも充分なのに、Vネックの青いニットソーの上に黒パーカーを羽織ってジーンズでまとめた服装まで恐ろしく格好いい。ぼくを見つけると、目を眇めて近づいてきた。一歩二歩、と巨大生物みたいに脅威的な威圧感を伴って恋しさの塊が迫ってくる。

「……よくテラス席に座れるな。ここ恥ずかしくないか？」

なんですかその第一声……。

「あなたがぼくを探さなくていいように、わざと選んだんですよ」

「寒いのに」

「そうです、寒くて恥ずかしいのにわざわざね」

先輩のいちゃもんに怯まずこたえながらも、自分の心が弾んでいるのを実感していた。ふっ、と彼も唇の右端をひいて笑う。

「ご機嫌だこと」

ばれている。

「ちょっと待ってろ」と続けて、先輩はカウンターへいった。自分の飲み物を注文してくるのかな、と考えていると、紙袋を持って戻ってきて「場所変えるぞ。ここは店の真上だから都合が悪い」とうながされた。「あ、それもそうですね」とぼくもなくなりかけていたコーヒーを飲み干して席を立つ。

迷いなくさっさと歩いていく先輩について、自由が丘のしゃれた街を進んだ。どこへいくんだろう。彼の右手にあるカフェの紙袋も気になる。これをひらいて食べられる場所となると、居酒屋やレストランで夕食をとる、というわけでもなさそうだ。

訊ねても、黙ってついてこい、とか、どこでもいいだろ、と適当にいなされる気がしたので従順にしていたら、やがて電車に乗って数駅移動し、おりた駅からしばらく歩いた先でこぢんまりした二階建てのアパートについた。

「え……ここって」

先輩は口を噤んでいるが、二階端の一室の前まできて、手慣れたようすでドアの鍵をあける。横のネームプレートには『宇来』とあった。

「せ、先輩のおうちですか」

「ああ。騒ぐなよ」

むしろ叫び声もでないほど緊張して、全身がかたく強張った。……この人はぼくに恋されている自覚があるんだろうか。いや、絶対にない。

「なに昂奮してるんだよ」

ドアをひらいた先輩が呆れ顔でぼくを見る。

「昂奮って、とこともないですが……いきなり部屋に連れてこられたら困惑します」

「いやらしいことで頭がいっぱいか」

「それ以外にもいろいろいっぱいいっぱいですよ」

狭い玄関で靴を脱ぎながら、先輩は「はは」と笑ってなかへ入っていった。ぼくも失礼してお邪魔する。……真新しい新居の木の香りとは違う、人が住んで、日々を踏みしめている匂いがする。廊下がまっすぐ続いていて左右と奥に扉があり、先輩は左側のドアをあけて「ここにいろ」とぼくを誘導した。

「わ……」

　そこはアトリエのようだった。正面にガラス窓があって、その手前に大きな木製の机が設置されている。大小さまざまな容器や、パレット、シリコンの型のようなものと、つくりかけの球体が目を惹く。部屋の左右にも背の高い木棚があり、たくさんの空の球体や、書籍やパソコンなどが並べられていた。そしてあちこちに色彩の鮮やかな空の写真が。

「おまえの『待宵のとばり』をなおすって言ったろ。あまり綺麗じゃないが、椅子に座ってていいからちょっと待ってろよ」

「あ……はい」

　先輩はガラス窓をあけてカフェの紙袋を机におくと部屋をでていってしまった。

　ぼくは棚にある大量のレジン作品に吸い寄せられ、近づいて眺めた。書店でもそうだったが、美しい空の球体がずらりと陳列されているさまは本当に圧倒される。しかもここではすべてが台座にのせて整然と展示されているわけではなく、木箱へ無造作にごろごろとしまわれている作品まである。

　これは試作品……なのだろうか。かたちが変形していたり傷がついていたりするうえに大きさもさまざまだが、失せない輝きは強くまさに宝石の山だ。群青色の濃い星空や、橙色と黄色が淡々揺らぐ夕空、夜の藍色に桃色がにじむ朝焼け。

「唯愛」

　先輩が戻ってきた。手には紅茶の入ったマグカップがふたつ。腕には木製の折りたたみ椅子がひとつ。

「すみません。棚、勝手に見せていただいてました」

「ああ。失敗作だらけだから面白くもないだろ」

「え、失敗ですか？　たしかに、完成品とはすこし違うみたいですけど……全部素敵ですよ。すごいですね……先輩の作品は失敗してても綺麗なんですね。ながれ星の欠片みたい」

「輝く宇宙塵か」

「そう！」

　つい声が大きくなって赤面した。先輩は意外な記憶力でぼくの恋心を弾ませすぎる。

　先輩もあの夜かわした会話だとわかっていて言ってくれたのか、唇で笑んで「まあ座れ」とマグカップを机におき、折りたたみ椅子もひらいて右横に設置してくれた。

　先輩は机の椅子に腰かけ、ぼくは折りたたみのほうへ座る。カフェの紙袋からでてきたのはフルーツパイとチェリーパイで、「おまえはこれな」とフルーツパイを渡され、「あ……」と思わずがっかり感を顔にだしてしまった。

「なんだよ、嫌なのか」

「いえ……お店でチェリーパイに惹かれてたんです。フルーツも嫌いではないので大丈夫なんですけど、チェリーもひとくちだけいただけませんか」

「図々しいな、俺もチェリーが好きなんだよ」

「だからひとくちだけ」

「うるさい、今度自分で買って食え」

「……ぼくは図々しいかもしれませんけど、先輩はけちですね」

睨まれて左頬をひっぱられ、「いたっ」と身をすぼめた。

「先輩、ＤＶ男子ですよ」

「はっ、ただのじゃれあいだろ」

じゃれあい……いけしゃあしゃあと、とんでもない言葉を言ってくれる。

「黙って食え、いいから」

フォークもくれて、睨みあいながら食事を始める。先輩の家のマグカップにフォーク、折りたたみ椅子、彼の作品たちであふれる机や棚、レジンと木製家具の香り、彼が普段この部屋で空を生みながら感じているしずけさ……触れるものから立ちのぼる彼の気配や、高校のころに戻ったような親しげな応酬の連続に、ぼくは浮かれておかしくなっている。

「ついでに黙って聞け」

先輩が紅茶をすすりながら言った。

「おまえとつきあおうと思う」

「え……」

「あれから考えた。たしかに俺はおまえの言ったとおり、おまえとむきあおうとしなかった。逃げだと責められてもしかたない。一方的に嫌悪して、身勝手にさけ続けてただけだからな。というか、最後の言い争いをひきずってガキみたいな態度をとってたんだ。ああいうのはもうやめにする」

「は、い……」

最後の言い争いをひきずって、ガキみたいな態度を……。

「嬉しいです。でもあれは先輩の主張も正しいです。……結局謝罪もうやむやになって遅れていましたが、本当にすみませんでした。先生や常識のせいにして、ぼくは嫉妬を正当化した。立場や性別を責めていたんじゃない。先輩が好きでした。それだけでした」

頭のなかにあの裏庭での光景が蘇る。夕方の橙色の日ざしに暮れる人けのない庭には金木犀(きんもくせい)の香りがただよい始めていた。ふたりのキスがあまりに儚(はかな)げで切実で、先輩もとうずっと欲していた唯一の相手を見つけたのかと、そんな絶望感が冷たく胸にひろがった。羨ましくて悔しくて、教師のくせに、同性のくせに、先輩を奪っていく大人の男が憎くて、自分がそこへいくにはあまりに美しすぎて無理すぎて、太陽の残光にすら阻(はば)まれている気がして辛かった。そして気づいたら先輩を責めていた。

醜くて愚かだった。あなたが好きなんだと、言う勇気すら粉々に毀れて八つ当たりするしかできなくなっていた。

「正しさの話をするならおまえはなにも間違っちゃいないだろ。俺はおまえに理想があって、それを押しつけたんだよ」

「理想……ですか」

「うまく言えないが、あのころストレートに好きだと告白されていたらつきあってたってことだよ」

パイの先をフォークで裂いて、苦笑を浮かべながら先輩が口に入れている。

「すみません、ちょっと……よくわからないです」

言葉の意味を噛み砕けずに訊き返すと、彼の苦笑が深くなった。

「宇宙塵に夢を見るような綺麗な人間でいてほしかったんだ、おまえには」

綺麗な人間――つまり先輩はぼくに失望して、十年経ったいまも腹を立ててくれていた、ということだろうか。

「理想を、持ってもらえたことが嬉しいです。恋人にしてもらえるのは二度目のチャンスだと思うから、今度は間違えないように、ぼくは、」

「だーかーら、」

声を荒げて、先輩が至近距離にぐっと顔を寄せてくる。どきりとして呼吸を吸いこんだら、にいと微笑まれた。

「これからおまえとつきあって、今度こそ誠実に、おまえのことを嫌ってやる」

「……。へ」

「おまえが言ったんだろ？　ふりたいなら嫌いなところを詳細に叫べって」

……目の前で、焦がれてやまない愛しい男が楽しげに笑んでいる。あけ放された窓から夜風がながれてきて、彼の前髪をさらりとながした。こんな残酷なことを、こんな愉快そうに言うときでさえこの人はハンサムで完璧で、憎たらしい。

「いいですよ」と顎を上げて強気を装い、受けて立った。

「先輩がその気なら、ぼくは好きになってもらえるように努力するまでです」

残念ながら、ぼくはもう嫉妬で暴走していた高校生の子どもじゃない。ひとりの大人として自分自身を毅然とコントロールしながら、好きな男をふりむかせることだってできるはずだ。

いや、ふりむかせてみせる。

「〝恋心は誰にでも芽生える感情じゃない〟んだろ……？　楽しみだなあ、俺は惚れられるのかねえ、おまえに」

からかいまじりの口調で言って、先輩が煽ってくる。

「努力して、精いっぱい想って、それがあなたにとって迷惑でしかなくて、自分っていう人間ではあなたを幸せにできないんだとはっきりわかったら……身をひきます。それまでどうか、恋人でいてください」

ほんのすこし大人になったぼくは、どうしたって不幸しか招き入れられない関係があることも知っている。しかしここまできたら、先輩と自分がそんな淋しい仲ではないことを祈って、濁りなく想うしかない。

視線を横にながすと、机の上にあるマグカップの湯気が薄く揺らぐのが見えた。

「……そういうところも昔のままだな」

囁くような小声で洩らしたあと先輩の顔が傾いて、息をつぐ間もなく口をぱくりと食まれた。生温かくて暴力的にやわらかい感触が、心臓を貫いて思考を真っ白にさせる。状況も彼の心情も理解できないのに、ただ頭のなかにあの夜の星空がまたたいて輝いて、遠くて届かなかったすべてが自分を支配している事実に胸が弾けて、呆然とした。

「チェリーパイひとくちな」

先輩は瞼を細めて瞳に光をにじませ、微苦笑していた。余裕を保ちつつも照れたようにはにかむ口もとが稚くて、ぼくとキスをしたあとこの人がこんな表情をするのだと知った今夜を、ぼくは一生忘れないだろうと想った。

「泣くほどかよ」

　ぎょっと顔をしかめた先輩を見て、左頬が冷たいことに気がついた。涙だ。

「あ……すみません。……好きで、わけがわからなくて」

　昔のまま、という先輩の言葉どおり、ひとつも褪せずにここにあった恋心がうち震えている。むしろ十七のころより十年経たいまのほうが、彼のキスをながれ星ぐらい貴重で奇跡に満ちた光として受けとめられた気もする。だからいまもらえてよかった。

「口がくっついただけで泣くんだから、地球人は不可思議だよ」

　急に壮大な感心をされて、左手で涙を払いながら「ふふ」と笑ってしまった。

「何度でも泣きますよ」

「おまえの涙は安いな」

「かもしれないけど、先輩だけです。こんな力を持っているのは」

「高校卒業したあと、何人もつきあってたんだろ」

「先輩……それは触れちゃいけないところですよ」

　フン、と左手で頬杖をついて、先輩が睨んでくる。

「あの、やっぱりチェリーパイふたくちいただいちゃ駄目ですか」

　微笑みかけて頼んだら「だめだ」と拒否された。

「パイ部分をくれないから、香りしかわからなかったんです」

「ひとくちって言ったろ」

「そこをなんとか」

「あーあー、そういう欲張るところが嫌いだな」

早速〝嫌い〟を指摘しながらパイをざくりと裂いて、わざとらしく頬張って見せる。

「けちですね」

それなら、と自分のフォークをのばして先輩のチェリーパイに刺したら、「やめろばか」と押し退けられて笑ってしまった。「やめない」と勢いのまま裂いて、反撃してくる先輩のフォークと戦い、なんとか勝利して口に入れる。よし。

「最悪だ、俺のパイがぐちゃぐちゃになった」

「先輩が子どもみたいな意地悪するからでしょ」

「どっちが子どもだよ」

怒った先輩がぼくのフルーツパイを容赦なくざくざく大きめに裂いて口におさめる。

「うん、ぼくらふたりして子どもですね」

笑いながら、いま自分は高校生のころの笑顔をしている、と感じた。

「いや、大人だ」

否定した先輩も唇に笑みを浮かべていた。そして右手をぼくの後頭部へまわしてひき寄せ、もう一度そっとキスをくれた。

「……ほんと涙の大安売りだな」

どうしてこんなにみっともないほど泣かずにいられないのか、いつか先輩にも知ってもらえたなら嬉しい。

「全部あなたのせいですよ」

その後、パイを食べ終えた先輩は『待宵のとばり』の修復をしてくれた。
パレットに紫をすこし加えた青色のレジン液をつくり、それを傷部分へ慎重にのせていって
UVライトを照射する。数分でかたまって傷が塞がったあとは、球体のかたちを整えるために
サンドペーパーで削る。レジンはアレルギー反応を起こす人もいるらしく「肌寒くても我慢し
てくれ」と窓をあけたまましばらく削ると、曇ってしまった全体にもう一度レジン液を重ねて
照射した。すると空の色彩を浮きだたせる透明感が戻った。
「ほら。これで胸を張って渡せるものになったぞ」
先輩の手から受けとった空が、自分の掌の上で光を放ってきらめいている。
「……ありがとうございます。一生大事にします」
心からの至福感を伝えたら、「命も安すぎだろ」と先輩は呆れて照れて目を細めた。

「――にやにやしてんじゃないわよ、言っとくけど今夜あんたはわたしらの敵だからね」

「にやにやなんてしてないし、敵ってひどいなー……」

「すでにむかつく。十年越しの恋が叶ったからって調子乗ってんなよ白谷」

「……すこしだけ調子に乗りたい」

「夏希、ちょっとこいつ殴って」

　ぼくの横で夏希が吹きだして「まあまあ星野先輩、落ちついて」となだめる。

　夏希に『夕さりの緋』を渡すため会う約束をしていたら、星野も例のバンドマンの歳下彼氏と別れたと聞いて、じゃあ一緒に慰め会もしよう、と三人で会うことになった。

　水曜日に仕事を終えたあと、しゃぶしゃぶでも食べて心の疲れを癒やそう、と計画していたのだが、星野はすでに酔っ払ってくだを巻いている。

「でも星野先輩、相手は宇来先輩だからつきあってくれるのなんてあたりまえじゃないですか。白谷先輩はむしろ、恋人になったいまからきっと苦労しますよ～……」

　夏希が牛ロースを頬張りながら、苦笑いしてぼくと星野を見やる。

「あー……それ言えた。白谷はいまのうちにちやほや祝っておいてやらないとか」

　まったく、ふたりとも好き勝手言ってくれる。

「星野先輩はどうなんですか。すこしは落ちつきましたか」

　続けて、夏希は星野の器に野菜を入れてあげつつ穏やかな声音で話題を変えた。

「そうだね……別れたら目が覚めた。なんであんなに執着してたんだろって。わたしが見捨てればあいつ路頭に迷っちゃうって不安だったのに、普通に友だちのところ転々としてしれっとやってるしね。……宇来先輩にも感謝してるよ。ああやって〝ばかだ〟って言ってくれる人を、わたしずっと待ってたんだろうな」

瞼を伏せた星野が、唇に苦い笑みを浮かべている。

「駄目だってわかってても動けないことはあるから、きっかけをくれる人の存在ってありがたいですよね」

夏希の労り(いたわ)と同意は、ぼくには彼女の心の声にも聞こえた。

「うん、ほんとに。——白谷もごめんね、あのとき下品なこと言ってからかって。あんた先に帰っちゃったけど、美来も反省してたよ。でも宇来先輩が相手なら早漏でもいいね」

「ちょっととっ」

温かな謝罪にオチがついて三人で笑いあった。

「美来も合田先輩もいいきっかけになったみたいよ。心の弱さを理由にすれば非道な行動全部が許されるわけじゃないけどさ、ワンゲル部の仲間は、わたし味方でいたいんだよね。誰が正しいって、結局他人が判断することじゃないから。わたしが誰を守りたいかだけ」

「……はい」と夏希も小刻みにうなずく。

「わかります。どんな行動にも本人なりの理由があるんですよね。わたしもワンゲル部のみんななら味方になっちゃうな。一緒に美味しいカレー作って食べた仲ですもん」

「夏希、あんたまだカレーのこと言ってるの?」

「あたりまえですよ、永遠に言い続けますから！」

夏希が得意げにふんぞり返ると、また笑いが起こった。

「美味しかったんだー……みんなと食べたカレー」

しみじみ感慨に耽る夏希の、想い出を愛する声音に、ぼくと星野もひっぱられて空気がひととき当時への憧憬に染まった。三人とも、部員のみんなと眺めた大自然の絶景や、楽しかった思い出の数々をふり返っているのがわかる。

「わたし、しばらくはまた山登ったり趣味探したりして人生謳歌しようと思う。……長いことサボっちゃったよ、自分を幸せにすること」

星野がため息まじりに宣して、どこか晴々と苦笑した。

「わたしもです。なんか夢心地でふらふらしちゃって、駄目だなーって後悔してたんで」

夏希も左手でガッツポーズをつくり、こっそりぼくに目配せして苦笑いする。

「うん。ぼくも、宇来先輩にふられないように頑張るよ」

絆も新たにぼくも一緒に宣言したのに、「おまえは夢見すぎだよ白谷」と呆れられた。

「ひどいなっ」

「だって宇来先輩落とせたら、あんた世界どころか宇宙に自慢できるレベルだよ？」

ぼくが星野に諭されている横で、夏希はお腹を抱えてげらげら笑っている。

「わかってるけど、頑張るんだよっ」

「っとに、あんただけ高校生に逆戻りで青春やってるわ」

反論できずに言葉に詰まるぼくと、爆笑している夏希と、やれやれと肩を竦める星野。

高校のころは同性愛にも息苦しく雁字搦めに縛られていたのに、ふたりはひとことも責めはしなかった。「食べましょう食べましょうっ」と、夏希が笑い涙を拭いながら仕切りなおしてくれて、三人で肉を湯に浸し、またからかいあいつつ食べていく。湯気越しに見る仲間の笑顔や安寧に自分の恐怖と懸念も溶かされて、心ごとぬくもりに包まれていくのがよくわかった。

『先輩、今日も一日お疲れさまです。ぼくはいま帰宅しました。夏希は「夕さりの緋」に感激してたし、星野も先輩に感謝してましたよ。しゃぶしゃぶも美味しかったです』

先輩の恋人にしてもらえた日から四日。

連絡先も交換してくれたので、おたがい仕事のある平日はスマホからメッセージを送って、繋がりを感じさせてもらっている。

『おまえはなんで他人といちゃついてきたことをわざわざ報告してくるんだ』

先輩にとっては不愉快っぽいけれど。

『ワンゲル部の仲間は先輩にとっても他人じゃないでしょう？　このあいだの呑み会のことがあっての慰め会なんだし、すこしぐらい聞いてくださいよ』

『どうせまたばかにされてへらへら笑ってきたんだろ』

『星野とも和解しました。先輩もまた一緒に呑みましょう、喧嘩別れは淋しいから』

返事がとまって、これでおしまいかな、とスマホをおいたら、またぽんと返ってきた。

『おまえは俺とつきあいだしたことをあいつらに言ったのか』

ずきりと胸が痛んだ。先輩の冷淡な声で、嫌悪に満ちた文字が再生される。

ぼくとの関係を人に知られるのは不快ですか、隠しておきたいですか——と、心いっぱいにひろがっていく哀しみを喉の奥に塞きとめて返事を打った。

『ごめんなさい、言いました。やっぱり性別のこともあるので今後は控えますね。先輩は今日なにをしていましたか』

沈みそうになる気持ちを立てなおして話を変えた。先輩は水曜の今日、休日だったと聞いている。ちなみに占い師の仕事は派遣制で十月に入ってからいっていないのだそうだ。メインは書店員で、次に優先しているのがレジン。占い師は時間と収入の都合にあわせて入れている、とのことらしい。

『今日は流星といた』

流星、とは店長のこと。外崎流星——名前の漢字表記も先輩のメッセージで知った。

『先輩も、休みの日に会うぐらい店長と仲がいいんですね』

……あれ。自分の返事も、ちょっと棘のある物言いになっただろうか。

『流星は特別なんだ』

読みあげた一瞬、意識が飛んだ。

『先輩が特別って言うなんて驚きました』

何人の男女とつきあっても執着した相手などいた例のない、孤高の奔放男じゃないか。

『俺も流星みたいな奴に会えると思わなかった』

驚きと絶望と嫉妬と怒りがいっせいにあふれてきて整理できず、うな垂れて、はあ、と息とともに吐き捨てる。

……恋心には正直になれと叱られているが、はたしてどこまでの暴露が許されるのか。

先輩は昔、告白されると一ヶ月程度つきあってあっさり見限っていた。性格や相性の問題で数日で切ってしまうこともあったが、おそらく彼のなかに恋愛試験期間のようなものが定められており、惚れたこちらは超難関のその試験に合格しなければならない。

ぼくは自分を社交的なほうだと思っているけど、社交的なのと人づきあいが巧いのは異なる。おまけに先輩の〝恋人〟という立場だと、嫌われるのを過度に怖れて言動も慎重にならざるを得なくなる。

まるで愛の告白みたいですね――は、厭味たらしすぎるだろ。

流星さんのことが好きなんですか――本人に自覚のない恋を気づかせてしまうような言葉は、狡いけどまだ言いたくない。

恋人にむかってなに言ってるんだよおまえは――って正直すぎる。

『先輩、ぼくも嫉妬ぐらいしますよ』

送信して頭を抱えた。正しかったのか、この返事は。自分に正直な言葉なのか、これは。

……いや、正直ではあるが半分は本心を隠している。

『おまえは昔から嫉妬しすぎる。嫌いだな、そういうところ』

……そうですよね。

『おまえが疑ってるような特別とは違う。そのうち話せるときがきたら話すよ』

予想外に優しげな追送が届いて、胸がほんわりと温まった。鬱積(うっせき)があっさり霧消していく。

自分もずいぶんチョロくて面倒な奴だ。

『すみません。昔みたいな暴走をくり返さないよう心がけます。先輩の交友関係を教えてもらえるのも嬉しいです、楽しみにしています』

　書店で初めて流星さんと先輩を見たとき、ふたりに信頼関係があるのは気づいていた。先輩が珍しく心を許していることも。しかし恋愛感情じゃないと否定してくれたのだから、信じてその友情を見守ろう。

　孤独な影がつきまとう先輩に友だちができて周囲が賑やかになっていくのは、お節介で勝手ながら嬉しくもある。

『週末、映画にいくんだろ』

　続いて届いた返事を見て、頬がゆるんだ。日曜日は初めてのデートの約束をしている。

『はい、楽しみです。先輩と会えるのを生きがいに仕事も頑張ります。長々すみませんでした、そろそろ休みます。先輩も明日からまた頑張ってくださいね。おやすみなさい』

　意外にも先輩はメッセージの返事をすぐにくれるしまめだ。でもそのぶんこちらもひき際は見極めないといけない。

『おやすみ唯愛』

　先輩が自分のスマホに眠る前の挨拶をくれる。こんなこと、信じられない奇跡だった。


「くそみたいな映画だったな」

「もう。先輩もこれでいいって言ったでしょう？」

「おまえが観たそうだったからだろ」

「ひどいな、人のせいにして」

ふたりで選んだ宇宙バトルファンタジー映画が終わったあと先輩は不満たらたらだった。

「地球人は宇宙に変な夢を見すぎる」

また世界を俯瞰(ふかん)した壮大な文句。

「先輩は空が好きだし、これは話題の人気作だったから一緒に楽しめると思ったのに」

「どうせつくりものだ。ワンゲル部で見た景色のほうがよっぽど綺麗だった」

責めきれない主張で返してくるのも狡い。

「じゃあ今度は先輩が好きな映画を観ましょう」

「あったらな」

素っ気ない返事の直後、ちょうどエンドロールが終わって館内が明るくなり、「いくぞ」とうながされた。

映画は嫌いだったんだろうか、と心配になったが、気に入らない作品でもきちんと最後まで観て席を立つ律儀な性格が好ましくて、こっちの不安をプラマイゼロにしてしまう。ひどい人だ、と感じてもすぐ、素敵な人だ、と想わせるのが本当に狡い。

「自然を愛していたり美しいものをつくれたり、髪が左側だけはねていたり、暇なときクマの落書きをしてみたり、映画をつくる人に敬意を忘れなかったり……先輩の魅力ってナチュラルですよね。それこそつくりものじゃなくて、無意識ににじみでてる」

「は?」と右側の眉だけあげて非難的な顔をされた。

「髪とクマってなんだよ、ばかにしてるだろ」

「してません。きっと本人にはわからない可愛さなんですよ」

「ふざけたこと言いやがって。しかもクマのときは深刻な話してたのにどこ見てたんだ」

「話にも集中してましたよ。でも好きな人のことはつい観察してしまうものなんです」

観客に紛れて映画館の外へむかいながら、先輩がじとりと軽蔑の視線をむけてくる。

「……恥ずかしげもなく公の場で好きとかなんとか言うところも嫌いだ」

すこし調子に乗りすぎてしまったみたいだ。〝苦手〟だとか〝気に入らない〟ならまだしも〝嫌い〟と許容の隙もない拒絶で断じられると、さすがに傷つく。

先輩はぼくの好意が鬱陶しいですか、とそれこそ鬱陶しい傲慢さをふりかざしてしまいそうで、こっそり深呼吸して感情を整えた。

「ねえ先輩、この先にビル一軒文具店っていう大きな店があるから寄りませんか。画材やホビー用素材も充実しているらしいので、レジンにつかえるものもたぶんありますよ」

機嫌をなおしてほしくて先輩の好きなものに話題を変えたら、案の定、表情がぱっと明るく華やいだ。

「知ってる、一度いってみたいと思ってたところだ」

「よかった」

映画館の場所を決めたときから、じつはこの文具店へ誘うことも計画していた。レジン作家の先輩をもっと知りたかったし、彼の不機嫌そうな顔より楽しんでいる笑顔を見せてもらえるところへ一緒にいかせてほしいから。

「唯愛、こい」

エスカレーターへ先に乗るようすすめられて、失礼して先輩の前にいく。こういうエスコートもなんだか紳士的だな、とほんのり浮かれていたら、やや高めの位置にいるうしろの先輩が、ぼくの頭にぽんと右手をのせてさわさわ撫でた。

「本当にありがとう唯愛、楽しかったうえに助かった」

文具店へいって買い物をしたあとはお洒落な居酒屋へ移動して食事をした。

「喜んでもらえてよかったです」

先輩はレジン素材をいつもオンラインショップや近所の小さなお店で揃えていたそうで、

「見てみたかったものも、知らなかったものもたくさんある」と興奮し、居酒屋へ入ってからも
個室なのをいいことに買ってきた商品を並べて眺めている。

「もっと店内を探索したかったな……レジンのなかに入れられるものもあったかもしれない」

「星の砂みたいに？」

「ああ。雲だけでもねり消しやちり紙や綿や、いろんなものでつくることができるんだけど、
そういうの考えながらひとつずつ眺めてたらきりがない。でも探したい」

学生のころよく目の当たりにした、きらきら輝く少年のような瞳を再び見せてもらえて嬉し
くなり、ぼくも満たされた。

「ふふ、またいきましょう。一階からゆっくり見ていくのもいいですね。ぼくもレジンの勉強
ができてとても楽しかったです。映画にはいかないで一日文具店にいればよかった」

「いいのか」

先輩が眉根にしわを寄せて、訝りながら問うてくる。

「もちろん。ぼくも文具が好きなんですよ。万年筆で毎年限定カラーのインクをだすメーカーがあって、前年のがつかいきれてなくても買っちゃったり、クリアファイルも〝職場でつかえるから〟って言いわけつけていろんな色とか便利なポケットつきのを集めちゃったり。文具店はほんと飽きない」

「……そうか」

微笑みかけて、テーブルの上に並ぶレジン素材のカラフルなビーズや貝殻の入ったケース横にある、自家製ローストビーフの皿から一枚とり口に入れる。

再会後ようやく穏やかに接せられているのも幸せなら、学校という閉鎖空間からでて、プライベートで、先輩の時間を独占して遊べたのも、食事をできているのも幸せすぎる。学生時代に夢見たことがどんどん叶っていく驚きと至福ったらない。怖いぐらいだ。

「先輩。映画は失敗だったけど、またぼくのいきたいとこにもつきあってくれませんか」

「唯愛の？」

「はい。最初は嫌だったり未知だったりする場所だとしても、そうやっておたがいの好きなものを教えあいながら、いずれふたりにとって大事な場所になったなら、恋人らしいなって思いますし」

請うているうちに自分の図々しさに危機感を覚えて、笑ってごまかしていると、先輩は視線をさげて炙り牛のカルパッチョを咀嚼しつつしばし黙考した。

「どこにいきたいんだよ」

細くて艶のある目は、すっと軽く上目遣いで見返されると迫力がある。

「ええと……って言っても、ぼくは才能があるわけじゃなくて、趣味で昔から続けてたアウトドア系が好きなだけだから、山の散策とかバーベキューとかキャンプとかかな」

「嫌でも未知でもないんだが。部活の延長じゃないか」

ですよね。

「すみません……なんの発見も学びも贈れない恋人で」

今度は情けなくなって苦笑いになる。先輩は、はあ、と肩を落として息をついた。

「いや、安心した。高校のころはやれ渋谷だの原宿だの連れまわされた挙げ句、ゲーセンで写真撮りたいだとかカラオケで歌をうたってほしいだとか、苦痛なことしか要求されなくて散々だったからな」

先輩が渋谷に原宿に、ゲーセンにカラオケ！

ブレザー制服姿の先輩が、肩に鞄をぶらさげてズボンのポケットに両手を突っこみ、女子にひっぱられてスクランブル交差点を嫌々歩いているようすが容易に想像できる。

ゲーセンでも小さなシール写真に不機嫌そうな顔でおさまったんだろうな。カラオケでは〝わたしのために〟とラブソングでもリクエストされて、適当にうたったんだろうか。十八歳の格好よかった、あの宇来先輩とするデート……。

「なに想像してるんだ」

睨まれた。

「へへ、すみません。でも……ちょっとわかる気がするし、羨ましいです。きっとみんな自分だけの先輩が欲しかったんですよ。ほかの人が見たことない、知らない先輩を、教えてほしいっていうのかな」

「なんだそりゃ」

「ぼくも学生服の先輩とデートしたかったです。嫌な顔しながら写真撮ったり、歌をうたってもらったりしたかった。さすがに本気で嫌なら無理強いしたくないですけど、こう……青春のひとときに先輩との想い出がある人たちが羨ましいです」

　恋愛試験中のたった一ヶ月だとしても、ぼくもあのころの先輩と学生服で遊び歩いてみたかった。本木先生に嫉妬して喧嘩をふっかけたりしなければ、先輩後輩の関係でも運よく実現したかもしれないのに。ほんとばかだったな……。

「おまえともあるだろ、想い出。ワンゲル部であちこちいったんだから」

「そうですけど、あくまで部活動でしょう。恋人の想い出じゃないですもん。高校生の先輩も格好よかったんですよね……上背があって、当時からもう手も細長くて大きくて綺麗で、冬に紺色のセーターの袖を軽く捲ってるあの腕も魅力的だった。しがみついて帰ってる彼女さんたちが羨ましくて羨ましくて……いいな、ゲーセンにカラオケか……」

　回想しているうちにますます憧れが募って、心ごとタイムスリップしてときめいてしまった。先輩にぺんと額を叩かれて正気に戻される。

「いた」

「そうやって昔のことばかり言ってくるのも嫌いだ」

「なんでですか。浸らせてくださいよ、すこしぐらい」

「俺にとって好きでもない奴らとの不愉快なエピソードに浸るなって言ってるんだよ」

好きでもなんでもない人たちとつきあいまくってたのは自分のくせに。

「なんだと?」

「なにも言ってません」

「言ったろ」

「妄想ぐらい許してください……ぼくはずっと遠くで眺めて片想いしてたんですから」

高校を卒業して十年だ。時間を戻すことはおろか、いまでは学生服も着られやしない。

昔、同性愛に悩んで煩悶して、想いを押し殺すことしかできなかったのは完全に自分のせいでしかないけれど、あんなふうに手を繋いで歩きたい、腕を組んでみたい、ぼくも先輩と学校外で会いたい、と妄想して夢見るのは苦しくも幸福な時間で、現在では余計に悪足掻きの救いなんだ、頭のなかで花畑をつくるぐらいいいだろ、けちめ。

「……ばかげたことを」

「え?　なんですか、先輩こそ」

「なんでもねえよ」

先輩が海老のアヒージョの器から、オレンジ色に光る海老をとって乱暴に口へ放りこむ。

「だったら渋谷でも原宿でも歌でも写真でもおまえが要求してくりゃいいだろ。いまは、俺はおまえのものなんだから」

言葉に頭を殴られて意識が眩んだ。

「でも……さっきそれは嫌だって、」

「嫌なところが大事な場所になったら恋人なんじゃないの」

「たしかに、そう言いましたけど……すごく、難易度の高い試験じゃないですか」

トラウマレベルの過去をおまえが克服させてみろ、って喜んでいいのか、どうなのか。

「一生妄想で満足していたいっていうのがおまえの恋愛？」

からかうのではなく、先輩はしごく真剣な眼差しで詰問してきた。……言ってくれるじゃないか。

「いいえ。十年の片想いをナメないでくださいよね。先輩に楽しんでもらえるゲーセンとカラオケデートにしてみせます」

奮起して胸を叩いたら、先輩も右の口端をひいて楽しげににやりと笑んだ。

「制服着てくるところからお願いしようか」

「それは無理っ」

「ははっ」

最後には、高校生のころも見せてくれなかった無邪気で幼げな笑顔をひろげてくれて、可愛らしくて格好よくて素敵すぎて、早速敗北感を味わわされた。

歳上の先輩とは一緒に昼食をとる機会などなかったが、ワンゲル部ではこっそりと隣の席を確保して、並んでカレーやバーベキューの肉を食べた。しかし箸はあまりつかわなかったので、いますこし不器用に、長い指先に二本の箸をのせているしぐさや、真正面に食べ物を咀嚼して揺れる彼の唇があることにも心を奪われて、本当は緊張している。

彼の手もとには色とりどりのまるいビーズや小さなドライフラワーや、七色のラメパウダーがある。視界が少女漫画の効果みたいだ、とぼんやり視線をあげたら、左側の髪をはねさせて、今日いちばんに優しく、恋のような笑顔をして頬杖をつく先輩がいた。

居酒屋は居心地もよくて名残惜しかったが、明日は再び一週間が始まる月曜日なので、十時を過ぎたころしかたなく退店して駅へむかった。夜の繁華街は、きらびやかな輝きの奥に摑みどころのない遠い日の忘れものを見るような独特な寂寥が香る。隣に先輩がいるとなおさら。

「——唯愛、左の靴ひもがほどけそうだぞ。そっちの建物の陰でなおせよ」

突然指摘されて、え、と足をとめて確認したけれど、とくにゆるんでいる気はしない。

「大丈夫ですよ」

「いいから。転んでからじゃ遅いだろ」

右側から先輩に肩を押されて、よろめきながらビルとビルのあいだの物陰へ入る。まあ心配してくれるなら、と屈んでなおしたが、やっぱり結び目の感触もしっかりかたい。

「ありがとう先輩。でも大丈夫みたいで、」

す、という声を、立ちあがりざま唇で塞がれて烈しくむさぼられた。こするように唇を押しつけてひらかれ、舌で口腔もねぶられる。先輩の荒い息づかいと、おたがいの口もとに残る一緒に食べた料理の味が鼻腔を掠める。頭がのけぞりそうになるぐらい先輩が舌を奥へ、もっと、と搦めて求めてくれるから、受けとめるのにすこし力を要した。気づいてくれたのか、ふと掌で後頭部を覆って腰も抱かれると、恋しさで胸が震えて肩が竦んだ。

「……靴ひもが、なんでしたっけ」

ようやく解放されると、額と身体をくっつけたままふたりでくすくす笑った。

「先輩はこうやってキスを誘うんですね」

「初めてしたよ」

「そのセリフもこみで計画のうち？」

しゃべるな、とでもいうように、口先を甘く吸われる。……毀れそうだ。

「セックスしないで帰るのか……？」

このあいだまで猛烈に拒絶してきた人とは思えない愛しげな声音で言う。妄想のなかの先輩でも、こんな誘惑をしてくれたことはなかった。嬉しくて、狂いそうなぐらい幸せで心臓が痛くて、でもだからこそ、ぼくはこの違和感を無視できない。

「今日一日〝嫌いだ〟って何度も言ってきた男と寝るほどばかでも尻軽でもないですよ」

ぼくの目を覗く彼の双眸を、微笑んで見返した。

「……ぼくはあなたが忘れられなくて、何人かの女性とつきあって身体の関係も持たずに傷つけて別れてきました。だからぼくはあなたと真剣な恋愛をする義務がある。高校生のころなら遊ばれて捨てられてもかまわなかったけどいまは嫌です。……もしいつか両想いになれたら、抱いてください。これまでのあなたの恋人のことは知りませんが、ぼくは安くないですよ」

幼稚なロマンスを気どって弄ばれて泣いて〝いい想い出になった〟と、酔える子どもではもうない。孤独なこの人の性欲を満たしたくて好きになったわけでもなく、心の空隙を埋めたくて焦がれ続けた想いを、ぼくは貫くと決めている。

「おまえがつきあってきた女のことなんか俺には関係ないだろ」

「ええ、彼女たちのなかにもぼくのこんな想いを知ったら〝巻きこむな〟って、ひっぱたいてくれそうな子がいますけどね。最低な男の勝手な信念なんですけど、先輩にも恋心には正直に純粋になれと言われているし、セフレに成り下がる気はありませんって先に断言しておきます。性欲だけであなたと繋がる気はないです」

ぼくも先輩の腰に両手をまわして謝罪がわりのキスをした。苛立ちをぶつけるみたいに下唇を噛まれて、反撃に遭う。

「ぐだぐだ面倒なことを言うくせにキスが熟(こな)れてるのも嫌いだ」

「先輩はセックスも熟れてるんでしょ、誰も好きになったことないくせに」

後頭部を押さえこまれて舌を強く吸われた。

「……誰も好きになったことがないと思うのか」

高二の秋、喧嘩別れをしたあとはなにも知らない先輩の空白の十年。

「その話は……まだしないで」

口の右端を舐めて頬を噛まれて、抱き竦められながら右耳の下を吸われた。

「明日も会うか」と耳のすぐ傍で囁かれる。

「……いいんですか。先輩も仕事があるし、レジンをつくりたいんじゃ」

「食事してゲーセンにいくぐらいの時間はあるよ」

しゃべる先輩の唇が、首筋のあたりでくすぐったい。……触れたくて触れられなかった腕に抱かれて誘われて、そろそろ冷静に応じるのも限界だ、心臓が破裂しそうで保たない。

「嬉しいです。じゃあまたよさそうな場所と、仕事の終わる時間がわかったら連絡しますね」

「待ってる」

　限界だと思っているのに、約束を結ぶと再び唇を覆って、恐ろしく情熱的にむさぼられた。ぼくも彼の熱にこたえて、背中を抱き返して舌を搦める。

「……唯愛、恋する気持ちをおまえが俺に教えてくれ」

　千切れそうなほど切実で切羽詰まった、祈りに似た声色だった。声に直接心臓を摑んで強く握りしめられているようで息苦しい。ぼくでいいんですか、ぼくで大丈夫ですか、と心は叫んでいたが、ここは弱気な本心を言う場ではないとわかった。

「はい。……一緒に学んで、ぼくらなりの関係を育んでいきましょう」

　好きですす先輩、と両腕に力をこめて抱き寄せると、やや強引に離されてまたキスで襲われた。自分のなかの信条を理性で守ったというのに、この人がくれるものはキスや言葉だけでもセックス以上の麻薬だったんじゃないかと、あとからすこし恨めしくなった。


　自由が丘へ数駅でいける先輩の家の周辺のほうが圧倒的にお洒落だったり人気だったりする店が多いので、そのなかから先輩と相談してまたよさげな居酒屋を決め、月曜は七時半過ぎに落ちあった。

「高校生のころつきあってたら呑めなかったな」と、ビールの入ったグラスを微笑んで傾けてくる先輩と乾杯して、酒と料理を味わう。

先輩と約束した日曜の夜からそわそわ浮ついていたが、仕事中も、待ちあわせ場所への移動中も、会って一緒に過ごしている最中すらも、胸が弾んで至福感に苛まれて苦しい。むしろ、ふたりでひとところとき時間を分かちあうこの瞬間にむけて徐々に幸せが増していって、いま破裂しているんだと思う。と、離れていたたった一日のあいだに、自分の心のなかで湧きあがって駆け巡った想いをまっすぐ伝えたら、先輩は瞼をすっと細めた。

「そこまで堪え性がないのに、どうして俺以外の奴とつきあったんだよ」

やりなおせない過去の喧嘩と、繋がりを断っていた長い年月の事情をまるっと度外視して、めちゃくちゃなことを言う。

「先輩がまたぼくの人生に関わってくれる日がくるなんて期待してなかったんです。ましてや告白して、恋人にしてもらえるチャンスを得られるだなんて」

「ひとりでいることもできたんじゃないのか。おまえにとって恋人って存在は、そんなに人生から切り離せないものなのか」

憤怒をはらんだ厳しい追及に呆然としつつも、自戒とともに受けとめた。

「……そうですね。先輩への想いに、もっと誠実でいられれば誰も傷つけなかったわけですし。彼女たちに会ったとき、これが自分の運命かもしれないって感じてしまったんです。先輩との経験は若いころの過ちで、あれは人生の勉強のひとつで、彼女たちとのつきあいに活かすべき失敗だったのかもって。……いまは〝過ち〟っていう経験自体ないと思います。けど、ぼくがずっと想っていたのはあなたです」

フン、と先輩がぼくを睨みながらスペアリブをフォークで刺して頬張る。

「彼女たち彼女たちって……いったい何人いたんだか」

何人、と聞いてぼくもカチンときた。小皿にチーズリゾットをとり分けて先輩の前へおく。

「先輩が十年で何人とおつきあいしたのかはともかく、ぼくはいま恋人が自分だけだと思っていませんよ」

「は？」

「〝は？〟って、不機嫌になれるんですか？　怒ってくれるんですか？　怒れるんですか……？

ぼくの記憶は高校生のプレイボーイな先輩のままでとまってますけど」

啖呵をきって睨み返すが、今夜も左の耳上どころか髪全体を手癖ではねさせているところも、デニムのワイシャツの右襟がよれて鎖骨が色っぽく覗いているようすもすべてがセクシーで、魅力の威圧感に正気を保ちながら挑むのがやっとだ。そこかしこに一日働いた疲労がにじみでているのに、今夜も一緒にいてくれている、と自覚させられるのがたまらない。

「いま〝恋人〟って呼べるのはおまえだけだ」

「……へえ、〝いま〟はね」

喜ばないぞ。明日には四、五人恋人をつくってしれっとしているかもしれない、そういう男だからな。

「それで昨日抱かせなかったのか」

突然正面にいる先輩に左手を摑んでひかれ、若干前のめりになって狼狽（うろた）えた瞬間、彼の首もとの、鎖骨の上に掌を押しつけられて絶句した。

「本当はおまえもしたいんだろ……？」

にやりといやらしく笑む表情もハンサムでさまになっている。左掌にはゆるく美しくカーブする鎖骨のかたさと、しっとりなじむ肌の感触と、掌自体を覆う彼の熱く大きな手の体温が。

「……鼻血がでそうなので、離してもらえませんか」

顔面が沸騰して、心臓の鼓動が痛いほど激しくて、あと数秒で卒倒しそうだ。

ふ、と微笑んだ彼が手を鎖骨から離してくれたが、そのまま今度はぼくの掌に顔を埋めるように唇をつけて、中心を舐めてきた。

「……セックスしよう唯愛」

また蠱惑的な濡れた声で囁いて誘惑してくる。……はあ、とため息をこぼして肩を竦めた。

「どうしてそんなにしたいんですか」

「愚問だろ」

……この人はもしかして、やり捨て常習犯のプレイボーイだったんだろうか。高校のころはそういうことをする前に別れるのがほとんどだったと勝手に想像していた。卒業後にそれなりの経験をしてきたんだろうな、と。

「唯愛以外に恋人はつくらないから信じろよ」

二十八は、まだまだ未熟だけれど子どもではない。こんなひとことで容易くときめける脳天気な初々しさがあったらどんなによかったか。

「そういう説得を必要としている時点で、先輩も駄目男なんですよ。ぼくと一緒に反省してくださいね」

掌をひっこめて束縛から逃れると、彼はむっと唇をまげて不満げな可愛らしい顔をした。

食事のあとは、本当にゲーセンへつきあってくれた。

たくさんある筐体を眺め歩いていくつかプレイしたなかで、ぼくらが気に入ったのは対戦型のバトルゲームだ。画面の前にある小さな椅子に並んで座り、ガチャガチャ音を鳴らしながらレバーとボタンを操作して、技をくりだして戦う。先輩は長い綺麗な指でレバーを握ってボタンを押している姿が格好いいわりに猛烈に下手くそで、ぼくは爆笑しながら全勝。

「先輩のキャラ、挙動不審で逆に可愛い」

「ゲーセンなんてこないからうまくできやしない」

文句を洩らしても楽しいらしく、「もっかいだ」と要求されるまま一時間ぐらい続けた。

「学校帰りに先輩とこんなふうに遊びたかったなー……」

逞しく立派な図体で、長い脚を折って低い椅子に窮屈そうに座る先輩と、スーツ姿の自分。いま隣にいられるのももちろん嬉しいけれど、おたがい制服姿で、足もとに鞄を放って、日が暮れても入り浸って遊ぶような、そんな想い出も欲しかった。

「べつに俺は誘うなとは言わなかっただろ」

「でもいつも彼女さんがいたし、ひとりのときは〝話しかけるな〟ってオーラがでてましたよ。……あなたは近づきがたい人でした」

先輩が缶コーヒーを飲みながら視線を横にながしてなにやら思い深げな表情をする。

「だとしても、おまえは俺に頻繁に話しかけてきたじゃないか。ワンゲル部ででかけたときもおまえだけがずっとくっついてきて隣で笑ってしゃべってた。俺はそれが、」

俺はそれが――。

「……それが嬉しかったって、思ってもらえてたんだと、勘違いしていいですか？」

先輩の顔を覗きこんで、頬をゆるませて笑いかけたら、彼の瞼がいつものようにじとっと細くなって視線ごとこちらへ戻ってきた。

「写真撮るんだろ、いくぞ」

……けちめ。

写真撮影は先輩のほうが手慣れていて、ぼくは「こんなふうに撮るんですね」「こんな機能まであるんだ」と驚きどおしだった。

「ほとんど密室空間だから、最近のガキは淫らな行為を撮影して楽しんでるらしいな」

「みだら？」

たしかに、足もとまでぶ厚い垂れ幕で覆われていて外と完璧に遮断されているけど……、とうかがっていると、ボタンを操作していた先輩が「撮るぞ」とぼくの左側に寄り添って、肩を抱き寄せざまいきなりキスをしてきた。

「ンっ……」

顎を指であげられて、遠慮も気づかいもなく舌を搦めながら支配される。しばらく拘束されて解放されると、先輩は至近距離に顔を寄せたまま「……淫らな行為」と囁いて笑った。

「……撮ったんですか？」

「撮るかばか」

「ばかなのは先輩です」

「おまえが学生に戻りたいって言うから、昔できなかったことをしてるんだよ」

自分より身長の高い先輩を見あげて睨みあう。……写真機械の狭い空間で、憧れていた腕に肩を支えられて、息づかいも聞こえる間近でふたりきり。これがもし十八歳の先輩と、十七歳の自分だったら――。

「顔が赤くなってきたよ唯愛」

「いえべつに」

虚勢を張ったのに口先だけ甘噛みして笑われた。舐めてしゃぶられて唇が濡れていく。

「学生の先輩も、こういうことしてたんですか」

「さーな」

とぼけた即答が肯定の証拠だ。

「じゃあします」

先輩の首を右手でひいて、自分からもキスをしかけた。

彼のふっくらした唇を吸って、舐め返して、舌をさし入れる。口腔を味わわせてもらいたくて搦めるのに、ぼくの動きを封じるように先輩が強引に吸いあげてきて主導権を奪っていく。嫌ださせろ、と彼の首に両腕をまわしてしがみついて反撃にでても、彼はキスの合間に笑いを洩らしながらぼくの腰を抱いて押さえて、さらに深くまでむさぼってきた。

「……ぼくにも好きにさせてください」

観念して言葉で懇願したらまた喉でくつくつ笑われた。

「こっちはキスで我慢してるんだからおまえに我が儘言う権利はないの」

……ないの、の言いかたまで可愛い。

「我慢してるのはぼくのほうです。セックスしか頭にない先輩と恋愛がしたいから、誘惑にのらず忍耐強く頑張ってるんじゃないですか」

「ならどうすればいいんだよ。好きだって言えばおまえは〝恋愛だ〟って納得できるのか？」

このうんざりと面倒くさそうな物言いよ。

「じゃあぼくも訊きますけど、なんで花束を贈るでもポエムを書くでもなくあなたはセックスなんですか」

「ポエムって」

「セックスは愛を結ぶ行為で、心を伝えた先にあるものなんです。順番が違うんですよ」

びしりと叱りつけてやったが、先輩も唇をまげて目をつりあげた。

「待ったからだ。おまえを抱きたいのは待ったから」

一週間程度の恋人関係でなにを言うか。

「先輩がぼくを好きだと言おうと言うまいと、恋愛をしてるかどうかは見てればわかります。ずっと片想いしてたぼくを侮らないでください。だからぼくも待ちます、いくらでも」

目の前で先輩の目が据わって、ふ、と鼻先から抜けたため息も唇にかかった。

「……もう一生抱けそうにないな」

ふたりで撮った初めての写真シールは、一枚だけ手帳の内側に貼った。

社会人の平日の夜は短くて、終電ラッシュに巻きこまれる前に、と急いで十一時台の電車に間にあわせたが、家の方向が逆だから先輩とは改札口でお別れだ。

「明日はどうする」

むかいあってさよならをきりだそうとした瞬間、先輩は微笑を浮かべてそう問うた。

会うか会わないかをぼくに委ねているともとれるし、会うのは当然として何時にどこで会うか、と訊いているようでもある。

「……ずるい、先輩」

つまり〝おまえが決めろ〟ということだ。次のぼくの返事でおたがいの明日が決まる。

「はは」と先輩がおかしそうに笑った。

「先輩は連日でかけて身体とか辛くないんですか」

「俺は明後日仕事も休みだから、辛いとしたらおまえだろ」

それでぼくに決定権をくれたのか。

「決めろと言われたら、ぼくは〝会いたい〟しかこたえられないです」

微笑む先輩に、び、と左頬をひっぱられる。

「じゃあ明日は唯愛の家に近い場所で会おう。あのショッピングモールは？」

「あ……はい。あそこなら、明日は六時半ごろから何時でも」

「悪い、頑張っても俺が遅くなる。七時……十五分ぐらいかな」

「なら店選んで待ってます」

……あれ。先輩が優しい？　嬉しくてちょっと、思考がままならない。

昔も喧嘩をする前は優しいときがあったから、これが普通かな……？　拒絶ばかりされていたせいか混乱する。

「いた」

ぺん、と右手で軽く頭を叩かれた。

「いて」

ぺち、と次はおなじ右手の裏で頬を。

「ん」

最後は誰の目にもとまらないはやさでほんのわずか一瞬、顎をあげられて唇に唇を押しつけられた。

「じゃあな」

ジャケットのポケットに手を入れてにやりと笑顔で去る姿もそつがなくて格好いい。

先輩と一緒にいると、心臓が百年分ぐらい一気に稼動して消耗するので疲れる。しかもこの疲労感は決して心地悪いものではなくチョコレートみたいに甘やかで、心をくすぐる悪質な快感だから困りはてる。

ふわふわ意識が浮いたまま帰宅してスマホを確認するとメッセージが届いていた。

『今日のおまえの嫌いなところを言い忘れてたよ。唯愛、おまえの目は節穴だ。また明日な、おやすみ』

先輩は会うたびにおかしげな理由をつけてキスをしてくる。最初はチェリーパイでその次は靴ひも、その次はゲーセンの写真機械、みたいなあれだ。

火曜日はショッピングモールで食事をしたあと、もうひとつの夢だったカラオケへ一緒にいってくれた先輩が「カラオケも淫らな行為をするのにラブホより安あがりでいいらしい」とかなんとか言いつつキスをしてきた。ソファに組み敷かれて歌もうたわず長いあいだ延々と。

水曜日は定時退社できる日だったので、仕事休みの先輩と遠出しようかとも悩んだが、先日話題にあげた原宿デートを実現することとなった。といっても若者が遊ぶ竹下通りはおたがい尻ごみしてしまい、選んだのはイルミネーションが綺麗なショッピングビルの屋上テラスだ。

そこは庭園になっており、レストランの窓際の席から光り輝く木々を眺めつつ、料理を味わえるようになっている。先輩はこういう、いかにも東京らしい人工のお洒落さを小ばかにするタイプかと思いきや、「地球人は美しいものをつくるのが本当にうまいな」とたまに言う壮大な表現で褒め称えたので、その無垢さが愛しくなってにやけてしまった。

「先輩はきっとぼくらが見逃している綺麗なものも、ちゃんと目で捕らえて心に記憶してるんですよね。昔からそう。レジンも〝先輩の目だ〟って思います。そこも、ぼくが先輩に惹かれてやまないところです」

想いを告げると、先輩は呆れたような顔をする。

「おまえはなんでそうなんでもかんでも口にできるんだ」

「先輩は〝正直になれ〟と言うくせに、告白されると困るのなんなんですか」

毎日一緒にいて、だんだん自分も遠慮がなくなってきている。

「困るっていうか……パワーがいるだろ、声にするには。唯愛は苦痛も負担も感じさせないでよく言えるもんだと尊敬する」

「照れくさくはありますけど、先輩が好きだから自分の全力をつかいたいんじゃないですか。昔は隠していたので、想った瞬間に伝えられるのも単純に嬉しいんですけどね。むしろ、いまストレスフリーなんですよ。聞いてくれてありがとうございます」

迷惑なら控えます、と続けようと思ったが、眉根にしわを寄せて当惑をあらわにしている先輩がいまのぼくにはすこし違って見えた。一緒に照れてくれている……ような。

「早合点するな」

「え」

「……いや、なんでもない」

食事を終えたあとは庭園を歩いてイルミネーションを眺めた。

広場の中央にも中心の木々を囲むようにぐるっと円形にテーブルが設置されていて、みんなカフェで買ってきたお茶などを飲みながら光のアートを眺めている。

金色のライトのみに統一されたイルミネーションのデザインも上品で美しい。冬の枯れ枝に成る金色の果実、あるいは溶けない光の雪みたいなきらめきが視界いっぱいに迫って、ぼくも先輩も時折無意識に足をとめて、息を殺して見入った。

光を凝視していると世界が光と自分ひとりだけのような錯覚に陥る。悄然として隣に視線を走らせると、先輩がいる。おなじように光を見あげて、呼吸を忘れて、見つめている。そしてぼくの視線に気づいて、ん？　という不思議そうな表情をする。

「……唯愛、おまえちょっと匂う」

「えっ？」

「さっきガーリックオイルのかかったリングイネ食べたろ、それだわ」

焦って両頬が熱くなった。指摘してくる先輩は爽やかなハッカの香りをただよわせていて、いつの間にか自分だけあめ玉を食べている。

「恥ずかしいです、ぼくにもあめくださいい」

「しかたないな」

先輩はぼくの腕を摑んでそばにあった木の陰に強引に誘導し、唇を重ねてきた。え、と驚いたのも束の間、舌でぼくの口をひらいて、舌同士を搦めながらあめをのせてくる。人けのない庭園の奥で、木々に隠れて、これが今日のキス作戦か、とわかった。でも唇が離れてから彼が自分の身体でもぼくを隠して守ってくれていたことにも気づいた。

「〝口をくっつけるだけのこと〟なのに先輩はキスが大好きですね」

舌に、先輩の舌の生温かい余韻とハッカの味が染みる。

「泣くほど喜んでた唯愛はもうどっかいったな」

……この苦笑は、おどけているようでも、淋しそうでもある。

「喜んでますよ」とこたえて、ぼくも他人からは見えないよう、彼のジャケットの内側に両手を入れて抱き寄せながら軽くキスを返した。

「喜んでるけど、哀しいかな外でするのは非常識だと感じる年齢になってしまいました」

先輩はぼくの右の耳たぶを噛んでくる。

「ってことはおまえは家で〝彼女たち〟としてたわけか」

「それはお話しできません」

「嫌いだ」

この〝嫌い〟はひどく甘く響いてデレてしまった。

「嬉しい」

ぼくも先輩の右頬を、び、とひっぱる。ゆがんだ顔まで格好よくて憎たらしい。

「……ぼくハッカ味って苦手だったんです。子どものころドロップのなかにあると、それだけよけて、好きって言ってくれる祖母にあげてた。でもいまぼくも好きになりました。祖母だけじゃなく、先輩との想い出にもなったから。……こうやって〝苦手〟とか〝嫌い〟が〝好き〟に変わっていくのも、相手のことが大事ってことですよ。先輩が好きってことです」

笑いながら強く抱きしめたあと、名残惜しい気持ちで身体を離す。

黄金色の光で彩られた幻想的な空間で、長く想い続けていた宇来先輩とむかいあっている。信じられない幸せだ……と深く胸の底で感じ入っていると、先輩がうな垂れた。

「好きってのは学ぶことだらけだな」

うなずいて「ぼくも日々勉強です」と微笑みかけ、視界ににじむ光と先輩を愛おしんだ。

その夜、帰宅すると先輩からスマホにメッセージが届いた。

『きみの唇はマシュマロみたいにやわらかい。でもマシュマロよりもきみがいい』

……なんだこれは。

『先輩、メッセージが届いたんですけど送信相手ぼくであってますか』

『あってる』

『きみ、なんて普段呼ばないじゃないですか』

やっぱり恋人がほかにもいたのか、とこのあとの自分たちの行く末について考え始め、暗澹と気分が沈み始めたころ、返信が続いた。

『おまえがポエムを送れって言ったんだろ』

「えっ」と思わず声にだしていた。

『これは先輩がぼくを想って書いてくれたポエムなんですか？　マシュマロ？』

『言うな。こんなに恥ずかしい思いをしたのは初めてだ』

別れの覚悟までしそうになった陰鬱さが一瞬で晴れて、腹の底から喜びと至福と興奮があふれだし、すべて一緒くたに暴れながら体内を満たした。すぐさまスクリーンショット撮影して画像で保存する。

『信じられない、嬉しい。保存したけど、この文字ごと食べて自分の一部にしたいです』

『おまえのほうがよっぽどポエムだな』

『いえ、この感覚はただの変態かも』

『自分で言うのか』

『ぼくは宇来学マニアなので、先輩が一瞬でも触れたもの全部愛する自信がありますよ』

レジン作品だって本当は買い占めたい。言葉も声も時間も感情も、先輩に関わるものならなにもかも欲しい。

『独占欲か？』

『うーん……これは独占欲とはすこし違います。先輩がぼくにとって神さまみたいな存在ってことかな？　触るものも思うことも生みだすものもあなたのなら宝物になるんです』

スクロールを戻して、マシュマロポエムをくり返し読む。……キスするときこんなこと考えてくれていたのか。自分の唇とキスはできないから、先輩にとってマシュマロみたいだという発見も嬉しければ、甘いお菓子よりいいと教えてもらえたのも幸せだ。

『唯愛もポエム書けよ』

え。……まあたしかに、要求にこたえてもらったのに、ハイ終わり、というのもフェアじゃないし、彼が味わってくれた羞恥ならぼくも一緒に分かちあいたい。『わかりました』と決意を送信してから、先輩への想いに意識を埋めて文字にした。

『あの日の星に願うなら、ぼくはあなたの瞳の〝汚い〟になりたい』

山頂で先輩と一緒に見た星空をまた想い描く。

『今日唯愛が言ってた、俺の目の話だよな。なんで〝綺麗〟じゃないの』

照れくさくて笑ってしまった。

『先輩は綺麗なものを見つけるのがうまくて、それらをなんの疑問もなく愛しもするでしょ。でもぼくはやっぱり、どれだけ先輩に正直に接しても綺麗じゃないです。完璧な純白にはなれない。職場でも〝この上司話が長いな〟とか〝たいして仕事もできないくせに説教だけ一人前だな〟とか苛々してるし、先輩が好きで、嫉妬だってこれから何度もすると思うんです。それでもあなたの目にうつっていたい。許してもらえる唯一の〝汚い〟でいたいっていう、強欲な想いです』

ソファ前のローテーブルに飾っているふたつの『待宵のとばり』を見つめる。先輩が愛する、先輩の生みだした美しいもの。またぽんと返事が届いた。

『俺らだったら〝宇宙塵になりたい〟が正解だったな』

——輝く塵ってだけで希望があるじゃないですか。とるに足らない存在の自分だって誰かの光になれるかもしれないって思えません？

——宇宙塵に夢を見るような綺麗な人間でいてほしかったんだ、おまえには。

『ああ、そうか……！』

悶絶して、声でも「ああ〜っ」と嘆いて悔やんで笑った。悔しいけど、先輩が自分の言葉を記憶して結びつけてくれたことも、ふたりでポエムを完成させられたことも幸せでならない。

『十年間、心にあった星の砂。きみに贈って光る星。……これじゃ下手な川柳か』

続けて先輩がくれたポエムにも胸が詰まった。

『あのときの会話を憶えていてくれたのは、「待宵のとばり」をいただいたときに気づいてましたけど、十年想ってくれていたみたいで、こんなポエムは反則です先輩』

左手で胸を押さえて身をちぢめ、恋苦しさを耐えた。想いの証明にポエムを贈ったりなさい、などと変な主張だったけど、してよかった。こんなに感激するなんて思いも寄らなかった。

『好きです、先輩。ありがとう大好き』

好き、大好き、愛してる、よりさらに上の告白を教えてくれないか、と迫りあがる想いを力んで塞きとめながら悶えた。

『言葉の前では年齢も知識も経験すらきっと関係ありませんね。どんな美しい比喩でも、ぼくの想いは全部伝えられないです。愛してるって言ったたって発散できなくて狂いそう。いますぐ傍にいきたいです』

はあ、と息をついてソファへ転がる。高校生以下の幼稚な文字にしたところで、ろくに楽にならない。罪な男だな、と腹を立てながら同時に、愛しくて会いたくてたまらない。

『おまえ俺のこと誘惑してるって自覚ある？』

え。

『おまえにそうやって好きだのなんだの言われて、なにも感じない単細胞だと思うのか』

文字が、尖った声で聞こえる。

『なにか、感じてくれていたんですか』

『脳天気に訊いてくるところが嫌いだ、苛々する。世の中にはおまえみたいに全部声にだして言う奴ばかりじゃないってことを学べよ。おまえといると誰といるより疲れる』

え……怒らせた？　呆れられた？　飽きられた？

『ごめんなさい先輩、不快にさせたかったわけじゃないんです、すみません』

慌てて謝罪を言い募ったが、ごめんだけではこの焦燥や猛省も、胸のなかの一パーセントも届けられていないと感じた。先輩からの返信も途切れる。

『本当にごめんなさい先輩』

不安に駆られてもう一度だけ謝罪を追送したが音沙汰なく、スマホはしんと沈黙した。

一時間ほど前、明日の木曜日は仕事を終えたあと水族館へいこう、と約束して別れたのに、『地球の生物が好きなんだ』ときらめく瞳を見せてくれた先輩が幻のように遠かった。

沈んだ気持ちで一晩過ごして木曜日になると、起きた瞬間から悪寒がして倦怠感もひどく、しまった……と愕然とした。どうやら風邪をひいてしまったっぽい。

ベッドをでてソファに座ってみるが、背中から生気を吸いとられているような感覚があって両腕にも力が入らず、全身重たくて怠い。そしてじくじくと頭が痛む。

熱をはかったら三十八度に届きそうだった。ちょうど月末月初の仕事が忙しい時期なので会社を休むのは忍びないが、無理に出社して風邪を社員にうつせばもっと迷惑になる。

会社に連絡をすると、有休をとって病院へいき、はやめに治すようにと上司にも指示された。それで、鉛のように重たい四肢を動かして診察時間にあわせて外出し、案の定先生に「風邪ですね」と診断されて薬をもらって帰宅した。

症状が軽くなってから病院へいけばよかった……と後悔しつつ、ゼリー飲料で栄養補給だけして薬を飲み、ベッドに崩れる。寒気がして怠くて頭痛もひどい反面、洟がゆるむだけで幸い喉の痛みや咳はまだ少ない。悪化させないためにもあとはひたすら眠るぞ。……でもその前に、もうひとり連絡しなければいけない人がいる。

熱で潤む目をこすって、スマホにメッセージを打った。

『先輩すみません。風邪をひいてしまって体調が優れないので、今夜は会えそうにありません。昨夜のことも謝りたかったのにごめんなさい。また後日謝罪の機会をください』

好きです、と続けて打って、それは逡巡したあと削除して送信した。

心まで弱っているのかな。こういうのが〝疲れる〟と言わせてしまった原因なんだから控えるべきなんだろうな……と考えている端から、意識が眠気に奪われていく。

目が覚めると六時半を過ぎていた。こんな時間に寝ているなんてっ、と焦って勢いあまって飛び起きてすぐ、自分が病欠したことを思い出した。頭痛……は、おさまっている。熱も、はかってみたら平熱に近くなっていた。まだ若干洟と咳もでるが、薬が効いてだいぶいい具合に回復しているようだ。喉が渇いて食欲も感じた。

　腹はがっつり食べ物を欲しているものの一日まともな食事をとらなかったのにいきなり思いきり食べるのもどうだろうと考え、お粥を作ろうと決める。お粥は好きなのだけれど、病気のとき以外でメインにするのはなんとなく気がひけるからささやかなご褒美だ。

　ベッドから立ちあがっても、朝襲われたような倦怠感はほとんどない。節々が軋む感覚があるのは寝過ぎたせいかな。

　首や腕をまわして、キッチンへいく前にサイドテーブルへおいていたスマホを確認したら、同僚と、先輩からメッセージが届いていた。

『大丈夫か？　会社は休んだんだよな。病院いったか？　どれぐらい悪い？　すまない、俺が毎日連れまわしたせいだ。仕事が終わったら見舞いにいく』

　へっ、と驚愕した。時刻からして昼休みごろ届けてくれた返信らしい。

『先輩すみません、いま起きました。会社は休んで病院にもいきました。眠ったらかなり楽になったので、夕飯を作ろうと思っていたところです。先輩が罪悪感を抱く必要はまったくありません。毎日会えたのも幸せでした。また懲りずにかまっていただけたら嬉しいです。先輩もお仕事終えたころですよね、暖かくして休んでくださいね』

先輩に優しく心配してもらえるのは嬉しいけど、昨日怒らせてしまったのがうやむやになるのは嫌だな、と息をついてスマホをおく。ひとまず着がえて買い物にいこう。お粥に肉と野菜を入れて栄養価をあげたいし、飲み物も補充したい。それこそ毎日はしゃいで先輩と外食していたせいで冷蔵庫が空っぽだ。

身体を冷やさないよう注意しながら風呂へ入って汗をながし、服を身につけると、再びスマホに届いていたメッセージに気づいた。

『なにか欲しいものあるか？　桃缶？　すりおろし林檎？　お粥？　バニラアイス？　飲み物はスポーツドリンクか？　生姜湯？』

またびっくりした。ぼくの言葉を全部無視して慌てたような返事。

『大丈夫です、本当に。買い物には自分でちゃんといけますから。ありがとう先輩』

先輩がとり乱してくれている……と、頬がゆるんでしまった。こんな姿を見せてもらえただけでありがたくて風邪にも感謝だ。なんにせよ先輩はぼくの家を知らないので、こさせてしまう恐れもない。

にやけた頬をぱんと叩いて財布をコートのポケットに入れ、外へでた。マフラーも巻いたが、早速身体を舐めていく冬風がぞくりと冷たい。さっさと買い物をすませて安静に過ごさなければ、とエレベーターでマンションの一階へおりる。

夜空が一面濃い藍色で、かすかに明滅する星々もくっきり輝いて美しい。冬の夜にだけ見られる透きとおった星空だ。ああ……これは先輩と一緒に見たかったな。

「唯愛！」

……幻聴か、と訝って視線を地上に戻すと、正面にある横断歩道のむこうで眉間にしわを寄せ、焦ったようすで信号待ちしている先輩がいた。右腕に買い物袋をさげて、両手で真っ赤な色あいの大きな花束を抱えて。

「先輩……」

黒のタートルネックと紺のパンツに灰色のチェスターコートを羽織った完璧に格好いい男が、大きな花束を抱いている。まるで映画のワンシーンで、リアルに起きていることとはとうてい信じられなくて、呆然と立ち尽くしていたら信号も変わり彼が小走りで近づいてきた。

「なんで出歩いてるんだ！」

いきなり怒鳴られた。赤バラと赤ガーベラと、白バラが目の前で揺れている。

「……夕飯の買い物に、いこうと、」

「必要そうなものは全部買ってきた、いいから帰るぞ」

「帰るって……先輩、どうしてぼくのうち、」

「『待宵のとばり』の修復のとき、問いあわせフォームにおまえが記入した住所で調べてきた。文句はきかない」

映画だったら彼はもっと甘いセリフを言うだろうに、これが現実の、ぼくの恋人だ。

「はい、嬉しいです。……お花も」

ぐっと返答に窮した彼の、怒りに尖った目が横へそれる。そして花束を押しつけられた。

「……喜んだんならよかった。はやくいこう、目立ってしかたない」

受けとった花束は自分の顔が埋まりそうなほど大きくて、芳しい香りをただよわせている。

「赤メインは冬の特別なアレンジメントなんだとさ」と先輩が教えてくれながら、ぼくの肩に手をまわしていまでてきたマンションのほうへ誘導する。

「そうなんですね……クリスマスカラーかな」

一応ぼくも平静を装ってこたえたが、胸のあたりがずっと熱くて、ざわざわと幸せが湧いてあふれて、どうにも困りはてて途方に暮れた。

エレベーターに乗ってふたりきりになると大人の自制を保つ意思もなにもかも、ふっと一瞬消え失せて、左目から涙がほろとこぼれ落ちていった。心の隙を突いて高校生の自分が蘇った感覚だった。

「ひさびさに泣いたな」

先輩にもばれてしまった。左手で拭って、笑ってごまかす。

「ひさびさって、たった二週間前のことでしょう?」

「あれ以来キスしても嫌がられてた」

「嫌がってません、嬉しかったですってば」

「セックスのかわりにキスしてただけだろ。〝外でしたくない〟とも言った。おまえはずっといい顔して好き好き言うだけ言って、都合よく大人ぶって俺を拒絶してるんだよ」

先輩にはぼくがそんなふうに見えていたのか。

「そう言われると……否定しづらいですが」

好きなのは真実です、と続けようとして、〝好き好き言うだけ〟という彼の非難にまたひっかかり、口を噤む。

――世の中にはおまえみたいに全部声にだして言う奴ばかりじゃないってことを学べよ。おまえといると誰といるより疲れる。

「……昨日もごめんなさい先輩。ぼくはひとりで浮かれて、夢みたいな現実にのぼせあがって、先輩にたくさん負担をかけていたんだと気づきました。ぼくは先輩が恋人になってくれたときふりむかせる努力をするぞと思ったけど、先輩は人を好きにならない人だと勝手に決めつけていたところがあったし、それが自分相手となると、無理かもしれないとかまえてもいたんです。……でもこれからは、すこしだけ自惚れてもいいですか」

告白しているのに鼻声だ。ず、と洟をすすって右横にいる先輩を見あげると、不機嫌そうな表情で唇をひき結んでいる。それからいきなりぺちと軽く額を叩かれた。

「いた」

エレベーターの扉がひらくと、先におりろ、と追いたてるみたいに後頭部もぱちんと叩かれる。

「いたいです」

全然痛くないけれど抗議しておりたら、うしろからついてくる先輩がまた後頭部の髪をひとつまみひっぱってきた。

「嫌です、もう」

笑ってふりむいて先輩の身体を押しやり、走って自分の部屋がある端まで急ぐと、先輩も追いかけてきてもっと笑えた。背中から抱きしめられて捕まったのと同時に部屋のドアの前に着いて、ふたりして笑いを噛み殺しながら鍵をあける。

なかへ入ったらすぐさまおたがいがおたがいの身体に手をまわしてキスをした。ぼくのマフラーを邪魔だというように先輩が口先で強引によけて、唇を沈めて舌を搦めてくる。ぼくも口をひらいて舌をのばして先輩を求めた。恋しかった。……愛しかった。

「……昨日のことは、今夜会ったらまた適当に責めて笑って終わりにするつもりだった」

ぼくの唇の弾力を味わうように上唇を甘噛みしたり下唇をしゃぶったりしつつ先輩が言う。

「……なら余計に、風邪をひいて、こうしてちゃんと先輩の不満とむきあえてよかったです。先輩が笑って我慢して、心に鬱積をためていかないでくれてよかった」

「風邪関係なくおまえは話しあおうとしたろ。てか身体は労れ、地球人は弱すぎて敵わない」

宇宙からきた〝宙（そら）の人（ひと）〟かのような叱責がおかしくて「はい」と反省しながら笑ってしまう。

「けど先輩。言葉で伝えるのが苦手だとしても〝セックスしよう〟だけ赤裸々に言うのもクレイジーですよ。それにぼくはもともとあなたの要望に従って、想いを素直に、正直に声にしていたんです。あなたは〝ギブ〟して音をあげるならともかく〝疲れる〟って責めていい立場ではありません。受けとめなきゃいけないんです、あなたは。ぼくの告白を」

さっきのお返しに下唇をやわらかく噛んでやったら、先輩は喉の奥で息を破裂させて吹きながらくっくと笑いだした。

「……ほんと言うようになったな」

両腕で腰を抱きあげられて、彼の顔の位置までひき寄せられる。顔と顔がこすれあう距離で「でも、」と彼が言う。

「でも、いまのほうが昔よりもっといい」

先輩がぼくの右肩に顔を埋めてマフラーの奥の首筋を舐め、耳たぶを吸う。刺激された箇所からにわかな快感がふくれあがって、この人がずっと、十年も忘れられなかった人、好きでしかたなかった人、と自覚してしまうとさらにとめどなく感情ごと幸福に震えた。

「声でだす言葉のみに頼ると不要な争いが起きる。地球人はなぜこんなばかな進化をしたのかまるで理解できなかったけど、おまえにこの煩わしさも悪くないと教わったよ」

左腕に抱えている花束の香りがぼくたちを包んでいる。甘くてすこし、酸味のある匂い。

「……好きだ、唯愛」

背中が軋んで痛むほど強く抱き竦められた。

「好きだ」

熱い吐息をぼくの首筋にかけながら彼がくり返す。意識せずともあふれてこぼれる涙をとめようもなく、はらはら落としてぼくも先輩の身体にしがみついた。

ずっとこの人の隣にいられる人たちが羨ましくて、羨むばかりで、自分も傍でこの人の心を癒やしたり、遊んで楽しい時間を分かちあったりしながら一緒に幸せになれないかと、隠れて願い、想い続けていた。ところが実際自分にできたのは、嫉妬で暴走して怒らせて喧嘩して、不快感を味わわせて絶縁するという、十年間の溝をつくることだけだった。

こういう巡りあわせだったのかもしれないと、当時は謝って縋る勇気もなかったせいで己の弱さを楯にして達観し、諦めた気でいたけれど、結局自分が想うのはこの人で、一方的にではなくふたりで想いやりながら至福を贈れる自分になりたかった。……なりたかったのに。

「……ぼくのほうが、先輩になにもあげられてないですね」

ポエムも花束も先輩がくれた。仕事のあとデートに誘ってくれるのも先輩だったし、おかしな言いわけまでつけてキスして毎回触れあおうとしてくれたのも先輩だった。

「全部おまえが俺に恋を学ばせてくれたおかげでできたことだろ、と言いたいところだけど、お返しにセックスさせてくれるならありがたく抱かせてもらう」

ふはっ、と笑ってしまったら、先輩も喉でくっくと笑った。

「心の声を全部言いましたね」

「心こそだだ洩れであるべきなんだよ」

「えー……」

ふふ、と笑う先輩がぼくの右頬を囓る。

「……唯愛はどうなの。いましたいのかしたくないのか、心の声でこたえて」

心の声で。

「どちらかの二択なら……もちろん、想いはひとつです」

先輩が欲しい、と目の前にある彼の耳に囁く。そうしたらまたきつく抱き竦められた。

「わかった、じゃあしない」

「えっ」

吹きだした先輩が、上半身をすこし離してぼくの顔を覗きこむ。

「ばーか。病気で寝こんでた奴を抱くわけないだろ。いい機会だからおまえもおあずけの辛さを味わえよ」

ぼくも笑ってしまった。

「わかりました。じゃあ〝したいしたい〟って声にだして発散して、我慢しておきます」

ん？　と眉をゆがめた先輩の左頬を、右手で覆う。

「……先輩とセックスしたいな。抱いてほしいな。いますぐしたいな」

「おまえ……」

口先を噛まれて、痛くて、ふたりして笑いながらキスで攻撃しあって、しばらくじゃれた。

拒絶ばかりする、と叱られた直後なので逡巡しつつ「キスも本当は風邪をうつすかもしれないから我慢しないと」とやんわり制すると、彼は「俺は病気にならないから大丈夫だ」と自信満々に言いきった。

「なりますよ、ぼくまだ治りかけだから」

「平気なんだよ。もしうつっても俺は身体のなかで病原菌を殺すことができる」

「なんですか、その子どもみたいなはったり」

「はったりじゃない」

なおも否定する先輩が、「まあでも、こんな寒い場所でいつまでもいちゃついてるわけにはいかないな」とぼくの右耳を食む。

「夕飯作ってやるからおまえは寝てな」

「え、先輩が料理？」

「なんだよ、昔もワンゲル部でしてただろ」

「あ、いえ、すみません……自分の家で、料理を作ってもらえるのが夢みたいで」

右瞼にも唇をつけて舐められた。

「ネットで検索してでてきた桃も林檎も蜜柑も買ってきたから、先にそれ用意してやる。飲み物も嫌ってほど揃えてきたから。アイスも」

世界でいちばん格好よくて、可愛くて素敵で愛おしくてたまらないと想っている人が、自分のためにネットで看病料理を検索して飛んできてくれたって……?

「信じられない。抱いてほしい、いやらしいことされたい、したい」

辛抱できずに花束を抱えたまま右腕を彼の背中にまわして甘えたら、「嫌がらせか」と軽く後頭部をぺんと叩いて笑われた。

それからふたりで部屋へ移動して上着を脱ぎ、花束を水に浸けて先輩にキッチンの案内をしたあと自室で待っていると、本当に桃と蜜柑と、すりおろし林檎を用意してくれた。ヨーグルトも添えてあって、「桃と蜜柑はこれつけて食べな」とうながされる。

「はい、もう、本当に感激です……」

「ばか、まだ料理らしい料理なんにもしてねえよ」

「先輩の手でお皿に盛られたフルーツっていうだけで幸せなんです」

「幸せも安いな、おまえは」

嬉しい、幸せ……と美しい三日月型に切られた艶めく桃をフォークで刺してヨーグルトにつけていたら、横から顎をひかれてキスをされた。

「唯愛、言い忘れてたけど俺今夜ここに泊まっていくからな」

驚いた。

「嬉しいです、けど……言い忘れてたって最初から泊まる気でいてくれたってことですか?」

「心配だろ、ひとりにしておくの。いきなり呼ばれても俺の家は近くないし」

　いきなり呼んでも、飛んできてくれるつもりだったのか……。そこまで症状も悪くないので恐縮したが、この厚意には甘えるべきだろうと考えて「はい」とうなずいて笑いかけた。

「じゃあお願いします。……先輩と一晩一緒にいられてすごく幸せです」

　また一瞬だけキスをされる。

「俺はいつだって朝までいたいって言ってた」

「それはもう言いっこなしでしょ」

「一生ねちねち言ってやる」

　言葉とは裏腹に、逝きそうなほど格好よくて優しげな笑顔をひろげているから狡い。

「……先輩は最初、ぼくを嫌いになるためにつきあうって言ってたんですよ。それでセックスだセックスだ、ってせっつかれてたんですから、ぼくの困惑も妥当です」

「言いっこなしだろ」

　とぼけた顔をされて、仕返しの一瞬のキスをしてやった。

「ぼくも一生ねちねち言います」

　笑いあって、今度はすこし長めのキスを受けとめたあと、先輩がぼくの頭をぽんぽんと撫でてキッチンへ戻っていくのを見送った。ようやく桃を食べながら、もしかして先輩も今夜は浮かれてくれているんだろうかと照れてしまう。

　腹に余裕を残してフルーツをそれぞれ食べ終えると、先輩用の寝間着だけ風呂場に用意してから言われたとおり横になり、料理の完成を待った。

「できたぞ」と運んできてくれたのは、鶏肉のほかに野菜がたっぷり入った味噌味のお粥で、香りからして食欲をそそる一品だった。

「すごい、美味しそう、幸せすぎますっ」

「まだ食ってないだろ」

味の心配をしてくれているのか、こんな不満をこぼす先輩も可愛いし優しい。

「大丈夫です、大好きです」

こたえながらスプーンを持って、ふたりで「いただきます」とそろって食べた。鶏肉と、大根とにんじんと玉ねぎと白菜、それに生姜が少々入っているのも咀嚼してわかる。

「美味しい……ぼくも野菜を入れたお粥を作るつもりでいたんですけど、味噌味にして生姜を入れるなんて思いつかなかったです。身体も温まってとっても美味しい……」

「ならよかった。ちょっと多めに作ったから明日は溶き卵でも入れるといいかもな」

「うん、卵を入れたらもっと栄養がつきますね、ありがとう先輩」

はー……と、幸せなため息をついてお粥をスプーンで愛でながら見つめる。先輩が自分のために作ってくれた看病料理……。

「先輩はワンゲル部のときも料理が上手でしたよね。星野に切る係りをまかされてて」

食事関係を仕切ってくれていたのは星野と美来で、ぼくらは指示されたとおり食材を用意したり、役割をこなしたりしていた。先輩はワンゲル部に入って最初にいった河原のバーベキューでナイフさばきの才能がばれ、星野に『先輩、意外と器用なんですね』と感心されて以来、ずっと食材を切る係りを頼まれていたのだった。

「あれもおまえのせいだろ」

「……そうなんですけど」

　すべては、もともと食材を切る係りだったぼくがナイフで指を切ってしまい、『おまえにはむいてない』と先輩がかわってくれたのがきっかけだ。

「助けてくれたうえに切りかたもプロ並みに格好よくて、ときめいたんですよ。初めは先輩のこと警戒してたのに、ああいう積み重ねで好きになってたな……」

「おまえはあのあと郷原と組まされて、仲よさそうに肉焼いたりカレー混ぜたりしてたじゃないか」

「ですね、べつの仕事にまわされちゃって……って先輩まさか嫉妬してくれたんですか」

　ソファ前のローテーブルを囲んで、むかいあってラグの上に直に座っているおたがいの目があう。猫背気味にあぐらをかいている先輩の、上目遣いの表情とお粥を咀嚼する唇、スプーンを持つ長細い指……全部がさまになっていて意識が眩む。

「嫉妬してたとしたらなにをしてくれるんだよ」

　試すような問いが返ってきた。

「愛します。高校のころも少なからず好いてもらえてたのかなって、喜びを噛みしめながら、二度と嫉妬なんてしなくていいようにめいっぱい先輩を愛します」

　胸を張ってこたえたら、先輩は唇でふっと苦笑して視線をさげ、左指でこめかみを掻いた。

「おまえの言動と、濃やかな気づかいや感謝の抱きかた……そういう全部が好きだ」

　喜びや幸せが強すぎて一瞬思考力が死んだ。

「十年間、郷原とは特別仲がよかったらしいな。兄妹同然の仲なんだって？」

「え、それ誰から聞いたんですか？」

「昔のこと以上にそっちのほうが嫉妬する。精々愛してくれよお兄ちゃん」

にやりと微笑まれても心を射貫かれるだけで、一生勝てないな……と痛感するばかりだ。

食事のあとは先輩があと片づけもしてくれて、「先輩は理想の旦那さんですね……」とお礼を言ったら、「おまえのな」としれっと返され、卒倒しかけた。

「着がえも用意したので、ちゃんと浴室で着てきてください。裸でこないでくださいね」と風呂へ追いやると、どうせ半裸でくるんだろうと予想していたのにきちんとパジャマ姿で現れて、

「期待してただろ」とからかわれ、まんまと辱められて真っ赤になった。

「……してなかったって言ったら嘘になるけど、パジャマ姿も素敵で悔しいばっかりです」

「唯愛のサイズだからつんつるてんだよ」

たしかに手首や足首がでている。

「そこも含めて可愛くて非の打ちどころがなくてパーフェクトなんですよ」

髪もドライヤーで乾かした直後の余韻が残っていて、左側以外もふわふわはねている。火照った頰も子どもみたいに赤くて愛らしく、全部がぼくにとっては貴重で特別な姿だ。

「アイスは明日食べな。飲み物は追加持ってきたよ」「はい、ありがとうございます」と話してペットボトルを受けとる。そして、「ソファに寝なくていいんだよな」と確認して、彼はぼくのいるベッドのなかへ入ってきた。そのつもりでぼくがベッドの奥側に寄って座っていたのも、ばれていたのかもしれない。恥ずかしい。

　ペットボトルをあけてスポーツドリンクを飲んでいると、ぼくの右側に寝た先輩が、左腕を枕の上にのばして「おいで」と言った。腕枕……ってことだろうか。

「……失礼します」

「おまえのベッドなのに丁寧だな」とつっこまれて笑われながら、ベッドサイドにペットボトルをおいて部屋の灯りを消し、ゆっくり先輩の腕の位置へ仰むけになる。すると先輩の右腕ものびてきて腰にまわり、ひき寄せられてむかいあう格好で抱き竦められた。

「もう……すみません、キャパオーバーです」

　今日は怖いぐらい優しくて、首の下には逞しい腕があって、至近距離に喉仏や鎖骨や、風呂あがりの彼の香りまで迫ってくる。耐えきれなくて両手で顔を覆って蹲った。

「いやらしいことされたいとか言ってたくせに」

　はあー……と、先輩にかからないよう加減しながら息をはいて、深呼吸をくり返す。

「……先輩と修学旅行にいった上級生たちが羨ましかったけど一個下でよかったです。ワンゲル部でも、もしおなじテントで寝てたらぼくはあなたに襲いかかってたと思う。危なかった」

　ぶは、と額のあたりで先輩が吹きだした。

「唯愛が？　俺を襲うの？」

「ぼくも一応男なので」

「想像できないな」

「十代のころは臆病な一方で妙な勢いがありました。嫉妬して突っかかったのもそうですし」

「あー……」と納得を洩らしながら、先輩が右手でぼくの背中や腰を撫でる。

「突っかかられるぐらいなら襲われたほうがよかったな。こっちもノッた」

「ノッてくれたんですか？　先輩も若かったのかな……や、いまもか」

　腰から先輩の右手が離れてぼくの顎にのぼってきた。うつむいていた顔をあげられて、暗闇のなかで見つめられる。

　先輩の瞳はしずかだった。唇はほんのり微笑を浮かべていて穏やかで甘い。彼の背後にある窓や壁や天井のつくりは見慣れた自室のもので、ここに本当にこの人がいてくれている事実が、理解すればするほど信じられなかった。

「……身体は怠くないのか」

　優しい口調で訊かれて、親指で唇をなぞられる。

「はい。先輩が風呂へ入っているあいだに夜の薬も飲みました。でも先輩といると、熱はあるのかないのかわからないです」

「悪影響だな」

「この病は高校時代に患ったまま全然治りませんよ」

　苦笑した先輩がぼくの眉や、頬や、唇に視線をうつして眺めている。ぼくも自分を見つめる彼を視線で追いかける。十代で知りあって、再会してデートを重ねて、いくらかふたりで時間を過ごしてきたというのに、こんなにおたがいを観察したのは初めてだと思う。

「……いまうまいこと言ったな。唯愛ポエム」

　頬を指でさすられながらからかわれた。

「ポエムのつもりなかったです」とぼくも怒ったふりで抗議して笑う。

「じゃあなにか言ってみて、ほんとの唯愛ポエム」

「声でですか？」

「得意だろ」

　自分のベッドに先輩がいてくれて、むかいあって腕枕されて抱きしめられているだけで狂いそうなのに、さらにポエムを言うのか。頭が爆発しそうだ。

「考える時間が欲しいので、先に先輩が言ってください」

「俺かよ」

「〝俺〟だよ」

　うーん、と三秒ぐらい唸った先輩が口をひらく。

「セックスしたい、いますぐ挿入れたい、射精したい」

「最低なんですけどっ」

　胸を叩いてやったら先輩が爆笑して、ぼくも大笑いになった。ベッドの上で先輩とふたりで身を寄せあって腹を抱える。

「ポエムの定義がわからなくてどうも川柳になる」

「先輩そこどうでもいいから、問題なのは内容だから、宇宙一下品な川柳だから」

「宇宙一ときたか」

「これ喜ぶのも宇宙でぼくひとりだけですよ」

　触れるのはよくないな、と思いつつ、自分と先輩のあいだにおいていた左手で、間近にある彼の上着をゆるく握りしめた。こっそりしたのに、その手を先輩の右手に覆われる。

「唯一の愛だな。……唯愛の名前、最初に聴いたときから好きだった」

もらえた告白も信じられなくて顔をあげたら、すぐ近くで微笑んでいるのはやっぱり間違いなく先輩で、嘘みたいな現実だった。

「……だから、いつも綺麗に発音してくれるんですか」

「ん？」

「人に呼んでもらうと、だいたい〝ち〟の音がくぐもるんです。たぶん声にしづらいんですよ。それで申しわけない気分になると、いつも〝先輩は綺麗に呼んでくれていたな〟って想い出してて」

左手を包んでくれる先輩の大きな掌が熱い。

「え」

「へえ……〝彼女たち〟に呼ばれるたびに俺を想い出してたわけか」

「高校のころおまえを名前で呼んでた奴はいなかっただろ」

返答に迷って視線をそらすと、またぐいと顎をあげて有無を言わさずキスで塞がれた。

「ここでも女と添い寝ぐらいはした？　……って追及していったら俺のほうが襲いかかりそうだな」

脚のあいだに脚を入れて搦められ、腰もひき寄せられて身体が密着する。かろうじて保っていた理性がはち切れそうになり、心臓も皮膚を突き破らんばかりに激しく鼓動した。耳の下あたりからぞわっと昂奮が燃えあがって全身熱い、眩暈がする、口先が彼の唾液で濡れている。

「先輩が、嫉妬してくれるだけで……嬉しくておかしくなるから、」

「腹が立つな。こっちはおまえのせいでとっくにおかしくなってるよ。なんて言えばいいんだ、こういうのは。んー……〝可愛い〟？」

「腹が立つのに〝可愛い〟なんですか」

「〝可愛いから腹が立つ〟」

唇を唇で覆われて、舌であわいを舐めて弄ばれる。たまらずにぼくも先輩の舌に舌を重ねて舐めあった。

「……俺を名前で呼べよ、唯愛も」

口端も吸われる。嬉しさで、身体がまた熱したのを感じる。

「……学さん」

小声にしたのに自分の照れがまざまざと表れた声色になった。先輩がもっとぼくの腰をひいて、身体同士をくっつける。

「呼び捨てでいい」

唇を強く吸われて、解放されてから息を整えて言った。

「……学」

驚くほど馴れ馴れしく響いて、自分たちのあいだにあった歳の差や、空白の年月や、心の距離という溝が、己の感覚のものさしを無視して一気に埋まった錯覚に狼狽えた。

「やっぱりしばらくはまだ〝さん〟をつけませんか」

しかし先輩は機嫌よさげににっこり微笑んでいる。

「いやだ。唯愛が傍にきた感じがしてずっといい」

もう本当に、優しくて子どもっぽくて愛情いっぱいのこの人が、かつて孤独そうだったり、ぼくを嫌悪して冷たかったりしたあの先輩だと思えなくて、幸せで混乱する。

「学……」

「うん」

「……学、」

「なに」

「……もうギブ。汗ばんでしかたないから、パジャマ着がえさせてください」

白旗を掲げて起きあがったら、「なんだそれ」と笑われた。布団をよけただけで室内の夜気が汗を冷やして心地いい。こんなの恥ずかしいったらない。ベッドをでてクローゼットの前へいき、新しい薄手のパジャマを用意すると、笑っていた先輩の声が変わった。

「唯愛も浴室のほうで着がえてこいよ」

しっし、と右手で追い払うしぐさをする。あんなに触ってきたうえにセックスをしたがってくれてもいるのに、病の身体は気づかってくれるんだとわかるとそれもどうしたって嬉しくて、笑みがこぼれた。「はい」とこたえて自室をでる。

身体を拭いて新しいパジャマを身につけて先輩のもとへ戻り、そのあとも不思議と尽きない会話を楽しんで、ふたりして夜更かしをした。病みあがりなんだからはやく寝るべきだとわかっていたが、ぼくは日中寝過ぎたのもあって眠れない。次第に「寝ろよ」「学こそ」と責めあうのもお約束になり、静寂に覆われた深夜の狭間で、ぼくたちはいつまでもじゃれてキスをしておたがいの身体を包み、睦みあって過ごしたのだった。

翌朝起きると、先輩は溶き卵を入れたお粥を作ってくれていた。午後に出社する予定のぼくにあわせて、自分も書店の仕事を午前休みにした、と言う。

「おはよう唯愛」

寝癖頭で微笑む彼にキスで起こしてもらえる朝がきたことも、とても信じられなかった。

一緒に午後出勤した翌日の土曜日には、また学が仕事を終えたあとうちへきてくれて泊まり、日曜日の夜までふたりでのんびり過ごした。

　症状が軽くなったとはいえ、鼻声だったりすこし咳がでたりして風邪をひきずっていたぼくを慮って、料理を作ってくれるのは学。ぼくも隣で手伝ったけれど、彼が野菜を切ってお粥の鍋に入れるのを眺めながらただ混ぜる係りだったり、彼が茹でたパスタと彼が作ったクリームソースを絡めあわせる係りだったり、彼が煮こんだロールキャベツのスープを味見して「美味しい」と喜ぶ係りだったりした。

　風呂掃除をして布団も干し、シーツも洗濯もののも洗ってくれた。ぼくが恐縮して「これぐらいするよ」と手をだそうとしても、「いいから、身体の弱い地球人は寝てろ」と彼特有の壮大な口癖で叱られる。しまいには「とっとと一緒に暮らそう。離れてると不便でならない」と、甘さも誓いの熱量もなく苛々と誘われた。

　他人を愛する印象など皆無の孤立がちな男だったのに、どういうわけかその誘いかたは彼らしいとしか言いようがなくて、微笑ましい感慨と溺れるほどの幸福感をぼくにもたらした。

「うん。じゃあ学、ちょっとこっちむいて」

　ベランダで、ぼくたちふたりの洗濯ものを干してくれている学の隣へ近づいた。ん？　というふうに長袖シャツを持ったままふりむいた彼が、ぼくを見下ろす。

「これからもずっと好きです。ぼくとふたりで暮らしてくれませんか」

「どうしたんだよ、そう言っただろ」

　この訝しげな顔よ。

「ぼくはこういうの仰々しくしたいんです、根がロマンチストだから」

「なんだそりゃ」

　こっちはそれなりに緊張してどきどき告白しているのに呆れられる。

「学以外の地球人の大半は好きなんだよ、映画みたいなドラマチックなのが。たぶん。なので、学もぼくに従って『はい』って真剣にこたえて。ふりでいいから」

　学の真似をして壮大な言葉で説得しても「は？　ふり？」と半笑いで返される。

「もー……」

　いくら学らしくて嬉しかろうと、毎回〝ああするぞ〟〝こうするぞ〟と全部を雑に決められて、DV男の命令に従ってついていくような関係になるのはゴメンなんだけどな。

「拗ねるなよ、わかったって」

　苦笑して長袖シャツを干した学が、改めて身体をむかいあわせてぼくの両手をとり、肩を上下して、はあ、と深呼吸する。

「先週毎晩会ってたときも家の遠さがもどかしかった。おたがいの職場の中間地点か、唯愛の住んでるこの街で、ふたりで暮らせる部屋を探そう。俺は仕事を変えてもいいから」

「え、仕事も変えるって、」

「流星の店にはレジン作品をおいてもらえればそれでいい。こっちで新しい仕事をして、レジンが売れれば卸しにいって、必要なら占いもするさ」

「あ……いや、贅沢しなければ新居の家賃を折半して、いまよりも楽な生活になるはずだよ。だから学はもしかしたら、占いとレジンだけでも大丈夫になるんじゃないかな」

「ああ、その条件で選ばせてもらえるならレジンにも集中できて願ったり叶ったりだな」

「そうしよう」

喜びで高揚して声をあげたら、学も笑った。それからぼくの左手の甲に唇をつけて、「俺と一緒に暮らしてください、唯愛さん」と紳士な素ぶりで告白をくれた。

「はい、こちらこそよろしくお願いいたします」

幸せで顔が沸騰して興奮して、ぼくは学の身体を強く抱きしめる。

「……喜んだか？」と小さく笑う学も腰を抱き返してくれる。

「はい、ぼくはいま間違いなく宇宙でいちばん幸福者ですよ」

「はは。ならよかった」

好きだ唯愛、と学が囁く。

一度好きだと声にしてくれて以来、それも学の口癖だった。


学にぶっきらぼうな面があるのは昔から知っていたけれど、恋人になって、両想いだと確信できてからは初めて教わる驚くような面も多々あった。

たとえば、終始毛布にくるんでぬくぬく温かく抱いてくれているみたいに優しい。それに、蜂蜜をスプーンで一気に何杯も飲まされているんじゃないかというぐらい、キスや触れあいや気づかいや告白が甘い。そして心に太陽を隠しているのではと疑いたくなるほど愛情深い。

　その土日、学は「風邪が完治するまで」と、セックスも我慢し続けてくれた。パジャマをしっかり身につけてひとつのベッドで寄り添いあい、ふたりぶんの体温を感じて眠るだけ。ふたりで欲を抑えこんで話しているうちに、汗をながすのは風邪を治すのに必要なこと、という言いわけを導きだし、上着をめくっておたがいの上半身だけは撫であったり、舐めあったりした。中途半端な愛撫は自分たちを苦しめるだけではないかと危ぶみもしたが、意外にもぼくたちは中学生の初体験のごとくそれだけでひどく昂奮して疲弊してしまい、勢いで最後までする余裕すらなくしてしまった。

「……こんなのは初めてだ」と学は苦しげに呼吸を整えながら何度も言った。「胸をちょっと吸っただけで抱けなくなるなんて」と途方に暮れて、自分自身に心底驚嘆していた。

「ぼくは、自分がこうなるって……頭のどこかで、わかってたかも」とぼくはこたえた。

　ぼくにとって学は、それこそ触れられも届きもしない、ながれ星みたいに遠い存在だった。触れあいたいと願いを祈ろうとしても、言葉の全部を言う前に消えてしまうぐらい儚く尊い光。そんな焦がれ続けて神聖化した彼の身体に自分の掌を重ねて、彼にもお返しに、抱いたり舐めたり吸われたりして、性的に求められる——こんなの隕石衝突ぐらいの打撃で衝撃だ。意識を失わなかっただけ偉いと自分を褒めたい。

「唯愛の童貞をからかえないな……俺は唯愛相手だと童貞以下だ」

　天井を仰いでぐったり疲労困憊している隣の男が学で、本物で、胸が詰まる。

「じゃあぼくも学の初めてをもらえるね」

　微笑みかけたら、学はごろりと身体を傾けて右腕と右脚をぼくの身体に巻きつけた。

「そうだな……言葉としては〝唯愛に捧げる〟っていうのが正しいんだろうけど、俺はおまえにもらってばかりだと思うよ」

「……ぼくも学に、ちゃんとなにかを返せてるのかな」

「〝返す〟か」

ふふ、と苦笑した学に口先を甘く吸われる。

「……来週は週末まで会うのも我慢しよう。唯愛も仕事が忙しい時期だろ？　土曜の夜にまたくるよ。それで新居の物件を探して、ちゃんとセックスもしよう」

学の熱い吐息を唇で受けとめながら幸せにうち震えた。

「……はい、体調きちんと治しておきます。心の準備もしておきます」

この歳になって初めてのセックスの約束を長年想った人とした。一週間ふたりで期待と至福と覚悟を抱いてむきあうセックス。彼とふたりで結んだ約束と、共有しあうこの時間もすべて、どんな辛い試練とひきかえなのか恐ろしいぐらい底抜けの途方もない幸福だった。


「そうか……白谷先輩もとうとうオトナになるんですね。なんか淋しいな。わたし先輩の綺麗なところ好きだったのに」

水曜日の夜、たまたまタイミングがあって夏希と食事をしたら、がっくりされた。

「どういう意味だよ」とつっこむと、「怒らないでくださいよ」と夏希は笑いながらシーザーサラダを頬張る。

「すみません、白谷先輩が汚い、ってことじゃないんです。わたしが瀬見先輩とつきあってたころ白谷先輩は頑として彼女さんと寝なかったでしょ。なにか貫いてるものがあるんだろうな、しかもそれは先輩が〝守ってる〟ものなんだろうなって、なんていうか、勝手に憧れてたんです。わたしは汚れたセックスに溺れて、逃れられないでいたから。でもそれはわたしの問題。来週は先輩のお祝いしましょ！　赤飯食べましょう！」

からりと明るい笑顔をひろげて祝福してくれる夏希が哀しかった。

瀬見先輩絡みの夏希の心情については長く一緒にいたのに初めて知る思いも多いうえ、そのどれもが、夏希がひとりで孤独に悩み続けていた痛みや寂寥をはらむもので、ぼくは自分も、瀬見先輩も責めずにはいられない。

「気づいてやれなくてごめんね。ぼくも夏希がいてくれて癒やされていたけど、おたがい本当に慰めてほしい部分は隠したままでいたね」

「んー……わたしのはともかく、白谷先輩には言ってほしかったです。宇来先輩が好きだからってべつに嗤ったりしないのに隠してるんだもん。信じてくれないの哀しかったな」

「ごめん。でも夏希のことだってぼくは嗤わないよ。ていうか嗤えない。瀬見先輩のことも元部長としては尊敬してる、けど一発ぐらいぶん殴りたいってのが本音だ」

「兄妹愛だ」

「夏希を不倫なんかに巻きこみやがって……考えてるとどんどん腹が立ってくる」

「ふふ。……ありがとうお兄ちゃん。でも瀬見先輩だけが悪いんじゃないよ」

夏希が微苦笑して、すべて悟ったような面持ちで瀬見先輩を庇う。余計に腹が立った。

「ふざけんな。共犯だとしても妻子持ちの男のほうが罪も重い」

そりゃあぼくは部外者で、瀬見先輩のところへ乗りこんでいける立場でもなければ夏希の本当の兄貴でもない。瀬見先輩側の事情だって知らない。意見する権利もないんだろう。しかし身動きできないことがさらに苛立ちに拍車をかける。

「白谷先輩落ちついて。瀬見先輩は気がかりですけど、もう終わったことです。いまはわたしも先輩みたいに、身も心も綺麗になれるような恋を探してますから。新しい彼氏ができたら、わたしもお祝いしてくださいね」

夏希が首を傾げて、どこか淋しげに、幸せそうに微笑んでいる。

ぼくたちはこれから会うたびに、おたがい隠し事をしていた歳月に関してくり返し責めあい、許しあうんだろうし、その都度誰かを、自分を罵って、おたがいの未来の幸せを祈り、祝福しあって友情を深め続けるんだろう。

「うん……なにかあったら相談しなね」

ぼくはせめておなじような後悔や憤りを二度と味わわないように、夏希を注意深く見守っていこう、と決意を新たにした。


夏希とふたりで会社の愚痴も吐いて、「今週もあと二日間だけ頑張りましょう」「だね」と励ましあい、食事を終えて帰宅すると、スマホに届いていた学からのメッセージに気づいた。

『お疲れ。今日は忙しいのか？』というのが八時過ぎ、『風邪ぶり返したんじゃないよな』というのが九時半ごろ。

会わないと決めた今週は、終業時刻が曖昧なぼくからメッセージを送ったり電話したりして会話をかわし、一日を終えるのが常だったので、心配させてしまったようだった。

十時を過ぎていたけれど電話をかけたら、すぐに『唯愛』と応答があった。

「すみません、連絡遅くなりました。お疲れさまです」

『いや、残業だったのか？』

切羽詰まった早口の物言いに彼の心配が感じられて、心が蕩けていく。

「ううん、ごめんなさい、仕事も体調も大丈夫です。会社をでるころにちょうど夏希から連絡があって食事してたんです。それで遅くなっ、」

『は？』

声色が変わった。

『なんで郷原と会ってるんだよ』

「や……だから、連絡があ、」

『風邪を完治させるために会うのを控えたのに、どうして遊び歩いてるのか訊いてるんだ』

……いけない、怒らせてしまった。

「ごめんなさい」

『俺は今日一日休みだった。時間なら郷原よりあった』

「……ごめんなさい。夏希はいままで恋愛相談にも乗ってくれて、ふたりしてなにかと支えあってきたから、学と両想いになれたことも報告したくて」

『わざわざ他人に言いふらされるのも不愉快だ、嬉しくもないし頼んでもいない』

友だちと食事ぐらい許してほしい、という甘えも過ったが、学の言い分はもっともだし不快感も理解できた。会うのを耐えて安静に過ごそう、と学が提案してくれたのは、ぼくを想うがゆえの彼の自制であり愛情だ。ぼくはその想いを裏切ってべつの人と遊びほうけてしまった。

「……ごめんなさい」

他人と会って再び体調を崩したら、裏切りどころじゃない。ふたりで結んだ約束はふたりで守るべきで、破るなら、学相手じゃなければいけなかったんだ。

『許さないからな』

ぷ、と通話がきれてしまった。

ぞっと背筋に悪寒が走って慌ててリダイアルしたが、でてくれない。『ごめんなさい、本当にすみません。もうすこし話をさせてください』とメッセージをしても無反応。スーツを脱ぐ気力も失くして愕然とソファに崩れ、『ごめんなさい、明日の夜会いにいくので時間をください、お願いします』と謝罪メッセージを数分おきにみっつ送り続けたけれど無駄だった。

こんなのはただの痴話喧嘩だ、衝突している原因はおたがい好きだからに違いない、と自分をなだめて落ちつこうと試みても、意識の半分以上が呆然と死んでいて、明日のために風呂へ入ったり、立ちあがったり、ただ手をあげたりする力さえ湧いてこない。

嫌われたんだろうか。これがまた、とり返しのつかない亀裂になって別れに繋がっていくんだろうか。明日は会ってくれる？　休日に家へいけば話す時間ぐらいはくれるか？　それとも二度と弁解の機会も与えてもらえず、いま、ぼくらはここで別れたっていうことなんだろうか。もしかして、すでに終わっている……？

胃腸のあたりが焦りと恐怖で不快にざわめく。昔酔っ払った上司が『いちばん好きな奴とはつきあっちゃいけねえんだよ。ンなの怖すぎて心臓が保たねえだろ？　つきあうのも結婚するのも二番目、それがいい！』と得意げにくだを巻いていて、同僚とともにげんなりしつつも、その言葉だけがなぜか心にこびりついてとれなくなった。

〝いちばん〟とか〝初恋〟とか〝忘れられない人〟という単語に触れると、必ず学が蘇ってきた。たしかに怖い。過去のトラウマもあいまって喧嘩ひとつでこんなにも恐ろしい。学がいなくなる明日、人生。そんな可能性など予想だにせず両想いの毎日に浸っていた。ばかだった。甘えすぎた。やりなおしたい。もう一度チャンスが欲しい。そうしたら二度と間違えずに緊張感を絶やさず学を一心に想うから。心をそらさないから。

「……学」

いつもこうだ。自分を正すのは希望や美しい言葉じゃなくて、死の淵に触れるような絶望。本物の恐怖を知ってこそ初めて芽生える信念——頭を抱えて鬱ぎこんで、どれほどそうしていたのか、やがてガチャリと玄関のほうで音が響いて我に返った。鍵のあく音だ。

あ、空き巣か……？　いやそんなばかな、とソファを立って、焦りつつも忍び足で玄関へ続く廊下へいくと、あっさり鍵が横へ傾いてドアがひらいていく。咄嗟にフローリング掃除用のロングワイパーを握って身がまえると……現れたのは学だった。

「学、」

ブルーチェックのワイシャツの首もとは鎖骨がでるほどはだけ、細身のロングジャケットもただ羽織っただけという風体で髪も乱れている。急いできてくれたのがわかった。

「それで殴ろうってのか」

靴を脱ぐ学が唇の右端をひいて笑む。はっとしてワイパーを離すと、「ははは」と笑った。

……笑って、くれている。

「ごめん学、今日は本当に、軽率だった」

近づいたら学も家へあがってきて大股で廊下を進み、距離がなくなった間近ですぐさまぼくの腰を抱きあげた。つま先が浮いて、「わ」と狼狽えるぼくを無視し、そのまま奥の部屋までむかっていく。

学がなにをしようとしているのかはっきりと理解した。ぼくもそうしたかった。だからベッドへ仰むけにおろされて、ぼくの膝上に跨がった学がジャケットを脱ぎ捨てて身体を重ねてくると、自分も彼の首へ両腕をまわしてむさぼるような烈しいキスを受けとめた。

「郷原とふらふら外食できるんだったら俺に抱かれても平気だよな」

「うん、抱かれたい」

唇をあわせて乱暴に舌を搦めたまま、学の指がぼくのネクタイをといてシャツのボタンを裂いていく。

「ごめんなさい」

空気を懸命に吸って学の唇をねぶりながら、ぼくも彼のワイシャツのボタンをといた。

ああ……こういう、情熱が暴走するセックスの始まりって映画で観たことがある。でもあれは創作の出来事であって、一般人がすることだと思わなかった。だから自分ができるだなんて考えもしなかった。しかも学と。大好きな学と。

「スーツも脱がないで、俺がくるまで一時間近くひとりで反省会してたのか……？」

「一時間も経ってたの」

「気づいてなかったのか、へこみすぎだろ」

「もう終わりかと思った」

「終わり？　あほか。つうかあの程度で別れるって、どんだけ短気なんだよ」

「うん、ありがとう、よかった……きてくれて嬉しい。一緒にいられて嬉しい」

　シャツの袖を腕からはずすのももどかしく、おたがい胸だけあらわになると学がぼくの右側に顔を埋めて、噛みつくように首筋を吸ってきた。痛いぐらい強く吸われながら、愛撫らしい色気やいやらしさもなく右手で胸の先をつまんで、いじられる。

「ふ、ぁ」

　首筋も、乳首も、触ってくれているのが学の唇と指だと自覚するとそれだけで熱くしびれて気持ちよくて苦しい。

「学、くるしい、」

「俺もだよ」

　首筋から肩先まで、噛んで舐めて、舌でたどられて、また噛まれる。肩や腋を唾液がにじむまで嬲られると、今度は鎖骨を伝って戻ってくる。そして乳首を口に含んで吸いあげられた。

「あっ、わ……学、」

　自分の喘ぎもおそらく女性のように愛らしくはないんだろうが、快感に染まって艶っぽく、どこか誘惑的に響いているのはわかって、それがまた羞恥を煽った。

左側の胸は指先で、右側の胸は唇と舌で吸われて刺激され、自分に性的な欲望をぶつけてくれているのが学なのだと思ってしまうだけで、先日みたいに悦びと至福と羞恥が頂点を極め、意識が朦朧としてくる。

「学……気持ち、よくて、幸せで……狂い、そ、」

「まだ始めたばかりだ」

「うん……でも、嬉しい、学とできて」

ぼくの言葉に応えるように学が烈しく、強く乳首を吸いあげて、つねって痛めつけてくる。快感に快感を重ねられていると暴れたくなるからむしろ痛みがあったほうが正気に返れて嬉しいぐらいだが、それでもどうしたって悦楽のほうが勝る。

「ありが、と……学、好き……すき」

ぼくの胸を、あの学が……いつも寂しげだった学が、たくさん恋人のいるモテる学が、喧嘩別れして二度と会えないと思っていた学が、舌先で転がして、愛おしむように囓って舐めて、吸ってくれている。

性別など気にしない学でも、やはり女性の胸のほうが愛撫も楽しいのではないかと偏見まじりの自虐が過っても、学は疑いようもなくぼくの身体に昂奮してくれているし、すべてを支配できない苛立ちに翻弄されてくれてもいる。

「好き、嬉しい、」

「おまえ、もういいからちょっと黙ってろよ」

胸から口を離した学に、髪を右手で掻きまわされ、右頬も噛まれた。

「いた、」

「あんまり好き好き言うな、集中できなくなる」

耳たぶも噛まれて、怒りをぶつけるみたいにスラックスのベルトを剥がしてジッパーもおろされる。またたく間に下半身が露出していく。

「セックスしてるんだから、好きって、想うに決まってるでしょ」

腰を上げて彼の手にこたえながら、ぼくも彼の唇に噛みついて抗議した。

「気持ちいいって思うだけにしてくれ、頼むから」

「どうして、無理そんなの」

「このあいだみたいにふたりしてばかになるだろって言ってるんだよ」

ふふ、と笑ってしまった。こんな叱られかたあるだろうか。

「いやだ。好きだと想うのはやめない」

噛みあうような抗議のキスをしているあいだ、自分のスラックスと下着がベッドの下に落ちる乾いた音を聞いた。ち、と舌打ちした学は、ぼくの脇腹や腰を撫でながらまた胸を吸って、だんだん唇の位置をさげていく。腕や、腋の下や、脇腹の際どい部分まで舌でなぞって、唾液を塗られた。すでに反応しているぼくの性器のそばを、わざと舐めて辱めてくるのが意地悪くて、悔しいのに抵抗できない。

「学、」

「バージンをありがたがる地球人の気持ちが初めてわかったよ」

学が潤滑ゼリーをだしてぼくのうしろに撫でつける。

「女に挿入れたっていうならともかく、唯愛のここをどっかの小汚え男がいじりまくって挿入れてたらと思うと殺してやりたくなる」

なんて言い草だろう……小汚いかどうかもわからないのに。

「唯愛に色目つかう奴は全員小汚えんだよ」

念押しのつっこみが入った。

「学が、こんなに……独占欲、強いと、思わなかった」

学の指が奥のすぼまりの周囲をまるくなぞったり、指先だけすこし挿入れたりだしたりして弄ぶのを、脚をひらいて羞恥とともに受けとめる。

「俺も、こんな自分は知らなかった」

容赦なく二本の指で孔をひろげられながら唇をむさぼられる。会話をする余裕はすこしできたが、ぼくたちのなかの熱がおさまったわけでもなければ冷めたわけでもなく、依然として燻っていた勢いと昂奮は行き場を求めて焦れて暴れている。

「唯愛、もう挿入れる」

先に我慢しきれなくなったのは学だった。ぼくの左脚をあげて腰を寄せ、自分の性器をぼくのそこにひたりとつける。

敏感な部分で感じる学の性器はかたくて太くて湿っていた。旅行にでかけて温泉で偶然見たとかそんなハプニングでもなく、彼の雄の部分をこんなかたちで、こんなふうに知り、感じることになるとは夢にも思わなくて、顔が紅潮しきって意識も飛びそうだった。だけど嬉しい。幸せすぎて前後不覚になるぐらい嬉しい。

「唯愛」

ぬぐ、と狭い後孔をこじあけて学が挿入ってくる。

「ん、ぁっ……」

いくらか受け容れられたものの、途中から明らかに重たい痛みが走って、思わず強張って身を竦め、学の背中にしがみついてしまった。

「いっ……学、いた」

すぼまりの薄い皮膚に、千切れそうなひりつく痛みを感じる。無意識に腰が逃げて、歯を食いしばりながら震えてしまう。

「唯愛っ、締めつけるな」

学も息をきらして苦しげに呻いている。でもどうすれば自分のそんな部分の反応を操作できるのかわからない。ただ痛い。

「わからな……ごめん、学」

それでもしたい。

「学と……気持ちよく、なりたい……ごめんね、どう、したら……いい」

ぼくの顔の横に両肘をついてうな垂れ、学が、はあ、と大きく息を吐く。彼の顔から汗も落ちてくる。肩も震えていて一緒に痛みを感じてくれているんだと理解する。「学」と呼んだ。

「ああちくしょう、なんでこんなにちっせえんだ地球人めっ……」

叫ぶように吠えて、学がもう一度ぼくの脚を持ちあげ、性器をひき抜いた。潤滑ゼリーも再び塗りつけながら、「大丈夫か、痛まないか」とキスをしつつ心配そうに気づかってくれる。

優しく撫でられているうちに鈍痛も和らいだ。「平気になってきたよ」と抱きしめ返して「ありがとう、好き、ごめんね」と彼の頬や耳にキスをしていると、しかし学は二度目の挿入はしなかった。

「脚とじな」

仰むけで膝を折った体勢のまま、学はぼくの脚をとじ、性器に近い太腿の部分にも潤滑ゼリーを塗って、そしてそこに性器をさしこんできた。

「あ、学、」

どうしよう、こっちのほうがイレギュラーな行為なぶん、いやらしく感じる。

「恥ずかしい、学、」

「いいよ、恥ずかしがる可愛い顔を見せてくれ」

痛がる顔はゴメンだ、と学が囁いてぼくの脚に唇をつけ、腰をすすめる。仰むけになっているせいでその学の艶めかしくセクシーな動きもよく見えて、自分の欲望の炎も燃えさかった。腿のあいだを往き来する学の性器も、奥へ挿入されていたら見られないものだ。いつかこんなふうに自分のなかで、と想像したら、ぼくの性器にも学の指が絡みついた。

「ぁ、学、……ン、」

指で施される愛撫で、おたがいやっと快感をわけあうことができた。腹の底に芽生えた情欲を学の手に責めたてられる。自分のこんな部分を学が……宇来先輩が、触って一緒にセックスをしてくれている、と高校生の自分が目覚めたらもう駄目だった。我慢もなにもなく容易く達してしまい、自分の液で腹と、彼の掌を濡らしてしまった。

「ごめんね……学の手、汚しちゃった」

　昂ぶりの苦しさで涙まじりに謝ると、学もくっと喉をつまらせて一緒に達した。ふたりぶんの欲望がぼくの腹の上でひとつになる。

　肩と胸を上下して、はあ、はあ、と荒く呼吸する学が、まだ身につけていたブルーチェックのワイシャツを脱いで、それでぼくの腹を拭いた。

「学っ、駄目だよシャツなんかっ」

「……いい、あとで洗う」

　疲れきった声で言って、拭き終えるとシャツをくしゃとまるめ、ベッドの下へ放ってしまう。そうして崩れ落ちてきて、甘えて縋るようにぼくの胸に顔をつけて脱力した。

「唯愛……」と寝言みたいに囁く。

「うん」とぼくも抱き包む。

「……愛してるって、きっとこういう気持ちのことを言うんだな」

　汗ばんだぼくの胸に額をこすりつけて、学はひどく満たされた笑顔を浮かべてくれていた。愛おしさが胸の奥でふくれあがって、大きな子どものような大事な身体を強く抱きしめる。

「……ぼくも愛してます」

　左手で学の後頭部を覆って、やわらかい髪に指先を絡めながら慈しむ。彼の髪もすこし汗で湿っていて、ふたりで抱きあった証拠のその余韻ごと愛しくて苦しくなる。

「……本当にごめんね今日、遊びにいったりして」

　改めて謝ったら学が苦笑して、彼の息がふわりと胸にかかった。

「まだ言ってるのか」

「謝罪が曖昧になってたから、ちゃんと伝えておきたくて」

どのタイミングだったかもはや判然としないけれど、ぼくが恍惚としている間に学が部屋の灯りを消してくれていたので室内が暗い。左横のガラス戸からにぶい月光がさしている。

「そんな深刻に腹立ててないよ。ここにくるあいだも〝元気なんだったら抱かせてもらう〟しか考えてなかった」

「そうなの」

「ああ。エロいことで頭いっぱいにしてきた」

ふふ、とふたりしてくすくす笑った。だんだん熱がひいて、肌に夜気を感じ始める。

「じゃあ……きちんとできなくてごめんね」

学が上半身を起こして、足もとにわだかまっていた布団をひっぱりながらぼくの横へきた。布団を身体にかけてくれると、今度は学が両腕でも温かくぼくを抱きしめてくれる。

「正直挿入れたかった」

「……はい」

「でも地球人のここは自在にひろがったりしないしな。……俺のほうが無理にして悪かった。唯愛には丁寧にほぐしてやる余裕も持てなかったよ。病気で苦しんだりセックスで痛がったり、辛そうにしてるところを見るのがいちばんまいる」

優しい体温と告白に包まれて、嬉しくはあるがひっかかる。

「フフ……〝唯愛には〟ね」

いままでいったい何人の男の孔をほぐしてきてやったんだか。

「あ。……や、まあ、昔のことだから」

顔をあげて見返すと、ばつが悪そうに視線を泳がせている。学が動揺するのはレアだ。

「高校のころは本木先生以外男の恋人を知らなかったけど、いたの？　卒業後？」

「過去のあれこれは言わないものなんだろ」

「フン……悔しいけどそのとおりだね。やめよう。ぼくも嫉妬で学に襲いかかりそう」

「それは大歓迎」

笑いあって、学の背中に腕をまわして身を寄せた。

身体の奥をくすぐり続ける快楽の残り香が消えるまでそうして過ごして、落ちつくとふたりで風呂へ入り、学のワイシャツも洗濯して再びベッドへ横になった。

学がいてくれる、とようやくゆっくり肌と心で理解する水曜日の真夜中。

「……唯愛」

「ん？」

「郷原にメッセージして。俺のものになったって」

「え、いまから？　恥ずかしいよ、時間が時間だし」

「した直後ってわかっていいだろ」

「だから嫌なんでしょ」

「してって。どうせ週末ヤることも報告してたんだから」

「わかりきった感じで見透かさないでっ」

右側からぼくの頭の下と胸の上と腿の上に腕と脚をおいて、学が眠たげな声で子どもじみた我が儘を言う。「し〜ろ」と鼻をつままれて、「いやだ」と頭をふって抵抗しても、ふにゃふにゃ唇をひいてハンサムに笑っている。「……して」と、可愛くすり寄られて甘えられると、とうとう負けた。

「嫌だなもう……」

深夜一時前に、スマホのメッセージ画面を表示して、妹同然の後輩へばかな報告をする。
『いまいろいろあって宇来先輩と一緒だよ。今夜はありがとう、おやすみ』とうっすら艶事の匂いがする程度の内容にとどめたら、横から学にスマホを奪われた。「あ、学っ」ととりかえそうとしてもよけられて、ささっと勝手に操作される。起きあがって学の頭をぺんと叩き、奪い返して確認したら『ヤったぞ』とあった。

「最低だ、なんてことすんだよっ」

「いたい、ぶたれた」

「あたりまえだろ、反省しろ」

両頰も摑んでつねってやる。「痛い痛い」と笑う学を押さえつけていると、ぽんと返事が届いた。夏希も起きていたのか。
『宇来先輩の仕業でしょ？　うちの兄を傷つけるなら返してもらいますって言っておいてください笑　幸せにね先輩。わたしも今日楽しかったです、おやすみなさい』

「……さすがだな。夏希のほうがずっと大人だよ」

ほら、と学にも突きつけてやる。

「ちっ。十年一緒だった妹には勝てねーか」

　学は目をそらして唇を尖らせる。今夜の件は深刻に考えていない、と言ってくれたが、学の心に残るしこりに気づいて怒りがしぼんだ。かわりにぼくのなかにも反省が生まれる。

「……不満があったら教えてね。この前も言ったけど学の心に鬱積をためてしまうほうが嫌だから。格好いいところばかりじゃなくて、格好悪いところもぼくにちょうだい」

　つねっていた頬を撫でていま一度ベッドへ横になると、そっぽをむいていた学もまたこちらに身体を傾けてくっついてきた。腕と脚に捕らわれてひろい胸にひき寄せられる。

「……唯愛が好きだ」

　ため息をこぼすような告白に胸が詰まった。

「うん……ぼくも学が好きだよ」

　彼の背中に手をまわしてこたえたら、はあ、と本物のため息もこぼれてきた。

「ほんと恋愛ってのは面倒で厄介で不可解なもんだな……」

　しみじみと悟る学の腕のなかで、つい笑ってしまう。

「そうだね」

　同意して、彼の体温でいつも以上に温かい布団に埋もれ、ふたりぶんの鼓動を聴きながら、そっとしずかに目を閉じる。

土曜日の夜うちへきてくれた学とふたりで、日曜は一日新居探しをした。

男同士の同棲は大変で、ＬＧＢＴに理解のある不動産屋で相談するのがいいと知識があったので、あらかじめネットをつかってふたりで条件にあう部屋を検索し、いくつか選んで連絡しておいたのだ。それで連絡をもらった物件に内見へ。

おたがい自分の部屋と学のアトリエは確保したいと考えていたのだが、要求に応えてくれるぴったりの部屋を見つけられたうえ、パートナーであることも受け容れて気持ちよく契約をすすめてもらえたからありがたかった。

「お客さまのほうから初対面のわたしたちにカミングアウトをしていただくのも簡単じゃないでしょうし、大家さんは男同士だと事件性のあるビジネスを始めるんじゃないかとかいろんな懸念をなさるしで……。ですから、弊社では大家さんにＬＧＢＴへのお気持ちもうかがいつつ、お客さまにネット上で気楽にお部屋を探していただけるよう対応してるんです」

「そうなんですね……たしかに、事故物件にでもなったらそのあとの契約も大変でしょうし、パートナーだとわかっておたがい接したほうが信頼しやすくもあるんでしょうか」

「ええ、おっしゃるとおりです」

学と自分が、恋人として初めて社会と対峙したのがいまこの瞬間だ、と感じた。今後はふたりで不自由さに嘆くこともあるかもしれないね、という気持ちで学を見あげると、しかし彼はまったく意に介さずけろりとしている。

「この保証人の件だけお時間いただいていいですか。今日中にはちょっと無理なので」

そう言って、担当のお兄さんに書類を傾け、「ええもちろんです」と応じてもらう。

内見を終えて担当さんと別れると、駅前のレストランで夕飯を食べた。

「保証人って誰に頼むの？」

学には両親がいない、と聞いている。

「流星だよ。いまの部屋もあいつに頼んだ。引っ越すこともう話してるから、帰りにあいつのところに寄ってサインしてもらってくる」

「ふうん……店長さんなら審査も安心なのかな」

ぼくのほうが会社勤めなので、部屋の契約もスムーズなんじゃないか、と申しでたけれど、学は、アトリエのために一部屋多くもらう自分がするよ、とひき受けてくれた。無論嬉しいしなんの不安もないが、負担が偏ることや学の身辺の事情は気にかかる。

「ねえ学。学のご両親のこと訊いてもいい？」

パートナーとしてふたりで生きていくのは、おたがいの人生に責任を持つということだ。

「話せることはなにもないよ」

ところが学はきっぱりと遮断した。

「なにもってことは、なくないかな」

出自や生い立ちが白紙の人間などいない。どんな境遇であれ、誰しも両親の存在があって、この世に生まれ落ちるのだから。

白身魚のグリルをナイフとフォークで切って丁寧に食べながら、学は視線をさげたままぼくを見返そうとしない。表情はかたいが、指の動きに先ほどまでより若干の緩慢さを感じるから、学のなかにもなにがしかの考えや、うしろ暗さがあるのは察せられた。

「学の全部を話せとは言わない。披瀝するには時間を要する事柄だって、当然あると思うよ。無理言って話してもらったところで、自分が背負いきれるのかどうかもわからないから、人の内面に触れそうになるといつも逃げ腰になる。……本当はせっかく同棲できるって浮かれてる日にこんな話をするのも怖いよ。だけど学に対してはそれなりの覚悟をして、一緒に暮らしていくって決めたから。逃げずに一緒に背負いたいと想ってることは、知っておいてね」

微笑みかけて、ぼくもビーフカレーを頬張る。笑顔の頬がひきつっていないかだけが心配だ。まいったな……まさかこんなタイミングで恋人関係にひずみが生じるとは思いも寄らなかった。優等生な言葉ならいくらでも言えるが、不信感が芽生えてしまったら自分ひとりで消すことはできなくなる。家族関係とか借金とか、生々しい部分を追及せずに同棲を決めたのは早計だったんだろうか。そんな疑念から始めたくないから、愛情と信頼を押しとおしてしまった。

「〝話したくない〟ってわけじゃない。唯愛に話せない事情はないよ」

顔をあげると、学は手をとめて意志的な眼差しでぼくを見ていた。

「俺は両親の顔もなにも知らない。孤児として施設で育ったんだ。成長すると、施設のそばにある小学校へ通い始めたけど、そこは施設の子どもが全員いってたから目立っていじめられて面倒だった。それで中学や高校ではこのことを誰にも言わなかった」

施設で、孤児として……。親が学を生むだけ生んで、無責任に施設へあずけたということだろうか。しかもいじめ？　怒りも湧いたが、ひとまずそれは横へおいておく。

「……そうだったんだね。施設の人が、学の親がわりだったんだ」

「ああ、高校三年の途中から施設をでて、バイトしながらひとりで暮らしてたよ」

　この人が寂しげに感じられた本当の理由をやっと知られた気がした。愛情を探すように他人の告白にあっさり応じて、何人もの恋人をつくっていた行動の裏も。

「高校からひとり暮らしって、格好いいね」

　笑いかけたら、学は眉をゆがめて「え？」と怪訝そうな表情になった。

「学がバイトしてるのは知ってたけど、あのころはどこで働いてるのかなんとなく訊けなくて、瀬見先輩と『宇来このあとバイトだろ』『うん』ってしゃべってるのを、すっごい耳澄まして盗み聞きしてたの憶えてる。ストーカーっぽいよね」

　はは、と声にだしてさらに笑うと、学もため息をついて苦笑いを浮かべてくれた。

「なんだそりゃ。ばかだな、訊いてくればよかっただろ。高校のころはコンビニで働いてて、そのほかにも仕事はいろいろやったよ。居酒屋にカラオケにファミレスに、警備員にラブホの清掃員に」

「ラブホまでっ？」

「面白かったんだ、店によって地球人のいろんな面を知られるのが。占い師の仕事もたまにはやりたいな。ほんと飽きないし勉強になる」

「勉強かー……」

　恋愛にしろ仕事にしろ、学はいつも他人に興味を持って、感情に触れて、観察して思考している。そうならざるを得なかったのも、親子での狭い空間ではなく、施設というひろい場所で大勢の他人と接して育った生い立ちが関係しているのかもしれない。疑念などばかげていた。学はぼく以上に人生経験が豊富で、金銭感覚もしっかりしているに違いない。

「どんな生活をしてきたのか、これからちょっとずつ教えてもらえたら嬉しいな。高校で学に会ったぼくは、学とおたがいの孤独感を癒やしあって幸せを分かちあえないかなって、すごくその……勝手に、傲慢に片想いしてたんだ。〝孤独を癒やす〟だなんて、失礼だし偉そうだし、学が望んでなかったら迷惑でしかないんだけど……ひとつの家で暮らして、ふたりきりの家族になっていくなかで、学にとって安らげる存在になれたらって想うよ」

誰にも言わなかった、という事柄をうち明けるのに、学はどれほどの勇気を要しただろう。嬉しいからこそ、ぼくも彼の気持ちに応えて寄り添いたい。

「……おまえは本当に不思議な奴だな」

学は目をまるめて感心している。

食事を終えてレストランをでると夜九時過ぎだった。別れがたいが、明日はおたがい仕事もあるので、家に帰って過ごすには時間が足りない。

「唯愛はいま仕事も忙しいんだろ」

「うん……」

駅までの道を名残惜しんで歩いていたら、学も寂しげな気持ちをくれた。

「いつまで忙しい？」

「十一月に入っちゃったからどんどん忙しくなるかな……」

日曜の夜の繁華街は月曜への憂鬱をはらんでいて、賑やかさがいつも以上に物憂い。

「学も暇なわけじゃないでしょう？」

「まあな。引っ越しにあわせて部屋の片づけもしないといけないし」

「だね。しばらくはおたがい休日も忙しいね」

「業者に頼んでさっさと終わらせよう。それで一緒に家具を見にいきたい。ベッドとか」

学の声が明るくなる。ぼくもにやけてしまう。

「ベッドって、ふたりで寝られるベッドってこと？」

ひとりで寝られるものなら持っている。ぼくの部屋にあるのは寝られるがかなり狭い。

「二段ベッドがいいか？」

「ふふ。いやだ」

学のどこかに触りたいけど、人けの多いこんな場所では手を繋ぐのも憚られる。

「新しい部屋わくわくするなー……いまつかってる家具もいくつか新調したい」

「俺もレジンを並べられる棚が欲しいな。つくりっぱなしで放置してる試作品もたくさんあるから片づけること考えると滅入るけどな……」

「ぼくも手伝いにいくよ」

水族館デートもぼくが風邪をひいたせいでうやむやになっている。また計画しなおして遊びにいきたいし、学の恋人になれて初めてのクリスマスもすこしばかりはしゃぎたい。

「なあ唯愛」

「ん？」

もう駅に着いてしまうな、と落胆していたら、学が歩調をゆるめた。

「靴紐がまたほどけてるよ」

「え」とうつむくが、今日ぼくは靴紐のないレザーのスリッポンを履いていて、学も「あ」と呟き、ふたりして顔を見あわせて目をまたたいてしまった。すぐに照れくさそうに視線をそらした学が、恋しくて可愛くて愛おしい。

「……ほんとだね。靴紐、ほどけちゃってるね」

苦笑して学の腕に手をかけたら、唇をひき結んだ学にふりほどいて摑み返され、真横のパーキングとカフェのあいだにある塀の隙間にひっぱられた。

学が道路側に背中をむけてぼくを抱き竦め、唇を塞いでくる。ぼくも学の腰に手をまわしてキスにこたえる。ああ、口のなかがカレー味だな……と恥ずかしく思ったのと同時に、学の唇が大きくひらいてぼくを捕らえ、舌を強く吸いあげてきた。後頭部と腰を押さえられて奥まで深く烈しくむさぼられる。

「……唯愛、」

学の暴力的な愛情と、帰らなければいけない憤りに似た悔しさが伝わってきた。

「俺はおまえに、まだ話していないことがある」

「え」

息を呑んだ刹那、下唇をしゃぶられた。

「これももちろん話したくないわけじゃない。ただ、俺を信じてもらえるかわからない」

「わから、ない……？　あっさり信じられないような事情があるの？　学に？」

学の顔を見たかったけれど、学はこちらの反応を怖がるようにぼくの肩に顔を埋めてかたく抱き竦めてくる。怯えさせたくはないからこんなふうにされると追及できなくなってしまう。

「唯愛を愛してる。おまえに会って愛情っていうものを初めて抱いた。自分にはない感情だと思ってた。感情すら、自分は持ってない生きものだと考えていたのに違った。……いや、違う生きものに変えてくれたのがおまえだったんだ。それだけは信じてほしい」

　施設で育ったことが関係している事情なのだろうか。信じろ、と念を押してくるのだから、容易く信じられないような……あるいはぼくが信じたくないような事柄なのか。学の高校時代の奔放ぶりをふり返ると、もしや合田先輩が言ってたみたいに、本当に隠し子？　とまで想像してしまう。なんにせよ彼の必死さから裏切りの香りもした。

「……学。ぼくも学を愛してるよ。だけど愛情はすべてを許すための免罪符じゃない。許せる範囲が膨大にひろくなるだけで、どんなに愛してても許容できないことはある」

「……唯愛」

「教えてもらえるときがきたら真剣に聞くね。ぼくも学のいない人生はもう考えられないし、学を想ってどんなことも受け容れるために足掻く自分でいたいとも思ってる。映画とかでよくあるけど、世界中の人が学を否定しても、味方でいられる恋人でいたいんだよ。でもあまりに人道に反する事情だったら一緒に背負えないかもしれない。いっそのこと本当の映画みたいに未来からきた～とか、宇宙からきた～とかならいいな」

　ふふ、と冗談を言って笑いに変えた。

　教わる前からこちらの都合ばかり提示するのもよくないな、と反省して学の背中をさする。ところが学は「そうか……」と脱力した。

「……よかった。だいぶ安心した」

「そうなの？」

「うん、不安はほとんどなくなったよ。改めて今度食事でもしながらゆっくり話すから」

ぼくの肩に唇を潰して、学が甘えるようにまたぼくを抱き竦めてくる。

「……わかった。どこになに食べにいこうね。水族館もいこう？　忙しくても、やっぱり学に会ったほうが元気でるから時間つくれるように頑張るよ」

「あー……俺も唯愛で栄養補給してるんだな。だから会えないと生気がなくなるのか、合点がいった。でもおまえはすぐ風邪ひくだろ」

「体調管理もちゃんとします……」

額をあわせて笑いあった。胸いっぱいになって、身体中が学で満たされたのを感じる。本当に栄養補給だ。

「じゃあ流星にサインもらって帰宅したらまた連絡する」

「はい。流星さんにぼくからの感謝も伝えておいてください」

「わかった」

会話は別れにあわせて締まったのに、学の腕は力がこもっていっそうぼくを束縛する。

「……ひとりの部屋に帰りたくないと思うのも初めてだ」

掠れた声で千切れるように、学が嘆いてくれる。


『――は？　まじか白谷、同棲？　はあ？』

水曜の夜、学とふたりで不動産屋へでむいて無事に新居の契約を結び、食事して帰宅すると、星野から電話がきた。

『信じられない、あの宇来先輩が？　特定の相手と、しかも男と同棲？　嘘でしょ？』

どうも夏希から先日の深夜のメッセージの件を聞いたらしく、からかう気満々だったようなのだが、ならば同棲のこともどうせいずればれるだろうからと伝えたらいきなりこれだ。

「嘘じゃなくて、今日ちょうど書類も渡して正式に契約してきたんだよ」

『どこからつっこめばいいのかわからない……宇来先輩って他人と同居できる人なの？　てかあんたらつきあいだしてまだたいして経ってないよね？』

「が、……宇来先輩は昔から料理もうまくて生活能力もぼくよりあるでしょ。このあいだ風邪ひいたらうちに泊まってお粥作って掃除洗濯までしてくれて、あのときおたがいに〝一緒に暮らせるな〟って感じたんだと思う。それにぼくらはつきあってそろそろ一ヶ月経つよ。星野はバンドマンを出会ったその日から居候させたろ」

『ほっとけ。つーかさりげなくのろけんな』

「からかい電話されたんだから潔くのろけるさ」

『むかつく……ホモじゃなかったら殴りにいってるからね』

笑ってしまった。清々しいまでの差別だ。

『は～……でもまあ、あんたらは高校時代からひきずってたんだもんね。つきあいだしたのは一ヶ月だとしても、同棲がはやいってことはないのか』

「ふふ。ひきずってたのはぼくだけだけどね」

『そう？　わたし昔のことふり返ってて思ったんだけどさ、宇来先輩も白谷のこと結構可愛がってたよね』

「可愛がる？　そんなふうに見えた？」

『先輩に懐いてたのってあんただけだったじゃん』

「ああ、それは本人にも言われた」

『でしょ？　しかもわたし勘違いしてたけど、あれって先輩はあんたに、』

星野が言葉を切って沈黙する。「〝あんたに〟なに？」と、ちょっと期待して先をうながすと、フフと含みありげな笑いが返ってくる。

『なんでもない。やっぱ内緒』

「なんだよ、聞かせてよ」

『やだね。先輩に直接訊きな』

「けちだな」

『まーとりあえずは、お～め～で～とーお！　けっ』

悪態をつきながらも祝福してくれた星野は『あーけど信じらんない。わたしの友だちだってふたりも宇来先輩とつきあってふられてるんだよ？　いまになって選んだのがまさか白谷って。白谷ってっ』と、またぶつぶつ驚嘆と悪態をくり返す。

『ねえ、十年で宇来先輩がどう変わったのか知らないけどさ、白谷はなんの不安もないの？浮気し放題だったあの宇来先輩なんだよ？　ほんっとに順調？　絶対なんかあるでしょ～？言いなさいよ、ほらほら～』

笑ってからかわれて、自分でも意外なことに心が躓いてしまった。

——俺はおまえに、まだ話していないことがある。

……おかしいな。先日話しあって納得して、キスまでかわして幸せに解決したはずなのに。今日も新居の契約を終えて、幸福な未来へむかってすべてが滞りなくすすんでいる。ただ別れ際にほんの一瞬〝今夜はうち明けてくれなかったな〟と落胆した。それぐらいで。

『……白谷？　あれ。冗談のつもりだったのにまじで地雷だった……？』

星野がぎこちなく苦笑いする。ふん、と胸を張った。

「ンなわけないだろ、不安なんて全然ないよ。宇来先輩は本当はとっても愛情深い人なんだ。浮気性だったことにも理由があるんだよ。これからはぼくもしっかり心から彼を愛して支えていきたいと思ってる」

『浮気に理由？　へえ、なるほどね……あんたはそれを教えてもらった唯一の人間ってことか。愛とか恥ずかしげもなく言っちゃって、あ〜やだやだ。ごちそうさまです〜』

星野と笑いあって、『引っ越しがすんだらまた呑みにいきましょう』「うん、ありがとう、楽しみにしてる」と約束し、電話を終えた。

急にしんと静まりかえった自室で、画面が暗くなったスマホを見下ろす。

『宇来先輩は本当はとっても愛情深い人なんだ』『これからはぼくもしっかり心から彼を愛して支えていきたいと思ってる』——まるで自分に無理やり言い聞かせているみたいだったな。

　平日は必ずメッセージや電話で会話をして過ごし、想いを繋ぎながらおたがいせっせと引っ越し準備をすすめた。家賃支払いの時期にあわせて来月一日から入居することに決めたので、猶予は半月ほど。すべて引っ越し業者にまかせることも可能だが、やっぱり不要なものは処分しておきたくて、連日クローゼットをひっくり返して断捨離していく。

　荷物が多いのはアトリエもある学のほうで、ぼくは金曜の夜から学の家へ泊まって荷物整理の手伝いをすることになった。そして当日仕事のあとに落ちあうと、学が用意しておいてくれたすき焼きを食べてお腹を満たし、おたがい持っている家電について、どちらを残すか話しあった。洗濯機はぼくのほうが乾燥機つきだからそちらを、冷蔵庫は学のほうがデザインもよくサイズも大きいからそちらを、電子レンジはふたりして壊れかけていたから、ベッドと一緒に新しいものを購入、てな具合に。

　そうやってふたりの生活をひとつに組みあげていく作業は、至上の幸福だった。

「……あかときくたち」

　外から白々と太陽の日がさし始めた夜明けごろ、学が呟いた。

「え……？」

　左側へ身体を傾けているぼくの背後で、学も左腕で頬杖をつき、右腕でぼくを抱きながら、ガラス戸越しにひろがる朝焼けを見つめている。

「夜が終わって朝になる、いまごろの時間帯のことだよ。暁（あかつき）が降るって書いて暁降ち（あかときくたち）」

　暁降ち、と胸のうちで復唱する。

「綺麗な言葉だね。……学は本当に綺麗なものをいっぱい知ってる」

胸もとにあった学の右手をとって、細長く美しいかたちの指にくちづけた。ぼくが初めて見つけた綺麗なもの。綺麗な人。

「地球人の周囲は綺麗なものであふれてる。こんなに空が美しいことも、四季が存在していることも、動物や植物がのびのびと共存していることも、信じられない確率で生まれた奇跡的な現象なんだぞ。もっとも怖いのは〝あたりまえ〟っていう意識に違いないよな……おまえらは奇跡すらなおざりにしすぎてる。言語だっておまえらが創ったものだろうに」

ふふ、と笑ってしまった。

「……そうだね。ちゃんと気づいて受けとめているのはこの地球上で学だけかも。だからなんだろうな、ぼくが学に焦がれてやまないのは」

仰むけになって、学の胸へ寄り添う。そうして学の右腕を両手で持ち、夜明けの薄青い光に透ける掌から手首、肘までのライン、をゆっくりと撫でてたどった。

「……ぼくにとっては学が〝綺麗〟の塊だよ」

命の道しるべのように、健康的な逞しい腕の内側を血管が伝っている。裏返すとそちらには濃くも薄くもない適度な腕毛と、手の甲の筋が。

「学の身体はほくろがひとつもない……不思議」

目を凝らして探してもまったく見当たらない。普通ひとつぐらいぽつりとあるものじゃないだろうか。

「ほくろ……？」と学も意外そうな声をだした。

「うん。ぼくはほら、ここ。こんなところにあるんだ」

言いながら、右手の人さし指を学に見せた。爪の右斜め下にぽつと茶色いシミのようなほくろがある。

「子どものころに怪我か汚れかって勘違いして、むしったこともあるよ。でも痛いし血がでただけで、治ったらまたできてた」

学がぼくの右掌に指を絡めてひきよせ、人さし指のほくろに唇をつける。

「ふふ、どうして二、三日後にもう一度探してみな。俺の身体にもちゃんとほくろがあるから」

ふたりで早朝の空気をくゆらせて笑いながらキスをした。

「……唯愛、今日昼メシを一緒に食べよう。一時にまた店の上のカフェで待っててくれ」

「うん、わかった」

学は出勤日だ。なのに仕事の合間のひとときを一緒に過ごさせてもらえるのは、特別な逢瀬(おうせ)のようでわくわくしてしまう。しかも学の部屋からでかけて会いにいくのだ。

午前中は掃除と洗濯をしよう。ふたりで昼食をとったあとは、また学の家へ帰ってきて彼の帰宅を待ちながら夕飯を作り、ひと晩過ごして日曜の夜まで一緒にいる——同棲をしてともに暮らしていくというのは、こんな日々を当然の日常として永遠にくり返していくことなんだな。

そう思うと自然と心にぬくもりが満ちた。

「……愛してる学」

目を閉じながら唇を寄せると、学の唇も吐息をこぼして近づいてきた。

一時にはカフェのテラス席に座って、コーヒーを片手にくつろいでいられるよう計算して、学の働く書店がある街へやってきた。きちんと時間どおり席につき、地下の書店へ続く階段のほうを注視して待っていたら、一時五分を過ぎたころ店長の流星さんが現れた。

流星さんも昼休みなのかなと考えていると、視線をめぐらせてぼくに気づき、とたんに頬をほころばせて駆け寄ってくる。

「イチカさん、こんにちは」

「え、あ、はい。こんにちは、おひさしぶりです」

「ごめんね、学なんだけどすこし遅れそうなんだ。ぼくもちょうど外にでるところだったから伝言頼まれてね。昼休み一緒に食事する約束してたんだって？」

かあ、と頬が熱くなった。

「そうです……ありがとうございます、すみません」

昏の横に笑いじわをつくって、流星さんは柔和に微笑む。

「レジン作品のことで、お客さまから相談を受けてるんだよ。オーダーメイドの依頼だったからまだしばらくかかるかもしれない。そういうのはいままで受けてなかったんだけどねー……どうやら根負けして、つくることにしたらしくて」

「そうなんですか……オーダーメイド」

「イチカさん、せっかくだから学がくるまで一緒にいい？」

むかいの空いた席を指さして流星さんが小首を傾げ、「あ、もちろんどうぞ」と応じた。「ありがとう、じゃあ飲み物だけ注文してくるね」と、彼はカウンターへむかっていく。店員さんに慣れたようすで接している姿が学に負けず劣らずスマートで格好いい。

……まだほんのり熱い頬を右手で押し撫でた。学がどう説明したか知らないが流星さんには同居することもばれている。昼休みの逢瀬まで知られて、ちょっと照れくさいな。

それにしてもオーダーメイドか……根負けってことは、渋々つくるんだろうか。自分のなかからあふれる綺麗で美しいものを具現化している学にとって、どんな仕事になるのか。いま、この下で、お客さんの要望を受けながら困っていなければいいけれど……。

「お待たせ」

流星さんが戻ってきて正面の席へ腰かけた。

「寒いよね、テラス席。大丈夫？　また風邪ひかせたらぼくが学に怒られそう」

今度こそ、ぼっと顔が爆発した。

「いえ、大丈夫です、すみません……ぼくが体調崩したことまでご存知なんですね」

「はは。やー……イチカさんだとは言ってなかったけどわかっちゃうよね。あの日すごかったんだよ。『風邪の看病はどうすればいいんだ』って殴られそうな勢いで訊かれて、定時になったらさっと帰っていくし、翌日は『半休にしてくれ』って突然連絡くるしで」

「すみません……」

「それで直後に『引っ越す、イチカと同棲する、保証人になってくれ仕事も辞める』でしょ？　あいつの破天荒ぶりは慣れたものだけど、まさに青天の霹靂だよ」

「本当にすみません……」

……全部ばれていたうえに迷惑までかけていた。眉を下げて微笑む流星さんが、紙カップに口をつけて「あち」と洩らしながらコーヒーを飲む。

「最初はおたがいの家の場所も知らない関係だったのに……きっとイチカさんが頑張って学を変えたんだね」

「え、家って、」

「ほら、『待宵のとばり』の修復で学を家へいかせようとしたらイチカさんが〝わかりづらい場所にあるんで〟って躊躇ったじゃない。先輩後輩の仲だと聞いたけど、あのときはどういう関係なのか疑問に思ったよ。レジン作家なのも知らなかったみたいだし、卒業後ずっとつきあいがあったわけではないんだなと」

ぼくも羞恥心を抑えつつコーヒーをひとくちすする。

「そうでしたね。お察しのとおり学とは、……先輩とは、最近になって再会したんです」

「〝学〟でいいよ」と苦笑されて、照れながら恐縮する。

「……学を変えたなんて言うのはおこがましいですけど、会えなかったあいだもぼくがずっと忘れられずに想っていたのは事実です。流星さんにも保証人の件やお仕事のことで、ご迷惑おかけしてすみません」

「いいえ、とんでもない。知りあってずいぶん経つけど、恋愛と縁のない男だと思ってたから誰かのためにあんなに必死になる姿も見られて嬉しかったんだよ。お幸せにね」

冷たい寒風が吹きすさぶテラス席でむかいあって、笑いあう。そうか……流星さんはぼくが知らない学の時間を見守っていた人なんだな、と思ったら、彼がまた口をひらいた。

「もう八年近く前になるかな……あいつはいきなりうちの店にきて、『これを処分したいから協力してほしい』って袋いっぱいの空のレジンを突きだしてきたんだよ」

「処分ですか？　え、委託じゃなくて？」

「ン。『趣味でつくってる作品が部屋にあふれて困ってる』ってさ。店に持ってくるぐらいだからもちろん販売の意思も少なからずあったみたいだけど、ゴミとして捨てるなら欲してくれる人を探すのもやぶさかでない、っていう曖昧な感じだったんだよね。どこか面倒くさそうで、自分の作品で金を得たくないような、そんな雰囲気だったな」

「ああ……」

学らしい。彼は美しく綺麗なものに対する愛と情熱を体内におさめきれなくて、ただ発露の手段としてレジンや写真の助けを借りているだけの人だ。金稼ぎが目的だったわけじゃない。

「でもぼくは対価をいただくに値する芸術作品だと思った。趣味で量産してゴミとして誰にも知られず葬られていくような〝空〟じゃないってね」

「ええ、ぼくも思います」

「ね。で、うちで委託販売しないかって提案したんだよ。当時ぼくはまだ店長じゃなかったから、そのときの店長も説得してね。無事に決まったあとは学も店員として勧誘した。あいつは自分の作品の価値を、目で見て自覚すべきだと思ってさ」

「そうだったんですね……」と感嘆のため息がこぼれた。流星さんが救世主のごとく学を支えたのだと感じ入るとともに、学にとって得がたい出会いのひとつだったに違いないと、こちらまで幸せな気持ちになれたから。

「だけどどんなに作品が認められても学は空虚な男だったよ。感情の一部か、あるいは心のどこかが欠落して、穴が空いているようなね。寄る辺なさがずっとつきまとってた、イチカさんと再会するまでは。……ようやく安心できたな。学が探してたのはイチカさんだったんだね」

流星さんが小首を傾けて、真昼の黄金色の日ざしに溶け入りそうな満面の笑みをひろげる。

ぼくは苦笑して、紙カップを持つ自分の手もとへ視線を落とした。

「……いいえ。再会した学は高校のころとすこし違っていました。流星さんと接している学はぼくが初めて会う学だったんです。〝あいつ〟って気安く呼んだりして、明らかに流星さんに甘えてますもん」

「甘えか」と流星さんが笑い、「そうですよ、ほんとに」とぼくは肩を竦める。

「あんな学、知らなかった。……ぼくが学から目をそらして忘れようとしていた十年間、流星さんは学の傍で彼を癒やしていたんです。悔しいしばかだったって自戒もするけど、そのぶんこれからはぼくも学を幸せにしていきたいです」

ひとりで生きていた学にとって、流星さんは親や兄のような存在なんだろう。学が自分の愛する景色をおさめたレジン作品を、多くの人に届けるため導いた流星さん。作品と、学自身の感性に価値があるんだと教えた人——きっと、学本人も気づいていないぐらい、多大な影響を与えたのであろう流星さんを前にすると、自分はひどくちっぽけに感じられてしまう。

いつかぼくも自信を持って〝学を幸せにしている〟と信じながら、彼の隣に寄り添える男になりたい。なんの才能もないぼくには、学が存在価値を与えてくれる。学の心を癒やし、幸福にできる人間、という価値だ。はやく、そうなれたらいいな。

「唯愛っ」

　大きな声で呼ばれて、どきっと顔をあげたら学がくるところだった。コーヒーを飲んでいた流星さんも、ふっと吹いて紙カップを口から離し、「王子さまの登場だ」と笑う。

「悪い、遅くなった。流星もいたんだな」

　急いできてくれたのか、乱れた学の髪がひとつつまみだけ頭のてっぺんあたりでふよふよ風に揺れている。

「話し相手になってくれてたんだよ」と微笑みかけると、学は「そうなのか」とこたえたが、あからさまに〝邪魔だな〟という表情で流星さんを見下ろした。流星さんも読みとったのか、顔をそむけて口を押さえ、また、ぶふっ、と吹きだす。

「正直な奴だな、おまえは……」

「昼食の時間もほとんどなくなったのに、三人で食べることになったら厄介だ」

「こら、歯に衣着せるってことを覚えなさいよ」

「流星にそんな面倒くさいことするもんか」

　流星さんが唇に笑みを残したまま学を睨むと、学は許されているとわかっているせいか、とぼけた顔でそっぽをむく。

「まったく、可愛くない奴だな。せっかく午後半休にしてやろうと思ったのに」

「え」

「イチカさんもきてくれてるし、引っ越し前の忙しい時期にレジンのオーダーも受けたんでしょう。しかもその作品、いますぐ帰ってつくりたいんじゃない？」

流星さんは確信を持った得意げな面持ちで学を見あげ、学も、目をまるめて図星という表情をした。そんなことまで、流星さんは気づけるのか……。

「急に半休って、いいのか？」

「今日は人手も足りてるから、かまわないよ。イチカさんと美味しいものでも食べて帰りな。オーダー作品のほうはぼくからもお客さまの満足いくものをお願いします、学先生」

学の瞳に信念の光が兆したのも見てとれた。

「……わかった。じゃあ今日はあがらせてもらう。お先に失礼します」

姿勢を正して、礼儀正しく頭を下げる。流星さんはまた朗らかに明るく微笑んだ。


昼時でどこの店も列ができていたし、学がすぐにでも作品に着手したいのならと、ふたりでちょっとよさげな店のお弁当だけ買って帰宅した。ぼくはハンバーグ弁当で、学はロコモコ丼にしたのだけれど、オーガニック野菜を使用した健康にいい料理、という店の売り文句にふたりして「お洒落拗らせてるね」「さすが自由が丘」と冷やかしながら美味しく食べた。そしてそのあいだも、学は一枚の写真を傍らにおいてずっと眺めていた。灰と青の雨雲の隙間から、太陽光が斜めに降りて木々を照らしている、幻想的な風景写真だ。

「……それがオーダーメイドで受けた空なの？」

「ああ。女性のお客で、結婚を反対されて別れた恋人と見た風景なんだって教えてくれたよ」

「結婚を反対……？　家柄とかが理由なのかな。それにしたっていまどき珍しくない？」

時代錯誤な気がしてしまう。単純に人柄を否定されたのならもっとひどい。

「……男が前科持ちだったんだよ」

学が小声で、躊躇いがちにぼそりとこぼした。

「え、前科……？」

「子どものころ両親を事故で亡くして親戚中たらいまわしにされた男でな。人間不信で孤独で、悪さもしてた奴だったんだけど、飲酒のひき逃げ殺人で実刑くらった過去があったんだ」

「えっ……それは、ちょっと」

想像を絶する酷さだった。飲酒で法律違反をしているうえ人を撥ねて逃げたとなれば、治りようのない非道さが人格に根づいた人間だ、と疑われても文句は言えなそうだ。

「そういうことだよ。いくら更生したとしても罪は消えない。彼女は男の孤独や罪に寄り添う唯一の存在になりたがったけど、無理だったんだ」

学は淡々と話しながらご飯を掬って口へ運ぶ。ふくよかな香りを放つふたつのお弁当とむかいあう自分たちの姿に、ふとその男女の生活を重ねてしまってもの悲しくなった。

天涯孤独な男の寂しさや罪深い過去をも愛して、ただひとりの理解者になろうとした人……裕福で贅沢で、なに不自由ない日々など望むこともしなかったんじゃないだろうか。貧しくて平凡で、非難と苦労ばかりの毎日でも、ふたりでいられればいいと願いながら、彼女は彼女の目にうつる彼の人柄を愛し抜こうとしたのかもしれない。

「……ぼくも判断が二転三転しちゃったよ。他人だから、勝手なんだろうな……」

表面と内面では見えるものが違う。救われてはいけない人間などいないのだと思いたいが、被害者の無念は一生背負わなければならない。どこの親がそんな男に娘を託すだろうか。

「まあそれで、俺の作品でこの空を再現したくなったそうだよ。写真より立体的に、リアルにとどめておけるなら嬉しいって」

　学が左手で写真を持って凝視する。

「天使の梯子だ。雲の切れ間からこんなふうに日ざしが地上に降りそそぐ情景をそう呼ぶだろ。見ると幸せになれるってジンクスもあるんだよ」

「幸せになれる、か……」

　写真は中央部分にあたる視線の高さに天使の梯子があり、全体の三分の一ほどの下方に木々がある。丘の上か、どこかの高台から、真正面にある光の梯子をふたりで眺めたのだろうか。空へむかってまっすぐ輝く天使の道を見つめながら、自分たちの未来にどんな幸福を想い描いたり、祈ったりしたんだろう。

　――あの日の星に願うなら、ぼくはあなたの瞳の〝汚い〟になりたい。

　――俺らだったら〝宇宙塵になりたい〟が正解だったな。

　――ああ、そうか……！

「……地球人ってどうして空に縋るんだろうね。ながれ星も、天使の梯子もさ。一年の始まりには日の出も神々しく眺めるでしょう。奇跡を降らしてくれるって、感じてしまうなにかが、きっとあるんだよね。だからぼくは学の〝空〟にも、幸せをもたらす力があるって信じるよ」

　視線をあわせたまま力強くうなずいて微笑みかけた。学は目を細くにじませて、陽光を受けているような眩しげな表情で苦笑する。

「……ああ。彼女が〝これだ〟って認める完璧な天使の梯子をつくりあげてみせるよ」

うん、とふたりでうなずきあう。

――もう八年近く前になるかな……あいついきなりうちの店にきて、『これを処分したいから協力してほしい』って袋いっぱいの空のレジンを突きだしてきたんだよ。

――どこか面倒くさそうで、自分の作品で金を得たくないような、そんな雰囲気だったな。

流星さんが教えてくれた八年前の学はもういない。

作品に信念と誇りを持っている学が愛しくて、愛しいほどに、傍で見守れなかった歳月が幾度となく悔やまれる。

「――唯愛」

ふいに、学が低く深刻そうな声音でぼくを呼んだ。「ん？」と見返すと、ロコモコ丼の器をよけて麦茶をひとくち飲み、そのグラスもゆっくりと横へおいて、テーブルの上で祈るように両手を握りあわせた。

「俺も犯罪者なんだ」

学の瞳には空気も時間も射る強い光だけが宿っている。

「なんの犯罪なの」

覚悟は、胸のなかでひどくしずかに結ばれた。学の唇が再びひらいていく。

「恋をしたいと望んだ罪だよ」

……む、と自分の唇がへの字にまがったのがわかってすぐ、ふっと笑っていた。

「まったく……ずいぶんキザになったもんだね、学は。ほっぺた熱くなっちゃうよ」

左手でぱたぱた顔を扇ぐしぐさをしても、学は笑わない。

「おまえに話してないことがあるって言ったのはこのことだ。俺が生まれた星では生命体自体少ないから繁殖して仲間を増やすことに重きがおかれている。だからこの星の……地球の存在と、歴史と文化を知って恋愛を愚かでばかげたものとして見下してるんだよ。でも俺は興味が湧いた。それで調査隊の宇宙船に忍びこんでここへきたんだ」

「え……ちょっと待って学、なに言って、」

「俺は地球人じゃない。規則を犯してべつの星からきた異星人だ」

……〝俺が生まれた星〟〝繁殖して仲間を増やすことに重きが〟〝地球の存在と、歴史と文化〟〝恋愛を愚かでばかげたものとして見下して〟〝調査隊の宇宙船〟〝規則を犯してべつの星からきた異星人〟――耳から入った言葉が頭のなかで無機質な単語になってまわっている。反芻するのでやっとだった。浮遊している単語たちを無理やりひき寄せてなんとか咀嚼しても、受け容れることなど簡単にできやしない。

「嘘……では、ないんだよね」

学の真剣な眼差しを前にしてもなお確認せずにはいられなかった。

「真実だ」

予想どおりのこたえが返ってくる。

精神病でも、ないんだよな。学が、自分で創りあげた空想や妄想の世界に侵されているっていうわけじゃ……。

「ないよ」

「へ」

「唯愛の心の声は聞こえてる。口を閉じて話しかけてみろ、ちゃんと全部こたえられるから。地球人は異星人に妙な進化を期待してるよな。物を自在に動かしたり、テレポートしたり、手からビームをだしたり、超能力めいたことができるって創造してきただろ。ほかの星の奴らがどうか知らないが俺らにそんな力はない。ただうちの星では繁殖するための能力に長けた進化をしているから意思疎通もスムーズにいくよう思考が筒抜けだ」

筒抜けって。

「そう、筒抜け。そのまま試してみな。普通に〝思う〟だけでいい」

ごく、と唾を呑んで硬直する。急に正面にいる学が得体の知れない生きものに思えてきて、指一本動かすのも危機感を覚えた。ひとまず視線をはずしてうつむき、自分の手もとを見て、そうっと箸をおいた。左手の横にある麦茶のグラスが目にとまり、摑んで自分も飲む。

つまり、霊能力だとかメンタリスト、と夏希たちと不思議がっていた力は、生まれもっての能力ってことか……？

「ああ。地球人は声で言葉を発して交流するが、俺たちは心を直接読んで接する」

じゃあああの呑み会の席で星野たちのプライベートがわかったのも。

「そうだよ。相手の心に深く刻まれた記憶なら過去の出来事も読むことができる。だから星野たちの恋愛事情も把握できた。唯愛がつきあってきた女たちとの記憶も探ろうと思えばできるけど、読む読まないもコントロールできるからな。そこはブレーキかけてるよ」

ブレーキ……たしかにぼくは学とつきあい始めてから心をすべて読まれているような、窮屈で恐ろしい感覚に脅かされることはなかった。

「……うん。俺にも恋愛を蔑視する感覚が残っているのに、唯愛に関しては無意識に、本心を読まずに逃げたり、怯えたりしてる。これも恋愛感情のせいなんだよな」

学の目を見つめて、鼻から頬、口もと、顎、喉、喉仏……と視線で、生命の痕跡をたどっていく。自分の目には、自分と寸分違わぬ地球人に見える。それでも異星からきたと、いうのだろうか。

「あー……そうだな。地球人は異星人をつるっぱげのカエルみたいな生物か、イカやらタコやらで創造するよな。うちの星じゃ実体はあってないようなもんだ。さっきも言ったように繁殖するために進化してきたから、生殖機能も自由に変えられる。要するに男にも女にもなれる。どんな環境にも適応できるよう、外見も体質も変更可能だ。俺のこの姿も、俺自身がつくった地球人の自分――宇来学の姿だよ」

ここで……地球で生きるためにつくられたのが、学。

「地球人は恋愛して命を繋ぐのが尊いことだと思うだろ。でも俺らからしたら繁殖の機会まで失いかねない恋愛って行為が愚かしくてしかたない。地球の文化を知ったときはぞっとした。心と言動を切り離しているせいで、いらない争いやゆがんだ人格の人間も増やし続けている。対人恐怖症になるのも当然だと思うが、怯えたまま結婚や子づくりしない生きかたを〝個人の自由だ〟と賞賛すらし始めてるよな。地球は人口が多いからそれでいいだろうが、俺は自分たちが心を読める進化をした理由が、地球にきてよくわかったよ」

「学の星は……恋愛なしに、セックスだけするってこと？」

訊ねたら、学は握りあわせていた手をほどいて腕を組んだ。

「そうだ。親きょうだい、親戚、親友、知人、教師に生徒、上司に部下、関係性も問わず〝してもいい〟って意思を読んだら乱交しまくってる。子どもが生まれるまでひと月程度しか時間もかからないから、生んだらまたすぐつくる。唯愛にはこの感覚のほうがぞっとくるだろ」

とんでもない世界だ、と絶句した。血縁関係すら無視して繁殖をくり返すだなんて。

「親とか家族って感覚は？　倫理観はどうなの？」

「産まれた子どもたちは強制的に施設へ送られる。そこで成長して教育を受けて、独りだちしていくんだ。親子愛や家族愛などない。大人になった先で親と再会しても、かまわずセックスするよ」

「な」

「隠し事もなく、合理的で生産的でシンプルな星だ」

呆然として、再び目の前の現実から逃避するように視線をさげ、麦茶を飲んだ。いまのいままでふたりきりの幸福な空間だった食卓が、自分の前で一本の線で分断されて、学と遠く隔てられている錯覚に陥る。しかし拒絶心のみに支配されているわけでもない。

合理的で生産的に、子どもをつくりながら歴史を築いている星……絶滅しないための動物の本能だと考えれば、そんな生物たちもいるのではないかと納得しそうになるのがまた、思考を乱す。

「混乱するのも無理はない。信じてもらえるかどうか、ずっと不安だった」

学がぼくの動揺を見透かしてため息をこぼす。

「いや、うん……」と喉から押しだすようにしてなんとか声を発した。

「すごく……SFな話だと思うよ。もっと詳しく時間をかけて聞かせてもらわないと気持ちも整理できない。でも魔法使いだとか幽霊だとか正義の戦士だとか言われるより、異星人って、現実的で否定しきれないよ。言うなればぼくだって異星人なわけだし、そもそも学がいまぼくにそんな嘘をつく理由もないでしょう。犯罪者っていうのは気になるけど……」

ふっと糸がほどけるように学の頬がほころんで嬉しそうな笑顔になった。

「……よかった」

右手で口をこすって、微笑みながら前髪を掻きあげる。緊張が解けた学のようすに、学自身の怯えも感じとって、自分のなかにあった危機感も和らいでいく。

「けど異星人って海外のエリアなんとかってところでひそかに接触……？　研究？　してるんじゃないの？　そこでは異星人を軍事目的で味方にしたがってるとか聞いたこともあるよ」

「はは。少なくとも俺らの星とは無関係だな。地球でグレイって呼ばれてるあのつるっぱげもうちの星の生物じゃない。べつの星の奴らじゃないか？」

「あ、そうか、生命体がいるのはなにもひとつの星とは限らないのか……気づいてないか公表されていないだけで、じつはいろんな星の異星人が地球にきてたりする？」

「かもな。俺らの星の調査隊も、何人かは地球で生活してるよ。おかげで地球の文化も学んで育った。ただし地球人と仲よくなるメリットがこっちにはない。軍事目的？　冗談じゃない。嘘だらけの地球人に協力して得などありゃしないだろ。もとより俺らは生物として地球人より優れてる。状況に適応した身体をつくれると言ったけど病原菌も体内で殺すことができるんだ。弱い地球人とまじわりたかないし解剖されたりするのもゴメンさ」

「な、なるほど、たしかに……異星人のみんながほかの星と交流したがってるって考えるのも視野が狭いね。心が読める人たちからしたら、地球人はさぞかし厄介で面倒でつきあいづらい生物に違いないし……──あ」

──おまえは自分の本心を隠して、周囲を利用しながら他人を責めたり探ったりすることがあるよな。その狡猾さは処世術だと思うよ。でもおまえは大事だと想う相手にもおなじ保身をはかって逃げるだろ。俺はそれが昔から嫌いでしかたない。

──最後に俺に突っかかってきたときがそうだった。教師の倫理観や立場を、優等生ぶって責めるだけ責めて自分が望む状況をつくろうとした。本当に想っていたことや不満だったことは、教師に対する不信感とはまるで違ったんだ。そうだろ？

あの学の不快感は……。

「あ、待て。それはちょっと違う」

「え。違う……？」

うーん、と返答を考えながら、学もまた麦茶を飲む。

「理想を押しつけたって教えただろ。……唯愛は知りあったときから綺麗な心をしてた。俺に対して〝部の風紀を乱さないでくれたらいいな〟とか思ってたのももちろん知ってるけど、俺にも納得できる範疇（はんちゅう）で、嫌悪感を抱くものじゃなかった。唯愛は裏表もなければ、自分の利益だけを目的に生きてる傲慢で孤独なあほでもない。俺を好きになってからは、本気で俺を思いやって癒やそうとしてくれた。そういう唯愛に俺も心を許していった。だから、あのとき突然汚れた唯愛に裏切られた気分になったんだよ」

ン、んー……。

「汚いって意味では、そんなに変わらないような……」

苦笑いしたら、学は「全然違う」と声を荒げて厳しめに断言した。

「占い師や書店員以外にも、いろいろな仕事をして地球人との出会いをくり返してきたのに、唯愛みたいな心の奴はいなかった。狡さも欲も、おまえは綺麗で可愛い」

真剣すぎる強い眼差しで言いきられると、嬉しさで照れる反面、恐ろしくもなる。

「ぼくだって性格がいいわけじゃないよ。傷つけた人も学だけじゃない」

「誠実に生きていても食い違うことはある」

「前も言ったけど、会社の苦手な上司とか先輩に、心のなかで結構悪態ついてるし」

「おまえが誰かに対して殴りたいと感じたなら、俺は殺したいと思ってるだろうよ」

「殺っ、……でも、学とひさびさに会って冷たくあしらわれたあと、ただ慰めて味方になってほしくて夏希に相談したりもしたんだよ」

「普通だ。郷原も全部わかって味方になってるんだろ？　俺はそこに嫉妬するから控えてほしいけどな」

ぐうの音もでない。

「〝綺麗だ綺麗だ〟って信じこまれると、いつか裏切りそうで怖くもなるけど……そうやって、すべて受け容れてくれることが学の愛情の証拠なんだろうね」

目をまるめた学が、すぐに苦笑した。

「……ああ。愛してる」

　ふたりで苦笑いをかわして、心の強ばりがゆるんでいくのを察知する。指で包んでいるすこし大きめな学の家のグラスと、かすり傷がついたダイニングテーブル。学の生活。さっきまでぼくたちを隔てていた線のようなものは、もう薄く淡くぼやけている。

　グラスを離して身を乗りだし、学の右手をひいて両手で握りしめた。自分よりひとまわり大きな掌はなめらかで温かく、やわらかく、まったく違和感のない感触をしている。

　高校時代一緒にたくさんの自然と星を見て過ごし、十年経て再会してから転げ落ちるような速度と情熱で恋しあった。……学。宇来学。ぼくの恋人。結婚も子どもも、親の望みも、社会とのつきあいやすさも、この人と生きるためなら捨てていいと思えた。二十八のいま、ぼくが人生をかけて愛し抜こうと決意した、ただひとりの男。

　学の視線を感じて自分の左目から涙がこぼれているのを知った。「……唯愛」と呼ばれる。

「……まだ受け容れきれてはいないけど、学の話を信じてしまってるよ」

　笑いかけたのに声は震えていた。

「なんで泣いているのか……自分の感情はちょっとわからない。心ごと好いてもらえたのも、学の身体が病気知らずの強靱（きょうじん）さなのも嬉しいよ。ぼくが風邪ひいたとき看病のしかたに疎かったのも、そういうことだったんだね」

　学も左手をぼくの手の甲のうえへのせて包んだ。

「ひとつだけ覚悟させて学」

「……なに」

　深く息を吸って、決意をさらにかたく結びながらしずかに言った。

「地球人の空想では、ほとんどの異星人がいずれ自分の故郷の星へ帰っていくものでしょう。そうしないと命を維持できないとかの理由で。……学もいつかいなくなってしまうの」

右目からも涙がこぼれていく。ああ自分はこれが不安で哀しいのか、と言葉にしたら得心がいった。ただでさえ不確かで漠然とした未来が〝宙の人〟相手となるとより曖昧になっていく。心を読まれながら本当に愛し続けてもらえるのか、地球の病原菌は平気でも学しか冒されない病が見つかったら誰に助けを求めればいいのか、はたして自分たちはいつまでふたり一緒にいられるのか。

「……やっぱり唯愛は考えることが可愛いな」

学が顔をそむけて、くく、と笑う。楽しそうに、してくれている。

「帰らないよ。帰る必要もないし、そもそも帰るわけにいかない」

「どうして」

「犯罪者だって言ったろ？　俺は調査員でもないのに宇宙船に忍びこんで地球まできた挙げ句、地球人と勝手に交流して恋愛までしたんだ。見つかったら重罪人として裁かれる。ここでひっそり隠れて生活していくしかないんだよ」

全然安心できる返答じゃなかった。

「もしその調査員たちに見つかったら？　連れ戻されてひどいめに遭うんじゃないの？　その可能性もゼロとは言えないでしょう」

「んー……まあゼロではないな。でも限りなくゼロに近いよ」

「なんで言いきれる？」

「俺の星の連中は日本が嫌いで、こようとしないからだ」

へ、と面食らったら、学がまた笑った。

「言葉が複雑すぎて難解なんだよ。文法もあってないようなもんでめちゃくちゃでも成りたつだろ。ひとつの単語でも多様な解釈があるし、おまけに日本特有の趣もある。そして短期間でスラングが生まれていって追いつけない。日本語は机にむかって学ぶとなるとそうとう厄介な言語だよ」

「な……なるほど、それはわかるかもしれない……」

異星人もべつの星の言語を学ぼうとするとそりゃあ苦労するよな。ぼくも英語すらちんぷんかんぷんだ、日本語を勉強して習得しろと言われたら絶対無理だとこたえる。

「だろ？　心を読めるから喜怒哀楽は察せられるが、うちの星の奴らには唯愛のポエムも絶対理解できないよ」

握りあっていたぼくの手をひいて、学が甲にキスをくれる。

「生命を脅かされることもない。地球人とおなじで外からの刺激は受けるから事故に遭ったり、刺されたり撃たれたりすれば致命傷になりかねないが、普通に暮らしていれば確実に唯愛より長く生きる。誓うよ。唯愛が死ぬまで傍にいて看取(みと)る。ひとりにしない」

……左手の甲に学の唇がやわらかく触れている。

「学が日本を潜伏先にしてくれてよかった」

生きづらい地で、価値観の違う文化に必死になじみ、ぼくと出会ってくれた。

「学自身は、故郷が恋しくないの」

「恋は無いんだ。愛も無い。恋人もいない、家族も家もない。俺が一緒にいたいのは唯愛で、帰る場所も、唯愛がいるふたりの家だけだよ」

つきあいを始めて間もなく、〝同棲しよう〟と誘ってくれた思いにも、触れられた気がした。学がつくってくれたふたりの場所、見つけてくれた恋。

「……ばかだな違うだろ」

学が微笑んだ。

「おまえが俺に、帰る場所をくれたんだよ」

声にしていないぼくの想いに、学が幸福そうな表情でこたえてくれる。その傍らには青灰色の雨雲から降りる、一筋の天使の梯子の写真がある。


そのあとオーダーの試作品をつくりたいと言う学とともにアトリエへ移動し、ぼくは本棚の本を段ボールへしまいながら、ふたりでずっと話をした。

学は地球にきて三十二年ほど経つそうだ。最初の数年は外国人のふりをして日雇いの仕事をしながら過ごしていたが、言葉がどうしても理解できないうえ、生活するには戸籍も必要だと感じるようになり、赤ん坊の姿に変わって、宇来学、という名前の紙を貼りつけた段ボールにおさまり、施設の前で泣きわめいて捨て子を装った。

「施設で育ったっていうのは自分の星でも地球でもおなじで、真実だよ。……故郷では当然のことでべつに淋しがることでもないのに、唯愛が〝これからふたりきりの家族になっていく〟って言ってくれたときは嬉しかったな」

レジンづくりに集中しながらしみじみとした声音で話す学の、猫背の背中を見つめる。陽光に陰る二十九歳の学のひろい背中と、繊細な作業を続ける逞しい腕。はねた左側の髪。

「……学は、大人の姿から赤ん坊の小さな身体にちぢむこともできるんだね」

「時間はかかるけどな。赤ん坊だとだいたい二週間近くかかる。だから大人から高校生、高校生から中学生、中学生から小学生って感じに外見が変わるたび、人があまりこない公衆トイレの個室なんかを転々とした。場所探しに苦労したよ」

一瞬で変身できるわけじゃなかったり身を隠したのが公衆トイレだったりするあたりが妙にリアルだった。

「名前も、自分で考えたものだったんだ」

「宇宙からきて地球のことや恋心を学びたかったから宇来学だ」

「少年漫画みたいなノリだよ」

「数年滞在して、独学でいくつかの漢字を習得してつくったにしちゃ完璧な名前だろ？」

ぼくが片づけている学の本棚には、植物や動物の図鑑や空の写真集にまざって、たしかに日本語と国語のテキストもあった。……学の本名、というのか、自分の星で呼ばれていた本当の名前はなんだったんだろう、と思ったとき、学が「なかったよ」と言った。

「名前っていうのは地球人の感覚だよな。俺らにそんなのはない。そこも動物に近いのかな……うまく説明できないが、それぞれが発している匂いや、見えてくる記憶だけで個人を認識してるんだよ。姿も変えられるから、もっとも頼りになるのは中身だしな」

「名前が、ない……それも、心が読めることと関わってくるんだね」

驚いたが、動物という表現は理解しやすかった。学の星の生命体は、地球の感覚で〝動物〟とすると得心いく面が多い。子孫繁栄への真摯さも、名前という個別化へのこだわりのなさも。地球人が進化の過程で付着させた〝不要〟をすべて削ぎ落として、動物の純粋な本能を剥きだしに生きているような生命体。

「でも地球の動物は、それはそれで興味深いよ」

「うん……前に、水族館が好きだって教えてくれたね」

「ああ、好きだ。動物園も博物館も何度もいった。魚のなかにはうちの星みたいに性転換しながら繁殖してる奴らが何百種類もいて親近感が湧いたな。学校に通って、日本語も生物も歴史も学べて楽しかったよ。いきあたりばったりで異星にきて、溶けこめるわけがなかったんだよなあ……」

調査隊は厳選された優秀な人材が選ばれるそうだが、いまではその人たちにも劣ることなく、自分がもっとも地球のことを熟知しているだろう、と本人も豪語する。

「なんせ三十数年地球で暮らしたからな。そんな奴はいまだ調査員にもいないだろうよ」

学はいったい何歳なのだろう。故郷ではどんな仕事をして、何度性転換して何人の子どもをつくってきたんだろう。

「落ちつけよ」と学が肩を揺らして小さく笑った。

「まず年齢は、地球の時間に換算すると百五十歳ぐらい。平均寿命が二百五十から三百歳程度だから半分生きた感じだな。地球人の感覚だと三十代後半から四十代ぐらいか」

……年齢も、数千年、数万年生きている、と言われるよりリアルに感じる数字だ。

「仕事はこっちで言うところのＪＡＸＡやＮＡＳＡの職員ってところかな。宇宙船を飛ばして異星の調査をするってのは特別な仕事だが、宇宙船は日常的にばんばん飛ぶし帰ってくるし、調査は大変だしで、地球ほど羨望されてはいないよ」

「でもすごい。格好いい」

「唯愛がそう言ってくれるなら、格好いいってことにしておこう。ちなみに俺は調査員たちに関わる仕事を担当してた。体調を管理したり、調査結果をまとめて上に報告したりな。だから地球人の外見や言語や生活も、ほかの奴らよりかなり詳しかったと思う。みんな口を揃えて『日本は治安はいいが言語が難解だ』って嫌悪してて、ほんとおかしかったよ。日本だけは誰も長居しようとしないんだ」

シャツにネクタイ姿で、うんざりする調査員たちを優しくなだめる学が見える。だがそれもぼくが妄想する地球の感覚をベースとした姿と服装と交流のしかたなんだろう。

「性転換した経験は何度もある。でも子どもはつくらなかった。俺は故郷では異端だったよ。子づくりを迫られると性転換して回避したりしてたんだ」

「え、一度も？　子どもをつくるのが常識なのに？」

「ああ。常識は無意味だった。物心ついて地球人の文化を知ってからずっと心にひっかかってたんだ。うちの星には当然〝結婚〟なんてものも無い。心を読めないぶん、相手を信じて愛して生涯ともに生きると誓う、正気とは思えない地球人に実際会ってみたかった。そして叶うなら自分も恋愛をしてみたかった」

「……さっき、結婚や子づくりしない地球人の〝自由〟を非難したのに」

「自由を言い訳にして現実逃避しているのと、自分の信念をもとに自由な選択をしているのは全然違うだろ。……とはいえ、俺の根っこには〝繁殖すべき〟って本能も残ってる。そのせいで差別的で否定的な発言になったのは認めるよ。すまなかった」

学が息をついて、左側においている半球型の大きなＵＶライトにレジンを設置して照射し、こちらをふりむく。その顔は優しく微苦笑していた。

「ぼくも学の星へいって〝セックスしまくれ〟って言われても無理だろうし、価値観も、すぐには受け容れられないと思う。学が地球になじむためにひとりでしてきた努力は計り知れないよ。……ぼくのほうがごめんね。地球に憧れて、誰ともまじわらずにいてくれたのが嬉しくて、からかっただけだよ」

「はは」とてらいなく笑う学は、明るく稚くてハンサムだった。……ぼくの知る学。愛しくてたまらない姿や性格や、この存在感。

姿を変えられるというが、ならば学の本当の姿とはどんなものなんだろう。

「実際に見て、唯愛が俺を怖がったり嫌ったりしないと誓うなら再現してもいいよ」

椅子をくるりとまわして、学は身体ごとぼくにむかいあった。ＵＶライトの青い光が横でぱっと消える。

「……怖くなるような外見なのかな」

グレイでも、イカやタコでもないと聞いた。だとしたら映画で観た、口から危険な酸を垂れながしているトカゲっぽい系統なのか、大きくて鋭い顎と牙を持った昆虫みたいな系統なのか……あんな口じゃキスできない。

「ぶはっ」

　とたんに、学が顔をそむけて吹きだした。

「ははは、地球人の空想に翻弄されるなよ、あそこまでグロテスクじゃない」

「そっか」

「姿が自在に変えられるってのは〝本物〟もあってないようなもんなんだよ。故郷の星の姿にこだわりもない。……地球人は外見も恋愛の重要な要素にしたりするよな。唯愛も俺のことをしょっちゅう〝ハンサムだハンサムだ〟って言ってる」

「わ」

「俺は自分が本当の意味で〝生まれた〟のは唯愛に会ってからだと思ってるよ。実体も曖昧で、名前も家族もなかった存在感の皆無な俺に、唯愛が全部を与えてくれた。だから唯愛が愛してくれるこの姿が、俺の真実だ」

　やわく愛おしそうな瞳が、ガラス窓から入る白い日ざしに透けて眩しい。

　キスがしたい、学を傍に感じたい、と強く想った瞬間、学が椅子から立って近づいてきた。ぼくの前でしゃがんで、目線の位置にあわせて片膝をつくと、右手をのばしてぼくの頬を覆う。……人間の平均体温は三十六・五度。学の掌も、先ほどから絶えず、生命の証拠のぬくもりを宿している。

「好きだ唯愛」

　唇が重なるとき、ぼくもいつものように彼の首に両腕をまわして抱き寄せた。唇の感触も、舌のなめらかさも唾液の味も〝宙の人〟とは思えない。地球人でしかない。

奇跡に違いないさまざまな事実を、愛情に満ちた学の優しい声で聞かせてもらっているだけなのに、どうしてか危機感に駆られて、彼を必死に求めて、舌同士を搦めて根や先までなぞりながら欲し続けた。学にもぼくの切迫した想いが伝染したのか、しっかりこたえて烈しく求め返してくれる。

背中を支えられて、フローリングの床の上へ横たえられた。かたい床につく後頭部が痛い、と思っていると、学はワイシャツを脱いでぼくの頭の下へ敷いてくれた。ぼくの目を覗いて、地球も宇宙も、すべてを深層まで見つめているような美しく澄んだ瞳で微笑んでいる。

「……心、読まないで。してるときは」

学の腰をひき寄せて懇願したら、彼の笑顔に無邪気なほころびがまじった。身体をゆっくり重ねてくる。

「読めないよ。声でも心でも〝好き好き〟うるさいから気が狂いそうになる」

背中を軽く叩くと、ぼくの右側に顔を埋めながらくつくつ笑う。

「唯愛……」

学もぼくの腰に腕をまわしてそっと力をこめ、きつく抱き竦めてきた。ぼくとおなじように体温や香りや、身体の感触をたしかめるようにして、寄り添ったまま深く息を吸い、しずかに長く、細く吐く。

昼の光が室内に満ちて、小さなほこり屑が星みたいにきらめきながら舞っている。

学の言葉は誠実で、普段と変わらず愛情深くて、ぼくの疑問や不安をひとつずつとり除いてくれる幸福なものだったのに、胸の隅に灯った寂寥感はどうしても消えなかった。

　なにが辛いんだろう。ぼくは学だから好きになった。この姿が真実だと言ってくれるのなら最期まで寄り添うことも可能なほど健康で長生きな伴侶など安心で幸せでしかないじゃないか。帰るつもりもない、ここが居場所だ、とも言ってくれる。学の価値観や性格が変わるわけでもなく学が学ならそれでいいのに寂しさの理由は？　ふたりでいてもひとりぽつりと地球の中心にとり残されたような、心臓が凍るこの孤立感のわけはなんだ……？

「……愛してる唯愛」

　自動車の走行音や、誰かの笑い声が時折響く室内で、学とふたり汗ばんだ身体をすり寄せて、愛であって抱きしめあって、睦みあい続けた。

　真っ白い天井と壁がぼくたちを覆って、ふたりきりの空間をつくってくれている。ここには地球人も異星人もない。学とぼくの安寧の在処。生きる場所。ぼくたちだけの星――。

なぜか抱きあわずにはいられなくて夜通しセックスをした。疲れて中断しても、学の身体に自分の腕や脚を絡めて触れあっていた。空腹感を覚えると裸のまま飲み物やカップ焼きそばを持ってきて、ベッドの上で行儀悪くふたりで食べた。汗をながそう、と風呂へ入っても、湯に浸かって抱きしめあって延々とキスをした。そして風呂をでてもパジャマは着なかった。

「……ほくろは成長の過程でできるらしいな。俺は自分ですこしずつ時間をかけて地球人の〝老い〟をつくってるから、唯愛に指摘されるまで気づかなかったよ」

夜明けごろ、学の左掌の中心に、薄く小さなほくろができていた。

ぼくを背中から抱きしめて、学は青白い朝日に照るその一番星のような掌のほくろを見せてくれる。半分ふりむいて見ると、苦しいほど柔和で、慈愛に彩られた瞳で微笑んでいた。

「違和感ないだろ……？」

「……うん」

心を読めなくとも、学がぼくを愛して、慰めてくれているのがわかった。でも学がそうして、自分も地球人になれる、と教えてくれることが寂しかった。

ぼくはこの人とおなじ速度で歳をとることはできない。このまま何事もなく時間が過ぎればいずれこの人をひとりおいて死んでいくと、たしかに決まっている。ひと晩経ってみてぼくは自分を看取ってもらう喜びより、この人をおいて逝く辛さのほうが重要で深刻だと気づいた。予想も対処もできない病気やトラブルが起きる恐怖からも、どうしても心をそむけられない。

「……学がもし交通事故に遭ったらぼくはどうすればいい。救急車を呼んでいいの」

学の掌のほくろを右手の親指で撫でながら訊いた。うしろで学が「……ン」と呟く。

「そうだな……医者は困るな。地球人に模していても細胞レベルでまったく違う。骨折や打撲や、多少の損傷なら自分で治せるから家に連れ帰ってほしい」

「その場にぼくが不在で、やむなく搬送されてしまったら？　検査を受けてすぐに異星人ってばれてしまうんじゃない？」

「そのときは自分でなんとかするよ」

「命を落とす可能性もあるんでしょう？　もし亡くなってしまったらそのまま火葬していいの？　ぼくの手もとに学の灰はちゃんと遺る……？」

目の奥が強く押し潰されるように痛くて喉に力をこめて涙を耐えた。見下ろしていたほくろが憎くなった一瞬、学がその左手でぼくの手を握り返して背中から抱き竦めてきた。

「……そんなに責めてくれるなよ」

ぼくも学の腕を強く抱きしめ返した。

「責めてない……ただ愛してるんだよ」

学が〝大丈夫〟となだめてくれると、ぼくは〝大丈夫〟という慰めが必要な関係であることに寂しさを感じてしまう。

ぼくが学を〝守りたい〟と考えて自分たちの違いにむきあうと、学を追いつめて〝責めるな〟と苦しませてしまう。

一緒に生きていくために想いやって歩み寄っているだけなのに愛情で傷つけあってしまう。

「異星人でも関係ない。家族になって、ふたりでずっと長く生きていきたいって思ってるよ。でもそれは思うだけじゃ叶わない。学のことちゃんと教えてね。どれだけ残酷な事実だろうとかまわない、全部覚悟しながら学とつきあっていくから」

それでもぼくの言葉は綺麗事だったのかもしれない。心のなかで燻る、まだぼく自身も整理しきれていない怯えや哀しみはきっと学だけが知っていた。そう実感できるほどに、学が両腕でぼくの身体を抱きしめてひどく痛いぐらい縛りあげる。

「……すまない」

涙を噛み殺して呻くように学がそう謝罪したとき、学も不安なのだとぼくも知った。そうだ。なにもかも〝大丈夫だ〟と楽観できないことなど学本人が誰よりわかっている。

「……ぼくのほうこそごめん。ごめん学」

恋をして誰かと愛しあいたくて、罪を犯してまで異星へやってきて三十数年ひとりで懸命に生きてきた学。こんなばかで愚かな異星人を宇宙で唯一、心から愛しているのもぼくだけだ。

「ばかはないだろ」

泣き笑いの濡れた声音でつっこまれて、ぼくも笑ったら背後から左頬を甘噛みされた。

「そこじゃなくてこっちにちょうだい」

身体をまわしてむきあい、ぼくも学の背中に両腕をのばして唇を寄せていく。

……寒い、とまどろみながら布団に身を埋めると、横から腕がのびてきて温かな胸のなかへひき寄せられた。半分覚醒して目をひらいたら、顔をあげたすぐ間近に微笑む学がいる。

「……寝ぼけてる心の声まで聞かれるの、恥ずかしい」

そう言ったら学は喉で苦笑してぼくを抱き竦め、じゃれて揺すった。

「そろそろ起きよう。さっき流星から電話がきて、知りあいがうちにくることになった」

「え、どういうこと？　電話、気づかなかった」

「唯愛は爆睡してたからな」

笑う学がぼくの額に唇をつける。

「昨日のオーダーのお客さんが今日また店にきて、追加の資料写真をくれたそうなんだよ。で、バイト店員が届けにきてくれるんだ」

「ああ……明日出勤するのにわざわざありがたいね」

「んー……そのバイト店員とはちょっと特殊な関係でな。普段からしょっちゅう家に出入りしてる奴だから、唯愛にもついでに紹介する」

「しょっちゅう出入り？　仲がいい人なの？」

口にちゅと戯れのキスをされた。

「流星が育ててる子どもで、俺の星の元調査員と地球人のあいだに生まれたハーフだよ」

「えっ？」

「十七歳のでかいガキだから生意気だぞ」

学のこともようやっと受けとめたところなのに今度はハーフっ？　しかもどうして流星さんが育てているんだ……？

「それは、」と学が言いかけたとき、ピンポンとチャイムが鳴った。

「あ、もうきたな」

「えっ、ちょっと、まだ全然服とか着てないんだけど！」

「平気平気、俺がでるから」

平気じゃない、と飛び起きて服を掻き集めていたら、学もベッドをでてワイシャツを羽織り、

「唯愛はシャワー浴びてからきな」と言う。たしかに身体中が汗でべたついている。

「じゃあ……失礼して、風呂に入ってから挨拶するね」

「ああ」

もう一度ピンポンとチャイムが鳴った。申しわけなく思いつつ、そそくさと移動して浴室へ逃げると、ドア越しに学が「はいはい」と声をかけながら玄関へむかう足音と、扉のひらく音が続いた。会話もかすかに聞こえてくるが、内容も少年の声もよくわからない。

ハーフの高校生……調査員は日本にこないと言っていたじゃないか、なのになぜ子どもまでいるんだ。〝元調査員〟だから？　おまけになぜ流星さんが……。

ひとりであれこれ考えても答えなどでないので、ひとまず風呂へ入って身体を清め、洋服を身につけて格好を整えた。そして二十分ほど遅れてリビングへ顔をだした。

「……すみません、失礼します。こんにちは」

窓際にあるリビングのソファで、ふたつの人影がむかいあって座っている。中央のテーブルにはお弁当らしき紙袋と数枚の写真があり、左側には学が、右側にはすらりとした細身のハンサムな男の子がいた。黒髪に綺麗な天使の輪が浮かぶ、キツネっぽいつり目のクールな面立ち。

そういえば、学に名前を聞いていなかった。

「すごい。イチカさんの頭のなかほんとに学のことしかない。学の精液がありえないぐらい甘かったって哀しんでる」

　顔が音をたてて破裂したと思う。

「こげつ。唯愛の心は読むな」

　なんて不躾な子だろう……、と笑顔もひきつったが、学が一喝すると〝こげつ〟と呼ばれた彼はじっと学とぼくを見据えて、深く頭をさげた。

「……ごめんなさい。すみませんでした」

　悪い子ではない、みたい……かな。

「こげつ君も心が読めるんだね」

　声をかけながらぼくも学の右隣に腰かける。

「はい。こげつでいいですよ。孤独の〝孤〟に、満月の〝月〟で孤月。子ども扱いされるのは好きじゃないんで」

「あ、うん……わかった」

「あとすみません、イチカさんの記憶も全部読みました。学を本当に愛しているんですね……俺も胸が痛くなった」

　……口でいちいちすべて教えたり説明したりしなくていいのは、厄介な反面、楽でもある。

　学が異星人だと教わった昨日から、ひと晩経過したいまの感情も、ぼくと学がどんな十年を過ごして恋をしてきたのかも、知りあったばかりのこの少年はもう理解してくれているのだ。

「ありがとう……ごめんね、いきなり、なんていうか……背負わせてしまって」

学が用意したのであろうコーラのグラスから口を離して、孤月君……孤月が、とたんに愛らしく幼げに微笑んだ。

「学が惚れるわけだ」

おい、と学が孤月を睨む。

「なに目線だよ、おまえは。唯愛は歳上だぞ」

「わかってるよ。べつに上から言ってるわけじゃなくて、俺らみたいのを嫌悪しない優しい人だって実感しただけ」

嫌悪、と胸のうちで思考しようとしたら、「俺は大変だったんです」と孤月が言った。

「赤ん坊のころは異星人の母親もいて、ハーフとしての生きかたを教えながら育ててくれたんですけど、亡くなったあとはやっぱりまだ〝異星人〟とか〝心を読むな〟とかピンときてない小学生のガキだったもんだから、力をつかってハブられたりして」

「ハブ……それはひどいね」

「いや、あたりまえですよね。授業中に〝腹減った〜今日の給食なにかな〜〟って寝ぼけて考えてたら、隣の席の奴がいきなり〝今日はカレーだよ、楽しみだね〟ってこたえてくるんだから。気持ち悪くて当然でしょう。でもイチカさんは学に心を読まれてたって知っても、多少怯えはしても異星人っていう告白を信じる要素にしかしないどころか、俺にまで〝自分を背負わせる〟って言った。イチカさんに会えた学は幸福者です」

成長して大人に近づきつつも、まだ子どもの余韻が残る細くしなやかな身体の中心に一筋の芯のようなものが垣間見えた。自分が彼とおなじ十七だったころより明らかに大人びている。

　他人の目にうつる自分と対峙することで人は己のことも理解し、心豊かになっていくんだろうが、他人の心を直接覗く力を持って生まれた孤月や学は豊かにならざるを得ないとも言える。想像を絶する苦労だ。彼らは命を得た瞬間から、他人と自分を背負いすぎている。

「……お父さんはどうしたの、って訊いていいのかな」

「かまいませんよ。父親も俺が生まれてすぐ病気で亡くなったんです。写真も遺ってるのに、顔も声もまったく記憶にないんですよね。小学生のころ母も亡くなると天涯孤独になったけど、そのとき流星がひきとって助けてくれました。流星は未亡人の母親にずっと片想いしていた男で、いまでは俺が流星の尻を追っかけてるってな具合です」

「え。尻って、孤月は流星さんが好きってこと？」

「そうです。高校生になってやっとアルバイトの許可がおりたんで、あの書店でも働いてます。イチカさんが学のレジンを修復してほしいって店に電話くれたとき、俺もいたんですよ」

「あ、一瞬流星さんに声かけてた？」

「そう、それ」

　閉店後の電話を受けてくれた流星さんを、誰かが呼んでいた。あれは孤月だったんだ。

　孤月が肩を大きく上下して、ふう、と息をつく。「説明しなきゃいけないってのも疲れるな」とおどけて苦笑するから、「ありがとう、ごめんね……」と恐縮したら、「いえいえ、すみません冗談です」と苦笑を深くさせてコーラを飲んだ。

「そんなわけで自己紹介もすんだんでメシにしましょう。流星に〝荷づくり大変だろうから〟ってさし入れ持たされたんです。荷づくりどころかセックスしかしてなかったみたいだけど」

うっ、と喉を詰まらせたら、学は「余計なこと言うな」と睨みながら、テーブルの上のお弁当を孤月と一緒にあけ始めた。ぼくもキッチンへ移動し、冷蔵庫からコーラと麦茶のボトルを持ってきてテーブルに用意する。

「でも、なんだろう……孤月がきてくれて気持ちがだいぶ軽くなったよ」

得体の知れない暗い不安の靄を、すっと吹いた風がなぎ払ってくれたような心地だ。

「昨日の学の態度は誠実だったけど、いきなり異星人って知らされたイチカさんの動揺も当然だと思います。外国人でもない、異文化も異文化。けどイチカさんは充分順応してますよ」

「そうかな。順応できてるならいいけど、ぼくの場合、心を読まれてるっていうのも高校時代からだからさ、十年前から心の裏側まで全部知られてそれでも好いてもらえるならいいやって、逆に嬉しくなっちゃってひらきなおっただけのことだし」

「ひらきなおれない地球人のほうがきっと多いですよ。喜ぶなんて国宝級じゃないですか？　その証拠に、イチカさんが思ってるより学はめちゃくちゃ喜んでますしね」

「余計なこと言うなって言ってるだろ」と学が頬を紅潮させてつっこみ、孤月は笑った。

「地球人は相手を信じて心を披瀝するところから始めなくちゃいけないから〝不安を共有してもらえる〟とか〝仲間がいる〟っていう安堵感は特別なものですよね。理解しあう努力が必要なのは面倒っちゃ面倒だけど、俺は地球が好きです。つうか乱交星には絶対いきたくない」

「住めば都かもしれないぞ。一瞬でおたがい理解しあって、人類みなきょうだい」

「ついでに穴きょうだいって？　最悪だね」

学と孤月が「ははは」と笑う横で、ぼくは狼狽する。下品だなまったく。

お弁当は大きな野菜が添えられたスープカレーで、孤月が「オーガニック野菜と五穀米をつかった、最近人気の店の弁当です」と分けてくれると、ぼくと学は受けとりながらお洒落さににやにやしてしまった。「いただきます」と、三人で食べる。本場の調味料で作られている、香りとスパイスが爽やかなとても美味しいカレーだ。

「ねえ、流星さんが孤月の育ての親ってことは、彼もふたりの事情を知ってるの……？」

学と孤月の顔を交互に見て訊ねたら、ふたりして頭をふった。

「いいえ、流星には言ってません。母が隠したまま亡くなったんで、俺らが真実を教えるのもどうかと思って」

「ああ、そうなんだ……だよね、好きだった女性がじつは異星人で、自分がひきとった息子はハーフで、心まで読んでいるって、流星さんの立場なら混乱してしまうかもしれない」

「混乱ですめばいいですけど、流星の綺麗な想い出まで壊して傷つけかねないから躊躇います。……俺も、流星に化けもの扱いされたくないし」

孤月が目を伏せて泣きそうに苦笑いする。化けもの、という表現に衝撃を受けたが、孤月の経験からでた言葉なのかも、と想像すると胸が痛んだ。そうか……こういうのが順応云々ってことに繋がってくるわけか。

学も孤児だったせいでいじめを受け、自分の生い立ちを誰にも話さずに過ごしてきたと教えてくれた。そんな学の高校時代は孤月よりだいぶ孤独にゆがんでいたが、だからこそこうして温かく笑いもする孤月は、いじめられても両親や流星さんの愛情に守られて育ったのを感じる。孤月にとっても簡単に壊せはしない特別な関係に違いない。

ふいに、学と孤月が「ふっ」と吹きだした。え、と不思議に思って見返しても、ふたりして飲み物を口にして、喉をなだめながらくっくくっく笑い続ける。

「……孤月、唯愛の心は読むなって言っただろ」

「聞こえてきたんだからしょうがないでしょ」

な。

「読んだのっ？　ていうか、べつに笑われるようなこと思っててなくない？」

深刻に聞いてただろ、と抗議もこめて訴えるが、ふたりはとまらない。

「イチカさんの基準は全部学なんだなってのが、微笑ましいんですよ」

「基準って、べつにそんなことな、」

「俺、高校時代の学と比較されるときがくると思わなかった」

……顔が熱くなってくる。

「だっておなじ異星人なわけだし、似てはいないけど、その……目の前に男子高校生がいると学のこと想い出すんだよ」

触りたいと焦がれていた腕や掌や唇……数々のときめきの記憶ごと。

「いま思う存分触ってるだろ」

「いや、まあ、うん……恥ずかしいからやめて。だいたいぼくは不純な思いで孤月と比較したわけじゃないから。真面目に、孤月が孤独じゃなくてよかったと思っただけだから」

「わかってるわかってる」とたしなめられて、ぼくも半分笑いながら学を睨む。

「俺の名前は、母がつけたんですよ」と孤月も続けた。

「夜空に浮かぶ孤独な月、って意味じゃありません。〝孤独でも、夜空を照らす月の光のようであれ〟って意味です。……母は調査員のころ、海外で父と出会って恋に落ちました。それでひとりで地球へ戻ってきて、日本で父と隠れて過ごしていたんです。まさか俺より先に逝くと思ってなくて、呪いみたいな名前をつけてしまったと最期は嘆いてましたが、俺は好きです。イチカさんが言うように流星がいてくれたおかげで寂しくなかったし、母が亡くなった一年後に学とも会えたんで、俺すごくラッキーだったんですよ。学のほうがよっぽど苦労してます。〝ばかで愚かな異星人〟ってのも否定しないけど」

食い入るように聞いていたのに、最後のひとことで今度はぼくも「ふふ」と笑ってしまった。学が横から肘でついて、じとりと睨んでくる。

「あと、安心してください、母はちゃんと灰になって俺のところへ戻ってきました。自転車との衝突事故だったんで、ひとりで血だらけで帰ってきたのはさすがに焦りましたけど、いまは父とふたりで、おなじ場所に眠っています」

「自宅で亡くなると厄介ですが、父の担当だった医者が助けになってくれたんです。いつでも紹介しますから安心してください」と孤月が微笑んでいる。心を曇らせていた事柄が、三人で食事をしている温かなこの場で、どんどんと払拭されていく。

「……ありがとう。ぼくもこんなにはやく孤月と会えたのはラッキーだったよ。学のことも、自分のことも、下手に傷つける前に、助けが必要になったら相談させてください」

「とんでもない。イチカさんの力になれたら学への恩返しもできますしね。俺にできることがあればなんでもします」

照れて顔を見あわせ、笑いあった。……本当に大人びたいい子だ。切れ長の瞳から冷たい印象も受けるのに、胸のなかには両親や流星さんや学への感謝がきちんと刻まれていて、それを言葉や態度にもしながら凜々しく生きている。

心を読めても、汚いものと同時に美しいものも受けとめていければ、ゆがんだり偏屈になったりせず立派で逞しい大人になるんだな。……いや、心を読めなくてもおなじことか。

この世界の誰もが、汚さと美しさをあわせ持っている。孤月はすべてきちんと理解し、他人と自分を見据えながら必要なものを選びとって、感謝して、誠実に愛している。

「……ぼくも、学や孤月たちに勉強させてもらって、生涯学を守れるように成長していくよ」

ふたり目の異星人と出会ったことで、学の告白がより現実味を帯びた。もう夢とも嘘とも思えない。学という存在をありのまま受けとめて、いままでどおり愛情と責任を持って寄り添っていこう。ぼくたちはおたがいを愛している。これ以上に求めるものなどあるだろうか。

大きな赤いパプリカを頬張って、ふたりに微笑みかけて咀嚼した。孤月が学を上目遣いで覗いてにやにや笑い、学は知らないふりでズッキーニを口に入れる。……またぼくの心を読んだな。孤月の流星さんへの片想いについても訊いてやろうかな。

「あ〜、え──……学のことなら、いくらでも相談に乗れます。ハーフって前例がなくて、俺は自分のことのほうがよくわからないんですよね。学みたいに成長をいじる必要もなく、普通に地球人とおなじ時間経過で身体も変化してるから。父親のおかげなのかな」

話をそらしてきたぞ。じっと目線を送っても、孤月はしれっとそっぽをむいてふくらんだ頬にしまった野菜を食べている。ふふ、まあいっか。

「孤月にはほくろもあるの？」

「ああ。はい、あります」

お弁当をおいてワイシャツの袖をめくり、左腕を見せてくれる。細身なのに意外と太く大きな腕の内側に、ふたつ並んだほくろがてんてんとあった。

「……本当だ」

自分の声がすこし哀しみの響きをしていた。孤月はさっと袖をひいてもとに戻す。

「関係ありませんよ。イチカさんが愛してるのはほくろじゃなくて学でしょう？」

十七年しか生きていないとは思えない熱い包容力をたたえた笑顔をまた浮かべている。

「うん……そうだね。ありがとう」

前むきに頑張ろうとしても深層に押しやった哀情がすぐ顔をだす。駄目だな、と自戒すると、左側から学の手がのびてきてぼくの後頭部を覆った。髪を梳いてやわく撫でてくれる。

「こいつ、流星の前じゃガラッと変わるんだぞ」

へ、と学を見返したら、孤月は「学」と睨んで制した。おかまいなしに学は笑う。

「孤月もちゃんと十七の可愛い面があるってことだよ」

「ふうん……？　我が儘言って甘えてたりするのかな」

「そうそう、甘えてるの。好きすぎちゃって素直になれなくて、ず〜っとむっすーとして〝子ども扱いするな〟とか怒鳴ったりしてさ。お子ちゃんの反抗期よ」

「怒鳴るのか、あら〜……」

「よしてくださいイチカさんまで」と孤月は左手で前髪をくしゃりと握って頭を抱える。

反抗期というか〝男〟として見てほしい暴走かな、と想像するとたしかに可愛くて、ぼくも「ふふ」と笑ってしまった。

「ふざけんなよ学。イチカさんが俺のこと素敵素敵言うからって、嫉妬して俺の印象さげて、みっともない」

え。

「あー嫉妬してるよ、ばらすんじゃねえ」

「イチカさんだけ心が見えないのはフェアじゃないからな。学の可愛い面も全部実況してやるさ」

「だったら流星にもおまえの気持ち言うぞ。フェアに、平等に」

「むかつくな、この野郎……」

複雑な感情もあるらしいが、ふたりの仲のいいやりとりから浮かぶ親密さや、ともに過ごしてきた歳月が羨ましいばかりで、ぼくは「ふふふ」と脳天気に笑って傍観してしまう。

「心が読めなくても、ふたりが信頼しあってるのはよくわかるよ。いいな～」

学も孤月も口をひき結んで、咳払いしてから、居住まいを正す。……照れた？

「……俺は知ってました、学が頻繁にイチカさんを想い出してたこと。呆れたことに本人には恋愛って自覚がまったくなくて、恋人になってデートをするようになったあとなんですよ、〝これが恋愛か？〟って認め始めたのは。この人恋愛したくて地球にきたくせに、自分が恋愛できるって信じてなかったんです。でも高校のころから間違いなくイチカさんに惚れてました。ふたりの心と記憶をすべて読んで、客観的に意見を述べられる俺が断言します」

　頬やら口やら、顔面の全部がどろりとゆるんで、照れて喜んでしまった。隣で孤月を睨んで〝黙ってろ〟という無言の圧力を送っている学を見つめる。流星さんだけじゃなく、孤月という味方にまで出会って楽しく過ごしていたんだね。そう思うと、ぼくだって嫉妬してしまう。

　学もぼくの視線と、感情に気づいてこちらへ目をむけた。

「……フン。唯愛にはなにがばれても嫌じゃないな」

　見つめあって愛しさを伝えあって、微笑みあう。

「羨ましくて可哀想なのは俺でしょ」

　孤月は肩を上下して、は〜あ、とため息をこぼし、コーラを飲んで苦笑している。

　昼食を食べ終えたあとは孤月も引っ越しの片づけを手伝ってくれて、三人で学のアトリエを整理した。おかげで机周辺の、まだレジンづくりに必要そうなもの以外はすべて箱に詰めることができた。

　お礼もかねて、と夜は学が駅前の中華料理店で食事をごちそうしてくれることになったので、また三人でテーブルを囲み、美味しいチャーハンや回鍋肉（ホイコーロー）やエビチリやフカヒレスープでお腹を満たしたのち解散した。

　別れ際に孤月が「イチカさんの靴紐がほどけそうだから俺先にいくよ」とにっこりしてさっさと改札を通り、帰ってしまったのは焦ったな。たぶんふたりそろって〝キスしないで別れるのは初めてだ〟と考えていて、孤月にも聞こえたんじゃないだろうか。筒抜けで便利なような、恥ずかしすぎるような、なんとも言えない感覚だ。

帰宅して自室のソファへ腰かけ、そのまま寝転がった。むかいのテレビ棚にはビジネスバッグが立てかけてあり、横の壁にはスーツとコートもぶらさがっている。明日からまた仕事だ。朝一で電話しなきゃいけない件があったな。あとメールと……。

月曜日は憂鬱だ、一週間は長い。でも自分の身体と意識が、会社と自宅を往復する社会人の日常へと、すでに整い始めているのを感じる。

ぼうっとしていると夜気とともに室内の香りや、この部屋に住んで肌になじんだ風音と外の気配が、自分の身を包んでいった。……なんでだろう。ここにいると数時間前までの出来事が全部映画の物語みたいに錯覚する。学と孤月が異星人だという突拍子もない事実も、ふたりと楽しく笑いあって食事したひとときも。ここが現実すぎるからかな。学も現実なのに……？

恋人が異星人、っていうのも現実なんだぞ。……うーん、でもやっぱり嘘みたいだな。高校で出会ったあのプレイボーイの宇来先輩が異星人か。ぼくはずっと異星人が好きだったのか。宇宙にある遠い星からきた恋人。カレーや中華も食べる異星人。拗ねたり嫉妬したり、ぼくを抱いたりする宙の人。靴紐を言いわけにしてキスをねだる地球外生命体。

地球人に似すぎているから、ふと我に返ってこんな違和感を抱くのかもしれない。とはいえ、酸を吐いたり口が昆虫みたいだったりする生物じゃなくてありがたいのはたしかだ。……そういえば、あの映画の生物たちってコラボして戦ってなかったっけ。どっちが勝ったんだろう。知らないな……映画が配信されてるなら今度観てみようかな。

「ねむい……」

とりとめもなく考えているうちに、疲労が押し寄せてきてまどろみながら目を閉じる。

　仕事をして帰宅すると、学と電話やメッセージで会話をかわしながら引っ越しの準備をすすめる日々が再び続いた。月曜日の夜、思いがけず学から『うやむやになってた水族館デート、金曜の夜にしないか?』と誘いも受けて、喜び勇んで快諾したので、憂鬱で忙しい毎日も約束を希望に乗りきることができた。

　そしてようやく迎えた金曜日の夜、待ちあわせ場所の駅の改札口前に着くと学にメッセージで声をかけた。

『いま着いたよ。人のながれが結構激しいんだけど、駅ビルの入口側に立ってる』

すると直後に電話がきた。

『お疲れ唯愛。俺も改札にむかってる、すぐいくよ』

やや低めの耳に心地いい声。ああ、一週間ぶりに会えるんだ。

「今日はどんな服装?」

　改札を往き交う人混みから探しあてたくて訊いた。

『黒のピーコートに赤チェックのマフラー巻いてる。ほかは内緒。見つけてごらん』

　恋人同士っぽい甘いテストを「えー?」と笑いながら聞いて視線をめぐらせる。けれど服装も色も、なにひとつ関係なく、ぼくは一瞬で彼を見つけることができた。見逃すわけがない。

十八の——憧れ続けていた高校時代の姿をした、愛おしい恋人。

「唯愛」

改札を通って、微笑を浮かべる学が……〝宇来先輩〟が、歩いてくる。自分をまっすぐ捉えたまま真正面まで徐々に近づいてくる彼の顔つきや、コートを身につけた肩や腕や、長い脚や、すべてが、十年前卒業式で無言で見送ったあの日のもので、二十九歳ではない、ぼくが片想いしていたころの、宇来先輩で――。

「……唯愛、」

「本当に……地球人では、ないんですね」

理由もわからず涙があふれた。とめどなく、目の縁からぼわぼわぼわと浮きあがってきて、どうすることもできない。

「唯愛……すまない、喜んでくれるかと思ったんだが逆効果だったか」

〝宇来先輩〟も申しわけなさそうに眉をさげて当惑する。

「いいえ。……って、なんだろう、つい言葉が丁寧になっちゃうな。ちゃんと嬉しいんだよ。嬉しいんだけど、学が〝宙の人〟ってことを、いま本当に実感したかもしれない」

地球人は、想い出をやりなおすことなんかできない。失ったものは失ったまま、過ぎた時間はとり戻せないまま両手からとりこぼして生きていかなければいけない。だけど学は、感情や記憶を維持して姿だけ過去へ戻すことができる。できてしまう。ぼくと学は違う星で生まれた、まったく異なる生物なんだ。決しておなじではない、生きものなんだ。

「辛いなら今日はやめておくか」

ぼくの泣き顔を隠すように胸のなかへひき寄せてくれた学が、左手で涙粒を拭ってくれる。先輩に抱きしめられている。

「や、ううん……ごめん、大丈夫」

高校生のころの華奢な体躯、つるりとした細長い手指、幼げな面立ち。

「一週間会えるのを楽しみにしてたし……〝宇来先輩〟とデートしたいのも本音だよ。いこう、水族館。でも困ったね、ぼくこんなスーツ姿で、まわりの人たちに男子高生とどんな関係だと思われるんだろう？　はは」

当時、ぼくはこの人に……この〝宇来先輩〟に、好かれて想いあって恋人にしてほしかった。おたがいの心は二十九と二十八でもあのころの姿で恋人時間を体験させてもらえるならそれは、とんでもない奇跡じゃないか。幸せでしかないじゃないか。哀しむ必要など一切、なにひとつないじゃないか。

「無理してるだろ。悪かった、今日はよそう」

顔をしかめて〝宇来先輩〟が心配してくれている。ほら、こんなに優しい先輩をいまリアルで目の当たりにできているなんて、幸福以外のなにものでもない。

「大丈夫。ゲーセンの写真もカラオケも、もう一回やりなおしたいぐらいだよ。すごいよ、〝宇来先輩〟にまた会えてる。しかも今夜は恋人なんだよ」

自分でも涙を拭って笑いかけると、おもむろに抱き竦められた。

「……昔もいまも、俺の全部は唯愛のものだって言いたかっただけなんだ」

十八歳の学の腰には、ぼくの腕もすんなりとまわる。

「うん……ありがとう。ちゃんと〝宇来先輩〟とのデートを堪能するよ」

どうして〝違う〟ことがこんなにも辛く苦しいのか、やっと、本当に、わかってきた気がした。

病気や事故や、彼だけおいて逝くことも無論恐ろしい。だがさらに拭いきれない一点がある。帰らない、と学は言ってくれるけど、生きものとして〝違う〟と思い知るたびに、本人の意思とは関係なく、いつの日か結局、地球では暮らせない要因が見つかって、ひき離されるときがくるんじゃないかと冷たい予感が胸を過る。それが怖くて辛いんだ。

しかし未来を勝手に想像して悲観に暮れるのは時間の無駄だ。ぼくが哀しめば学も傷ついてしまう。彼がくれたこの状況を、奇跡の夜を、めいっぱい楽しもう。学と自分のために幸せなひとときにしよう。

「先輩と水族館デート嬉しいな……ぼくも十七歳の姿になりたいよ」

学の腕に力がこもって、きつく痛く抱きしめられた。

「姿かたちじゃない、唯愛は昔から俺に心をくれてた。俺はなにをしてやれる……？」

目を閉じると、また涙があふれて押しだされて、目尻からこぼれていった。抱きしめ返して彼の肩に顔を埋めると、身長も、すこし低いのを知った。

「なにもしなくていい。学が学ならいい。傷つきあったり哀しみあったりしながら一緒にいて。ふたりでいる現実を〝特別〟にしないで。ありふれた、当然の毎日を積み重ねさせて」

たんたん、と彼の背中を叩いて明るく笑った。駅構内で男同士で抱きあって泣いていたら、目立ってしかたない。感動の〝再会〟はしっかりできた、次はデートを満喫しよう。

「……愛してる唯愛」

囁いて、学がぼくの後頭部を撫でる。〝宇来先輩〟の手が撫でてくれるこの感触も、ちゃんと記憶に刻んでおこう、と委ねて、ぼくは彼の指の一本一本の動きを心を澄まして受けとめた。

駅から歩いて水族館まで移動し、〝宇来先輩〟にチケットを買ってもらって館内へ入った。

「高校生におごってもらう社会人ってやばいね」

「嫌だったか……？」

「ううん、ときめいちゃったよ。これはこれでなんだかいいな……下手したら犯罪者だけど、イケメン高校生の学にエスコートしてもらうのもどきどきするよ」

呆れたように苦笑した学がぼくの右手をとって握りしめ、水槽の前へ誘導する。

「だったら今日は俺が〝唯愛さん〟を心ゆくまで喜ばせるよ」

瞼を細めてどことなく挑戦的に色っぽく笑む〝宇来先輩〟に、心を射貫かれた。

「あ〜……ちょっと無理かも。青春時代の夢が叶うのも、格好よすぎる歳下の〝宇来先輩〟に守られちゃうのもたまらない」

「……ばか。ちゃんと魚を見ろ」

ふふ、と笑ってぼくも手を握り返し、水槽のなかで泳ぐ魚たちへ目を転じた。

水族館は美しい。天井から日光のように降りる眩しいライトが、東京湾や水族館のある地域周辺を再現した巨大な水槽へ光をそそぎ、魚たちをいきいきと輝かせている。

「川魚はどうしても食べると癖のある匂いがするんだよな」と学が。

「こら、水族館にきて食べる話は御法度でしょ」

「絶対みんなするだろ」

「だめ。我慢するの」

ライトに照らされた魚たちのうろこが、しなやかな泳ぎにあわせてきらめく。イワナやヤマメは目がまるくくるりとしており、口も小さくてとても可愛い顔をしている。

すこしすすむと、きらきら輝く灰色のオイカワや、身体にまっすぐ濃いラインの入ったカワムツに続いてコイやニシキゴイもいた。そのそばでミドリガメも水面から顔をだし、口をぱくぱくさせている。

「綺麗で可愛い……なにを考えて泳いでるのかなって想像して目で追ってるだけで時間が過ぎていくね」

仲間同士で寄り添ってじゃれている子もいれば、我が道をすすむってな具合にひとりで悠々と水槽内をただよっている子もいる。見ていてまったく飽きない。

「まだ最初のコーナーだぞ」

「ふふ。はい、わかってます」

反対側の水槽には、小さくて特徴的な模様の魚がたくさんいた。水槽の上下にある魚の名前を確認しつつ眺めていく。

背中によろよろした黒い斑点がついているヒイラギや、尾びれに縞模様のあるギンユゴイ。下の砂地あたりにいる橙色っぽい身体をしたトラギスは、もっとも印象的だった。

「この子、目つきが〝宇来先輩〟に似てる。瞼が半分閉じてて、むすっとしてるでしょ？」

「は？　なんでだよ、あんな不機嫌そうじゃないだろ」

わざとにっこりと目をぱちくりして見せるから、吹きだしてしまった。

「先輩はそんな顔しなかったの。終始不機嫌そうな怖いオーラ放ってたんだから」

「唯愛の前ではかなり笑ってたけどな」

「えー……それが本当なら喜んじゃうけど」

　人目も憚らず繋いだ手を離さずに魚たちと戯れ、心を奪われすぎて五分以上とどまっていたのに気づくとそそくさ移動する。そんなふうにして階段をおりた。

「うわあ、綺麗……」

　地下には薄暗い青の水槽トンネルがある。長い通路の横にも頭上にも魚たちが泳いでいて、まるで自分も海底に沈んでいるかのような錯覚をする。中くらいの魚たちはもともと群れをなす種類なのかたまたまなのか、仲よくくっついて泳いでいるのが微笑ましく、エイやターボンなど比較的大きめな魚は自由気ままに堂々と泳いでいるのが勇ましい。

　離れがたくて、学とふたりでゆっくり見まわしながら何度も立ちどまり、海の世界を味わった。身体をくゆらせて、飛ぶようにすいすい泳いでいく色とりどりの美しい魚たち、青く淡いライトに照る艶やかなうろこの輝き。

「海の底は宇宙とすこし似てるよ」

　真上を横切るエイを視線で追いながら学が言った。

「しずかで果てしなくて、茫漠(ぼうばく)とした空間にたったひとりとり残された感覚になる」

　学の瞳の魚たちのむこうに、宇宙がある。

「……学にとって宇宙はどんなところ」

　訊ねると、口を噤んでゆっくりと考えるようにまばたきをしたあと、口をひらいた。

「唯愛を想うところかな」

〝宇来先輩〟のすべらかな頬や鼻先も水面の揺らぎを受けて青く染まり、あわあわと照っている。

「地球と唯愛を生んでくれた場所で、唯愛と繋いでくれる空間でもある。……地球へくるときは唯一の愛を夢見てた。それもつまりは唯愛のことだよ」

黄色く光るヨスジフエダイの群れが集まってきて、ぼくたちの傍らで踊っている。宇宙船のまるい小窓から、暗い宇宙と青い地球を見つめる学を想像した。遥々(はるばる)ひとりで、地球まできてぼくと出会ってくれた学。

「……〝宇来先輩〟がこんなキザなこと言ってくれるの、違和感」

苦笑したら、学が目を細めてじとりとぼくを睨んできた。

「人が真剣に告白してるのに……ひどいな〝唯愛さん〟」

でれ、と頬が蕩けてしまう。

「歳下設定、ときめくなー……学校でモテモテの人気男子高校生を大人のぼくが独り占めか。いいな〜、お兄さん優越感だな……」

「ばか」

「キスしたい。でも場所もよくなければ、高校生相手っていうのも完全にアウトだね」

幸い、金曜日の夜なのに人けがなくて青の水槽トンネルもふたりで独占できているけれど、監視カメラなどはあるだろうし非常識すぎる。

「したい。したいしたいしたいしたい」

なのに学はいきなりぼくの両腕を摑んで水槽の端に追いつめてきた。

「ふふ。心まで高校生に戻ったの？　孤月のこと笑えないな、こんな駄々っ子じゃ」

「ああそうだよ。そもそもおまえが孤月をいやらしい目で見てたのがきっかけで、俺は一週間有休つかって十八に戻ろうって決めたんだ」

「いやらしい目？　心外だな、してないよ。ていうかそんなに嫉妬してたの？」

「悪いか。俺はいくらだって何度だって唯愛の理想になれる。だからよそ見するな」

二十九の学より身長が低いとはいえ、昔もいまもぼくよりは高いその目線から、厳しく睨み据えられる。彼の背後で、魚たちは素知らぬ顔をして舞っている。

「〝宇来先輩〟に嫉妬をぶつけられるなんて……嬉しくて眩暈がする」

「話をそらすなよ」

「ありがとう。学を知れば知るほど反省するよ。地球に生まれて、自分が命を得た理由もわからずにぼうっと生きて……学に会えて初めて自我を持ったけど、ぼくはただ学を好きでいるだけなんだ。学ははじめから一心に、故郷を捨ててまで傍にいる努力をして想ってくれるのに」

学の瞳が揺らいで、ぼくの唇をちらりと見つめた。キスしたがってるな、と気づいて小さく吹いてしまい、学も照れたのかバツが悪そうに下唇を噛む。

「危ない危ない。少年が暴走する前に逃げないと」

「あ、こら」

手を繋ぎなおして、ひっぱるようにしながらアオウミガメと一緒にトンネルをすすんだ。

薄暗い空間が続いて、熱帯の海に生息する鮮やかな美しい色彩の魚たちや、クラゲや淡水魚たちをふたりで興味深く眺めつつ、ぼくは海底と宇宙について考えていた。

「……クマノミも、性別を変えられる魚として有名なんだよ」

　オレンジと白の縞模様をした小さな魚が尾ビレをふって泳ぐようすを見つめ、学が言う。

「子どものころはみんなオスで、大人になるにつれそのなかでもっとも大きな奴がメスになるんだ。で、そいつが死ぬと、今度は次に大きかった奴がメスになる。そして生まれた子は旦那じゃないオスが面倒を見るんだよ」

「複雑に聞こえるけど……クマノミもそうやってたくさんの子孫を残そうとしてるのかな」

「ああ、俺の故郷とおなじだ。でもクマノミはイソギンチャクと共生してて、こうしてイソギンチャクにくっついて身を守って、イソギンチャクもクマノミの餌のおこぼれをもらって、ギブアンドテイクでうまくやってる。しかもイソギンチャクの触手についてる毒はクマノミだけにはきかないんだから、しめしあわせたような関係だろ」

「すごい……海の社会にも運命みたいな出会いと関係があるんだね」

「種は違うのに、毒すら物ともせずおたがいを必要として生きている。俺たちに似てる」

　イソギンチャクのふんわりした触手にすり寄って、クマノミが愛らしく埋もれている。ぼくの手を握る学の指に力がこもって、一緒に笑いあうと胸が温かくなった。

「学の星は、どれぐらいの人口なの？」

「人口？　そうだな、簡単に言うと、規模は地球とおなじなのに日本ぐらいの人類しかいないってイメージかな」

「わ。それはもったいないね……」

　学が吹いて「もったいないってなんだよ」と肩を揺らす。

「未開拓の地がたくさんあるんだろうなと思って。なんなら学とふたりで星の果てで、誰にも邪魔されずに生きるのもいいな」

「悪かないけど、地球の便利さあなどるなよ。コンビニすらない場所で暮らせるか？」

イソギンチャクに頬ずりして、ヒレで撫でるようにじゃれているクマノミを観察する。

「……新しい家もあるし、しばらくはいっか」

へへ、と笑いかけると、学も苦笑してぼくの頬を軽くつねった。

会話を楽しみながら魚を観察して、最後にイルカやアザラシの愛嬌のある動きや、サメの牙の鋭さに興奮してはしゃいだあと、名残惜しい思いを抑えて外へでた。

「出口付近は面白い顔の魚がいっぱいいたね」

「ン、最初の川魚はいかにも〝魚〟って感じの顔だったのにな」

「そうそう、海が暖かいと顔とか身体も蕩けるのかな。おちょぼ口だったり頭でっかちだったり、かたちも色もさまざまで見惚れちゃった。川魚もどっちも可愛くて好きだな」

「うん……おなじ魚でも進化は多種多様だ。生きもののぶんだけ文化と思想がある。興味深いよな」

「……。なんだろ、学が頭のいい高校生に見える」

むっとした学が軽くどんと体当たりしてきて、よろけて笑ってしまった。

道なりに歩いて、水族館に併設されている大きな公園へふたりして言葉もなしに入っていく。駅へむかわなければいけないけれど、まだなんとなくこの場所を離れたくなかった。

「夕飯はなにを食べる」

すっかり夜色に染まった空のもと、虫の声が響く遊歩道をすすんで横にひろがる人工の池を眺めながら学が問う。

「駅に戻ればきっとなんでもあるよ。今日はがっつり働いたから、ステーキとかカツ丼とか、重たい料理が食べたいなあ」

「俺はさっぱりでいい。油っこいのはいいや」

「外見だけ若くて、胃腸はおじさんなんだな〜」

「性欲はあるぞ。ラブホにでもいくか?」

繋いでいた手をぐっとひいて顔を覗きこまれた。暗闇に学の瞳が鋭く光っている。

若づくりでもなんでもなく、肌質もあどけなさも本当に〝宇来先輩〟だという事実に感情が掻き乱された。

「……やっぱりぼくはいま学と恋人になれてよかったな。あのころこんなふうに誘われてたらセックスもまともにできなかっただろうから」

唇で笑んだ学に、自然な素ぶりで腰を抱かれてキスをされる。口先をほんの数秒間あわせて呼吸をとめるだけのしずかで儚いキス。

「孤月より俺がいい……?」

甘える高校生っぽい口調で内緒話みたいに小さく訊かれて、ふふっと笑ってしまった。

「まだ言ってる」

「俺がいいって言って」

のしかかるようにぎゅと抱いて縋られて、あまりの可愛さに大人の理性も刺激された。

「孤月と比較する意味がわからないよ。ぼくの心を読んでるんでしょ？　アラサーでも高校生でも、男でも異星人でも関係ない、ぼくは学が好きなんだよ」

きっぱり断じたのに、疑り深い目で凝視された。

「高校のとき、唯愛は俺を素敵だなんて言わなかっただろ。外見は褒められたけど、ふらふら遊んでる孤独そうな奴だとしか思われてなかった」

「え。ああ……そうかな？」

「そうだ。孤月には〝いい子だ〟〝立派だ〟って短時間に何度言ったよ」

うわ……結構根深い嫉妬だな。長くなりそうだぞ。

「厄介がるな」

心も全部読んでくるし。

「ごめんてば……どうしたら許してくれるの？」

「んー……じゃあ唯愛ポエム言ったら解放してやる」

「ポエム？　また？」

「またじゃない、このあいだ頼んだとき俺だけ言わされてうやむやになったんだぞ」

「〝挿入れたいヤりたい〟みたいな下品なやつか。あんなのノーカンだよ」

「素直な想いを訴えた渾身のポエムだろうが」

束縛されて心と表情を間近で探られながら、ふたりしてくすくす笑いあった。孤月とおなじ年格好で独占欲を剥きだしに甘えてくるのはほんと狡いな。

「わかった。じゃあポエム言うよ」

〝宇来先輩〟の細い首もとに近づいて、右頬に口先を寄せた。冬風の香りと、十八歳の少年の匂いが鼻先を掠める。自分が十七のときにはこられなかった場所、知らなかった匂い、いまはもう恋人である人との過去と現在と、現実。

「……あなたといると、ぼくの無能はいつから始まったんだろうって思うんだ」

恋しくて愛しくて、この人のくれるものすべてが嬉しいから苦しい、苦しいから嬉しい。

「好きっていう想いは最強で無敵なものだと思うのに、おなじぐらい自分を無力でちっぽけな者にする怖い感情だよ。……不安にさせたり傷つけたりしてごめんね。大人になって昔よりは立派な人間に成長できていると感じてたけど、学に対しては想えば想うほどぽんこつになっていくんだ。それでも愛してる。これからも何度も傷つけるだろうけど傷つきながらぼくと幸せになってほしい。その相手は、ぼくは学しかいらないよ」

華奢なのにやけに力強い両腕で、苦しく激しく、痛く甘く縛りあげられた。

「無能なのは俺だ。心が読めるのに哀しませる。……すまない」

学も歯を食いしばって唸るように謝罪を洩らす。

「ううん。学と味わえるなら苦しいことも哀しいことも全部幸せだよ、それは間違えないで。学に辛いほど悩んで想ってもらって、不幸なはずがないでしょう？」

場所もかまわず唇を強引にむさぼられた。

「……唯愛」

「なに」

学が右掌でぼくの後頭部を覆って、彼の左肩に埋めるようにぴったりとひき寄せる。

「俺は帰らない。前にも言ったけど帰る場所は唯愛のところで、唯愛と暮らす家を欲したのも自分名義で契約したのも地球で生きていくっていう俺の意志だった。でも唯愛が不安がるように、予想だにしない理由で帰る必要がでてくる可能性もないとは言えない」

「……うん」

「けどどうなっても俺は唯愛を想ってる。俺の星には恋愛がないから、浮気の心配もしなくていいよ。俺は生涯唯愛だけだ。でも唯愛は、俺がいなくなったらもう一度恋をしろ」

一筋のひどい痛みが胸を貫いた。

「どうして……？　ぼくも学を想うよ」

「想っても、寂しくて孤独だと感じるようになったら俺に執着するのはやめてほしい。地球人の命は短いだろ。帰るかどうかもわからない俺を想って唯愛がひとりで死ぬのは耐えられない。……男でも女でもいい、誰かに愛されて見守られて幸せだと思いながら死んでくれ。そのときほんのすこし想い出してもらえたなら俺は充分幸せだよ」

涙が一気にあふれて視界を覆い、学のコートを濡らした。海の底に落ちたように星空が涙で揺らぐ。

「寿命の長い学は、べつの人と恋して死んでいくぼくを想い続けるのが幸せだっていうの？　百年の拷問を、ぼくが学に与えろって？　こんな嫉妬深い恋人をぼくに裏切れって？」

「そうだ」

あの空のどこかに学の星がある。もし強制連行などされたら地球と同様に牢に収容されて、自由を奪われるのだろうか。そんな学を放って、ほかの人を好きになって死ぬ……？

「ぼくにはそれのどこが、なにが幸せなのかわからない。できない」

「おまえをひとり残して待たせ続けるのは俺が苦痛なんだよ」

「べつの幸せを探すより学とふたりで不幸になりたい、それがぼくの幸せだよ」

涙をこぼして訴えながら怒った。

「地球人だとしても、ぼくは学の心ならすこしは読めるんだよ。格好つけないで〝一生俺だけ想って死ね〟って本心言ったらどうなの？　〝誰のことも見るな、触るな、触らせるな〟って、本当はそう想ってるんだろ、ロマンチスト気どっちゃって逆に格好悪いよ」

「おまえなっ、俺は真剣に話してるんだぞ」

「真剣に嘘をつくな、真っ向からぼくを愛せよ！」

顔をあげて学を睨みつけた。案の定、学の瞳は不安定に揺れて動揺している。

「ぼくは離れたからって誰かにゆずれるようなばかげた気持ちで学を想ってない。離れて待たせるのが苦痛だっていうならぼくも学の星にいく。学が閉じこめられてる牢屋の前で寝泊まりして生きてやる。セックスするばかりの繁殖脳の星の奴らに〝これが愛だ〟って見せつけてやるよ。学も容易く諦めるな、簡単にぼくを捨てようとするなよ、こっちは腹括って異星人の学を愛してるんだからな！」

瞠目してかたまっていた学が、「……は、」と息を吹いて笑いだした。「ははは」と掠れた涙声で大笑いする。

「……敵わないな、うちの旦那さんには」

「昔から図体ばっかりでっかくて、ここぞってとき気弱な旦那さんも困ったもんだよ」

ぼくの首筋に顔を埋めてこすりつけ、学が反抗する素ぶりで甘えてくるから、ぼくも笑って学の頭と背中を撫でて抱きしめた。本当に、愛を知らないばかな異星人だ。

「……ねえ学、たまに高校生になってセックスして」

「……平気なのか」

「うん、青春のやりなおしがしたいんだ」

学の過去も現在ももらえるのなら遠慮なく、哀しむこともなく全部もらおう。そうしよう。

「いいよ。〝唯愛さん〟が望むならいくらでも、何度でも」

また笑いあって、冷えた唇をあわせて涙味のキスをする。そして「外でいちゃつくのはここまで」といつも以上に大人っぽく響く言葉を言って、高校生の学の手をひいた。

「俺は地球人に見られても恥ずかしくないぞ」

「だめ、いまは学も地球人でしょ」

池の水面が月明かりを受けて、星々を散らしたようにきらきら白く輝いている。

困難も逆境もひとつずつ乗り越えていけば、いずれ自分たちの甘やかな記憶の一部になる。この痛みも辛さも学と恋をしている証拠だ。学がぼくの心に存在してくれている証拠。だからほかの幸福になど意味はない。欲しくもない。

「宇来先輩、大好きです！　って、告白もやりなおしていい？」

「告白は一度もされてないけど？」

「うん。嫉妬して突っかかって、最悪な喧嘩に発展させちゃったから、そのやりなおしだよ。好きだって〝宇来先輩〟にちゃんと言いたいな」

「いいよ、じゃあテイク十までチャンスをやるよ」

「十回も過去の失敗をやりなおせるのかー……ありがたすぎるね？」

　夜空の星まで響き渡って震わせてしまうんじゃないかというぐらいふたりで大きく笑って、手を繋いで歩き続けた。学の掌が温かい。たしかに、温かい。


　その夜、身体を重ねあってぼくのなかに身を埋めて腰をすすめていた〝宇来先輩〟の、疲労と恍惚が入りまじった温かな笑顔を、ぼくは二十八歳の自分の心に深く刻んだ。

　彼は腕も脚も、背中も腰も性器も、十八歳で、ぼくはすべてが二十八歳だった。

　ぼくは大人だ。ぼくだけが。

　しかしこれが〝宇来学〟という人なんだと想いながら、彼の身体を自分の胸へ抱き寄せた。二十九歳にも十八歳にもなれて、ぼくに恋のやりなおしをさせてくれる。過去に手にできなかったものを何度でもくり返し与えてくれる。奇跡のような生きもの。ぼくの恋人。これが学。これが最後の恋――。

「……それにしても、ほんといい部屋ですね。男ふたりなんて散らかり放題だと思ってたのにどこもかしこも綺麗に整頓されてるし、家具も配置もお洒落でカタログ見てるみたい」

「ですね～……いいな、憧れちゃう……」

無事に引っ越しを終えて二週間が経ち、のんびり進めていた荷ほどきもようやくすんだころ星野と夏希が遊びにきてくれた。

「インテリアは全部学がやってくれたんだよ。このリビングの飾り棚とか観葉植物はふたりで店にいって選んできたんだけど、ぼくはセンスないから学にまかせっきりで」

「早速のろけてるわ。むかつくわ～白谷」

「のろけてないだろっ」

呆れ顔で肩を落とす星野と、眉をさげて笑う夏希の前に紅茶をおく。

リビングは真横のガラス戸からおりる陽光がいっぱいにあふれていて日中はずっと真っ白く染まっており、ふたりの頬や服も、紅茶カップも、眩しく照って揺らいでいる。

「綺麗なのはいまのうちだよ。どうせだんだん散らかっていくさ」

ふたりの斜むかいのソファに座っている学が苦笑する。彼の前にもコーヒーをおくと小さく「ありがとう」と礼をくれて微笑み、ひとくちすすった。

「……宇来先輩も変わりましたね。信じられないぐらいやわらかくなって別人ですよ」

学を見る星野は驚くのをとおり越して、ぽかんとほうけている。

「別人か。まあそうかもな」

「すんなり認めるところもなんかもうびっくり」

「そんなに偏屈だったか、俺は」

「偏屈っていうかー……恋愛してこんなふうになるイメージは皆無でしたね。根っからの一匹狼っていうのかな。何人恋人がいようと、結局はひとりが好き～みたいな」

うんうん……、とぼくも心のなかでうなずきつつ学の隣に腰かけたら学に横目で睨まれた。

「わたしは宇来先輩の気持ちを聞きたいな。一ヶ月で同棲を決めたぐらい白谷先輩が好きなんですよね？　どこが好きなんですか？　どう好きなんですか？　はい、のろけてください」

ふふふん、と夏希も強引にうながしてぼくをちらりとうかがい、にいっと微笑む。言わせてやりましょ、てな合図を受けとって、ぼくは口を強く結んで笑うのを堪えた。

「いくらでものろけてやるよ。唯愛は心が綺麗だ。俺の恋愛の先生でもある。いろんな恋愛感情を見てきたけど唯愛の想いかたや愛しかただけが好ましかった。どんなときも唯愛は相手を思いやる。自己愛と愛情をすりかえない、間違えもしない。それでいて俺が弱気になると叱ってもくれる。可愛いし、男気もあって格好いいし、尊敬できる唯一の地球人だ」

「地球人！」と星野が笑った。

「やば、白谷とうとう宇宙規模で愛されてるっ」

「すごいね、白谷先輩……宇来先輩にここまで言わせるってそりゃ宇宙に誇れるレベルだよ。宇来先輩も昔より断然素敵。こんなことなら高校のときとっととつきあってればよかったのに。ふたりがくっついてたら宇来先輩のせいで傷つく女子も激減したじゃないですか」

夏希は呆れるのも超えて、ほとんど怒っている。

「過ぎたことはやりなおせないのが現実だろ？　俺たちも、星野も郷原もほかの奴らもおなじ。後悔がくれる成長もあるんだから言いっこなしさ」

学の言葉にぼくも含めてみんなそろってくっと息を詰めてしまった。星野も夏希も、ぼくも、思い当たるところがありすぎる。

「あの～……結局、宇来先輩の占いってなんだったんですか？」

紅茶を飲んでほっと一呼吸した星野が、遠慮がちに訊ねた。

「どう解釈してもいいって言ったじゃないか」

「そうは言っても謎すぎです。すぴゅりちゅあるな、オーラとか見えちゃうあれとか？」

「はは。呑み会のときは俺も悪かった。なんなら今度はちゃんと見てやろうか？　星野たちの次の恋愛がどうなるか」

「お願いします」と瞬時に右手をあげたのは夏希だった。

「……お願いします宇来先輩。今日はわたしも見てください。相手の人に迷惑がかからなければ、わたし個人のことはなにを暴露されてもかまいませんから」

夏希の目にしずかで精悍な光が宿っている。あの呑み会の日、自分だけが秘密を守ってもらったと夏希は話していた。これは彼女なりの、ぼくらと平等でいたいという意志でもあるんだろうか。

「いいよ」と応じた学も、夏希の思いを受けとったかのように口端をひいて笑んでいる。

「おまえはいま積極的に男を探してるな。そのなかで一緒に川辺へバーベキューしにいった優男がいるだろ。そいつの友だちとつきあえ」

「え、友だちですか？　たしかに、アウトドアが趣味って言うからバーベキューにいった人はいるけど……そのとき彼が連れてきた男友だちのことですよね？」

「そう、それ。優男はどうもうさんくさい。つきあいたいなら信頼できる男かどうかじっくり見定めてからにしたほうがいい。でもその友だちは基本インドア派だけどいい男だよ。あと、焼き肉やらしゃぶしゃぶやら、やたら肉食いにいこうって誘ってくる男もいるよな。そいつも食のバランスが悪いとこだけ除けばいい奴だ。郷原のまわりには性格のいい男がいる。だからおまえと相手が自分たちのこだわりとどうむきあうかだな」

「びっくり、宇来先輩ほんとに見えるんですね……優男はわたしもあやしいって思ってました。けど、そのふたりとつきあうなら趣味と生活をあわせられるか考えろってことですよね？」

「趣味と生活ってそうとう大事じゃない？」と星野も眉をゆがめて夏希と学をうかがう。

「わたしやっぱりアウトドア好きな人がいいし、食べ物も噂の人気店とか一緒にいってくれる人がいいです。でも……宇来先輩が太鼓判押すほど性格いいって言う人なら気になっちゃう。

ふたりと友だちづきあいして、もっとちゃんと話してみようかな」

「ああ。好きな相手とすべてがぴったりあうとは限らない。そこを理解しあえるか、どう歩み寄っていくか、一緒に悩んでくれる相手だといいよな」

「はい」

　星野が「わたしの友だちに、鉄道オタクの旦那が集めてた模型を全部捨てた奥さんがいるわ。あれは旦那さん可哀想だったな〜」と苦々しく顔をしかめ、ぼくらも「それは辛いな……」「旦那さんは好きでも趣味には厳しいパターンですね」と唸りあった。

いささか淀んだ輪の空気を、夏希が「大丈夫です！」と笑って明るく変える。

「なんなら庭のある家を買って、自宅でバーベキューしてアウトドア気分を味わうから。バーベキューはお肉もめっちゃ食べるし問題なし。工夫こそ歩み寄りです。ちょっと我慢することになったって、ふたりで楽しめるならわたしはそれでいい」

うんうん、とうなずく夏希を、星野も「逞しいな」とにやけてつつく。

「恋愛は知恵とパワーも必要なんだな〜……」

続けて星野がしみじみ言うと、みんな笑って和やかさが戻った。

「――それと郷原の昔の男。おまえ本当は、いまもそいつのことを吹っ切れてないよな」

膝に両肘をついて左右の掌を握りあわせ、学は前屈みの姿勢で夏希を鋭く探りながら重ねる。

夏希も学の目から逃げずにほんの数秒沈黙したあとうなずいた。

「はい」

星野が「昔の……？」と怪訝そうにしたが、夏希はかまわず口をひらいた。

「わたし、彼が不倫をくり返すんじゃないか、そうさせないために自分は最後になにができるだろうかって、偉そうに、いい女ぶってました。でも本当は違う。嫌だったんです、あの人がわたし以外の女と不倫して、わたしが与えられなかった救いを得るのが。不倫はわたしで最後にして奥さんのところへ帰ってほしい。傷を癒やせた愛人はわたしだけで、生涯わたしとだけひとときの火遊びをしたっていう人生をおくってほしいんです。だってそうじゃなきゃわたしが彼に捧げた時間が全部無駄になる。わたしは次の愛人と真実の愛を得るための踏み台だったたの？　寄り道？　高校時代からいままでずっと、わたしが尽くした意味ってなに？」

心を絞って吐きだすように開陳する夏希の前に、瀬見先輩が見える。そして夏希が鎮かに毅然とむきあっているのは、学のむこうにいる夏希自身なのだと悟った。

自嘲して「……すみません」とうつむいた夏希の右手を、星野が歯がゆそうに握りしめる。

「郷原。はっきり言うが彼との恋愛で傷ついてるのはおまえだけだ。相手はおまえがいてくれたことで充分癒やされていたし楽しんだ。でもおまえを幸せにすることまで考えられなかった。鬱病の奥さん抱えて子どもの面倒も見て、自分の精神を安定させるので精いっぱいなんだよ。そのうちおまえも自己愛に溺れて、純粋な愛情じゃなくなっていっただろ？　これを言うのが本当におまえの望みかどうかはわからないけど、彼は今後も家族しか愛さない。彼にどれだけ執着してもおまえは心も身体も汚していくだけだ。だから次は愛しあえる相手を見つけな」

学を見返している夏希が、上唇で下唇をぐうっとひき寄せて噛みしめ、瞳を潤ませた。涙をこらえているんだ、と察した刹那、視線がぼくのところへきて絡みあった。そうだよ、夏希も誰かを愛して、愛されなくちゃいけないんだよ、と強い想いを持ってうなずくと、夏希の左目の下瞼にふっくりと涙がふくらんだ。

「……ありがとうございます宇来先輩。星野先輩も、白谷先輩も。でも宇来先輩の占いはちょっと違うな。だって、わたしは先輩たちに癒やされてましたもん。恋愛する相手は間違ってたけど、まわりの人に救われてた。……うん、想いあってない人間同士で汚れるのは不幸でしかないよね。全部忘れて次の恋に邁進します！」

星野の手を握り返して上下にふり、「星野先輩もあとでちゃんと話すので聞いてくださいね」と夏希が照れくさそうに笑うと、星野も微笑んで慰めるように肩を寄せた。

「……ぼくも夏希には変な男に捕まらないで幸せになってほしい。趣味も生活もあう男を探しておいでよ。それでまた学に性格鑑定してもらおう」

右手で拳を握ってぐっと励ましたら、夏希はまた「あはは」と笑った。

「困ったな〜。趣味も合ってバズってるレストランにもつきあってくれるうえに性格のいい人って、まさに白谷お兄ちゃんだったんですよね〜」

学が「なんだと」と気色ばんで、星野とぼくは笑った。

「諦めなさい、夏希。あんたのお兄ちゃんは残念ながらホモなのよ」

「違う〜ん、お兄ちゃんバイだもん〜」

学だけむっとして「やらないぞ」と真面目に怒り、ぼくら三人はけらけら笑った。

「……よし、じゃあ次はわたしお願いします宇来先輩。わたしもなにを言われても受けとめますから」

そして星野も腹を決めたように両拳を握って膝のうえへおき、勢いよく頭をさげた。柔道かなにかの試合開始の挨拶みたいだ。学は「ふっ」と鼻で笑う。

「おまえは占うまでもないよ。ほんと歳下好きだな？　仕事先にふわっとした後輩がいるだろ。いつもへらへらして軟弱そうだとも思ってるらしいが、そいつとならうまくいく」

星野は「えっ⁉」と飛びあがった。

「木村(きむら)のことですか⁉　嘘でしょ、ってか社内恋愛なんてありえない！」

「そう。おまえはどうも社内恋愛っていうのが嫌らしいな。その木村って奴のこともまんざらでもないくせに社内の人間ってのが枷(かせ)になってる」

「あたりまえじゃないですか、わたしは夢を持ってる人が好きなんです。自分の知らないきらきらした世界に連れていってくれる人。大人になって自由なはずなのに、わたしは毎日会社と家しか往き来してない狭苦しい世界で生きてる。それが嫌なんです。アウトドアが好きなのもそういう不満からきてるんですよ。現実を離れて自然と戯れてると、自由だ～、って開放感を味わえるの。窮屈じゃないって思える。なのになんで社内恋愛⁉　あんな小さな会社に通って一生終えるかもしれない男と恋愛なんてまっぴらゴメン！」

「でも好きなんだろ？　会社の球技大会で怪我したとき、抱きあげて医務室へ連れていかれてときめいたじゃないか」

「やめてっ」

「呑み会の席でもふにゃふにゃ上司に諂ってるようでいて、具合の悪そうな女子を見つけるとさりげなくウーロン茶を注文したりする。そういう優しさに嫉妬してるよな」

「いや～っ」

「おめでとう、そいつもおまえに憧れて恋愛めいた気持ちを抱いてるよ」

「いや……くだらない夢を語ってくれる貧乏な男のほうがいい……」

「それで失敗してるんだから学べって。なに言われても受けとめるんじゃなかったか？」

「無理っ、元カレが悪かっただけで次はうまくいくかもしれないでしょっ⁉」

　星野の百面相と学のやりとりに、ぼくと夏希は大笑いしながら紅茶を飲む。

「なんだ～星野先輩、出会いがない～っていつも言ってるから心配してたのに、しっかり少女漫画みたいな胸きゅんなことしてるじゃないですか～」

「胸きゅんって言わないでよっ」

「してるんでしょ～？　きゅんきゅん」

夏希が両手の人さし指で星野の肩をつんつんつついたら、反撃にあってくすぐられた。ふたりして「やははは」「夏希～っ」とはしゃぐ。仲よし女子のじゃれあいは可愛いな。

「とりあえず～わたしは星野先輩が二週間以内に木村さんとつきあい始めたって報告くれて、クリスマスにはふたりでデートしてるって賭けます」

「やめてよ夏希ってばっ」と星野は吠えたが、ぼくものっかった。

「いいね、ぼくも賭ける。呑み会一回分おごるってのどう？」と左手をあげてにっこりする。

「オッケーです。宇来先輩も〝つきあう〟に賭けるでしょ？　星野先輩だけ悪足掻きしてるからね。頑張ってね」

「なにをよっ。ていうか、わたしがひとりで呑み会おごるのフェアじゃないでしょっ」

「お、いいですね～もう負けを認めてる。やっぱり木村さんのこと好きなんだ～」

「違うっ、やめてよ、なんで大事なクリスマスを木村と過ごさなきゃいけないの⁉」

「えー木村さんのほかにデートしてくれる人いるんですか？　再来週ですよ、クリスマス」

「くっ……」

星野は往生際悪く「いや……社内恋愛なんて絶対いや……結婚式の披露宴だって会社の人間で埋まるじゃない……新しい人生の始まりが職場のメンツってありえない最低……」とぶつぶつ嘆いていたが、夏希に「結婚まで考えてるんですね、さすが仕事のできる上司は計画的だわ」とつっこまれてまたくすぐり大会を始め、大はしゃぎだった。

「幸せってちゃんとそばにあるものなんだなあ……」

周囲に満ちる輝きのひとつひとつを、ぼくも見逃さずに拾いながら生きていきたい。

「白谷、脳天気にのろけんなよ！」

「のろけてないだろっ」

星野とお約束の応酬をすると再びリビングが笑いであふれて、白い日ざしに舞うほこり屑も、今日もまたきらきらと星粒みたいにきらめいた。


「……別人ってのは事実かもな」

夜、学とぼくの手作りパエリアを食べて星野と夏希が帰っていくと、風呂からあがった学はぽつりとそんなふうに呟いた。

「？　星野たちが言ってた学のこと？」

「ああ。占いをしたとき、あんなふうにこたえたことはなかった」

パジャマを身につけてはいるが、まだ濡れた髪を拭きながらリビングのソファに腰かけてスポーツドリンクを呷る。

「じゃあどんなふうに見てあげてたの？」

洗いものを終えたぼくも、自分のミルクティを用意して学の隣に座った。風呂あがりの学は頬が桃色に火照っていて艶っぽさが際立つ。そんな姿を横から眺めている時間も大好きだ。

「んー……占いって〝こう言ってほしい〟って欲求から始まるうえに、最近多いのは〝愚痴を聞いてほしい〟っていう穴ぼこ系なんだよな」

「穴ぼこ系？」

「地球の童話にあるだろ、王さまの耳はロバの耳〜って叫ぶやつ」

「ああー」

「アドバイスがいらない場合も多い。ただ聞いて慰めてりゃいいんだ」

「学を穴にするって……贅沢すぎてびっくりだな」

「なんか言いかた卑猥だぞ」

横目でぼくを見返す学がにやりといやらしく口角をあげる。「ばか」と肩を叩いた。

「まあだから、一応相手の心や過去を読みもするけど、基本的には欲しがってる言葉をかけて、はいはい大変ですねってうなずいてりゃよかったんだよな。で、そうしてたわけ」

「でも学はそれでいろんな地球人の心に触れて勉強してたんでしょう？」

「してたし、面白かった。けどそれだけだった。〝愛しあえる相手を探せ〟とか〝失敗から学べ〟なんて、自分の恋愛観や意見までちらつかせる返答したことないよ。唯愛が俺を変えたんだ。そもそもこの恋愛観も唯愛の影響で根づいたものだしな。唯愛が俺のなかに生き始めたことででた言葉たちなんだ、今日のあれこれは」

バスタオルを被った学がぼくの膝の上に頭をのせて寝転がる。湿ったバスタオル越しに愛しい重みがのしかかり、自分のパンツも濡れていく。外側をむいて目を閉じる学の横顔は凛然として格好いいのに、していることは星野たちが驚愕するであろう甘えん坊の子どもと一緒だ。

「文句あるのか」

読まれた。

「ないよ。幸せだな～って思ってるだけ」

夜になるとリビングのシーリングライトは薄暗く設定して、ソファ横のスタンドライトを淡く橙色に灯すようにしている。

バスタオルをひいて、夕日色に照る学の横顔を見つめながら髪を拭いた。……宇来先輩と再会して恋人になって同棲までしているうえに、愛情を惜しみなく口にしてくれる彼の髪を自分の膝の上で拭いている。二週間程度ではとうてい受けとめきれない幸福すぎる現実だった。

「いまだに〝宇来先輩〟かよ」

「そりゃあね。全部十年前から始まってるんだから、何度だって感慨に耽るよ。遊び人の宇来先輩がぼくの膝に転がって甘えてくれてる……喧嘩別れしたはずなのに……ってさ」

「そんな喜びもいつかなくなって〝邪魔だどけどけ〟って言われるのかな」

「言うかなあ？　幸せに慣れていくとしても、学は定期的に〝ポエム言え〟って求めてくれるだろうし、ぼくの靴紐はときどきほどけて、ぼくは喜ぶに違いないって信じてるんだけどな」

笑ったら、髪を拭いていたぼくの手をとって学がくちづけてきた。掌のまんなかに唇をつけて埋め、眠るように黙ってそっと呼吸する。……なにを考えているんだろう。

「……ねえ、学は瀬見先輩のことどう思ってる」

「どうって」

「ぼくはこれからどんなふうに接すればいいのか決めあぐねてるんだよ。ワンゲル部の元部長として信頼感は残ってるけど、夏希をとおして裏の事情を一方的に知りすぎてしまった」

今後も会う機会はあるだろうに、なにも知らないふりを笑顔で貫くのが正しいのかどうか。

「俺は唯愛が常に自分の信念にそった行動をするって信じてる。だから好きにしろよ。ただし、瀬見と奥さんの抱えてるものも結構重たいからな。そこへ突っこんでいくなら覚悟しろ」

「覚悟……そうだね」

学のその言葉自体がすでに重厚に響いた。学は瀬見先輩と、先輩の奥さんの心も知っている。ぼくはつい夏希側にひっぱられそうになるが、夏希も含めて三人全員の心情を抱えている学は、中立的な立場で誰より冷静にすべてを見据えているようだった。

学も孤月も彼らの故郷の人類も、いったいどうやってこの〝冷静〟を習得したのだろうか。

「学……心ってどんなふうに読むの？　あちこちから絶え間なく響いているのか映像みたいに見えるのか、想像できない」

「耳を澄ます感覚だよ。感情によって大きかったり小さかったりするから相手にチャンネルをあわせて意識をそばだてる。記憶も共有するだけでテレビ映像ほど鮮明じゃないな」

「じゃあすれ違う人全員の心が大声で聞こえてくるわけじゃないんだ。記憶も、やっぱり本人が憶えてる状態でぼやっと浮かぶような？」

「そう。全員の心を一気に聞いてたらさすがに狂う。その反面、記憶はたとえばー……星野が木村君に抱かれて医務室にいったたってやつとか、感触の記憶ごと味わえるよ」

「感触まてっ？」

「星野が美化してたら美化したまま受けとってるんだけどな。背中にまわった逞しい腕、太さ、強さ、温かさ……みたいなね。ときめきの手触りまでわかる」

ときめきの手触り……。

「ってことは、ぼくが学に抱いてもらってどうときめいたのかも、直接伝わってるの？」

　焦って訊いたのに学は喉で笑うだけで受けながした。……気持ちがいいとかどこがいいとかベッドの上では喘ぎにかえて伝えもするが、身体ではもっとあられもない悦びを記憶している。それこそ学の性器の感触や、自分のなかで動いてこすれるときの心地よさまで、事細かく。

「うわ、恥ずかしい……学も自分のそんなこと知って恥ずかしいでしょう？」

「唯愛は褒め言葉しか言わないし記憶しないから嫌だと思ったことはないよ。気持ちよかった感覚は次にいかすから、俺とのセックスは回を重ねるごとによくなる一方だろ？」

　得意げに煽られて、「いっぽーだよっ」と学の頭をごしごしごしっと拭いて攻撃してやった。

恥ずかしいったらないけれど、これも繁殖第一の学の星ではありがたい機能なんだろうか……自分の快感とともに相手の悦びも理解できるなんて、それで勉強していったらテクニシャンだらけだろう。そもそも性転換もできて男女どちらの経験もできる。

「どれだけ知っても学の星は驚きばかりだな……心を見透かせてセックスもうまい。とんでもないのはわかるけど、どんな生活なのか想像が追いつかない」

　唇をひいて微笑む学が、身体を仰むけにしてぼくを見あげる。

「性犯罪ってのはないよ。レイプも合法。なにが悪いの？　って感じだ」

「ひえ。うー……でもそうか、〝したい〟って思ったら相手も〝いいことだ〟って受け容れてくれるんだもんね。性欲に飢えないいんだ。びっくりだな、童貞って概念もなさそう」

「俺は童貞だったけどな」

「疑わしくなってきた」

じと、と見下ろしたら頬をぎゅとつねられた。いたい。

「高嶺の花な人とか、自分を嫌ってる相手とも、学の星ではセックスできるの？」

「いや、恋愛はなくとも相性はあるから、心を読んで〝あわない〟と感じた相手とはしない選択も可能だよ。とはいえ外見も自在に変えられるからな。唯愛が〝好きな俳優になって〟とか〝喧嘩別れした宇来先輩になって〟って望めば叶ってただろうな」

「なんてこった……」

じゃあ学と再会できなくても、まったくの他人に学の姿になってもらって性欲を満たすことならできた星、ってことか……と驚愕したら、今度は両頬をぎっとつねって痛めつけられた。

「痛い……想像しただけだよ。学の星にはこんな妄想で嫉妬するってこともないんでしょ？」

「ああそうだ、独占欲もない。でも俺は唯愛に嫉妬する。おまえのよそ見は絶対に許さない。一瞬でも他人と寝ることなんか考えるなよな、憧れの奴の姿にも絶対ならないからな」

「もう……わかってるよ。たとえ素敵だと感じる人がいても、セックスまでしたいと想うのは学だけだし、だいたい初めて憧れたのが学だからね。それまで俳優とかタレントに好感を抱いても、名前も憶えない程度の好意だったんだ。何度だって言うけど、ずっとぼんやり生きてたんだよ、学を好きになるまでは」

フン……、と満足したように学がぼくの頬から手を離してまた寝返りをうち、腹のほうへすり寄ってくる。苦笑しながら学の頭の下でわだかまるバスタオルを整えた。

「……俺の旦那さんは地球人なのに男も女も好きになる厄介な奴だから面倒だ。さっきも星野と郷原がくすぐりあってるの見てにやけてた」

「はあ？　にやけ？　心を読めるんだったら正しく読めよな、微笑ましいと思っただけだよ」

「星野はともかく、おまえは郷原が好きだろ」

「好きだよ、妹みたいな存在としてね。幸せになってほしいって心から思ってる」

「むかつく……」

　結構本気の声色で悪態をつく。学は夏希に対してどういうわけか嫉妬心を絶やさない。特別親しくはあるけれど、おたがい恋愛感情を抱いたことはまったくないのにな。

「ぼくも学とおなじ。残酷なほど学だけを想って、学しか知らない身体で生きてるんだよ」

　ライトの光のせいで学の肌は健康的な明るい橙色に染まっている。うっすら乾いて癖がつき始めている黒い髪を梳きつつ、宇来先輩に自由に触れて撫でている現実にまた感動を覚えた。

「……一生、俺しか知らないでいてほしい」

　聞こえるか聞こえないかの、拗ねたような小さな囁き声で学が切望した。

「うん、学んでくれたんだね。……ありがとう、もちろんそうするよ。愛してる学」

　嬉しくてほころぶ頬を存分にゆるませたまま学の頭をよしよしと撫でたら、照れたのかぼくの腹に顔を押しつけて、右手で腰を叩いてきた。痛いけど可愛すぎて蕩ける……。

「……ねえ、学の故郷には恋も愛も、独占欲もないって言うけど、感情が皆無なわけじゃないでしょう？　誰かひとりぐらい情を抱くような、大事な人はいなかったの？」

「情？」と学が眉をしかめて、すぐに「ああ」と思い当たった顔をした。

「地球にくるとき俺の夢に賛同して、宇宙船に忍びこませてくれた恩人がいるんだよ。俺よりずっと歳上の、調査員のリーダーをしてる人だった。あの人は大事な存在だな」

「ああ……そういえば、誰かの協力なしじゃ地球まで内緒でくるって無理だよね。そうか、学を助けてくれた人がいるんだ」

「ン。別段郷愁もないけど、あの人だけは忘れられないな。元気にしてくれてるといい」

故郷でもやっぱり無情に生きていたわけじゃないどころか、誰かに助けたいと思わせる存在だったのだと知ると、なぜか学の過去ごと抱きしめたいような、強い愛おしさが押し寄せた。

「不思議だな……情はあるのに恋愛がないって。ぼくなら学に恋せずにいられないよ。それで学の魅力を独り占めしたくなる」

「はは。うちの星は単純に〝愛する〟って感覚が欠落してるだけだよ。独占欲も子孫繁栄には厄介なだけだからな。でももともとから異端だった俺も、だいぶ地球に染まってきたかな……」

学は書店員の仕事を辞めたが、それなら、と書店で運営しているオンラインショップへの委託も流星さんが提案してくれて、これまで以上にレジン作品を量産しなければいけなくなった。つまり、学が本格的にレジン作家として活動していく場を、再び流星さんが与えてくれたというわけだ。占いの仕事もしたい、と学本人は言っているが、その時間がとれるかどうかまだ読めない。というわけで、ぼく自身は家にこもりがちになる学を独り占めしやすくはある。

「甘いな」

学がぼくの腹から顔を離して、にやりと勝ち誇ったような笑みを浮かべている。

「俺は唯愛とどれだけ離れても、家に帰ってくりゃ一日なにがあってなにを思ったのか一瞬で知ることができる。いつだって監視してるからな。浮気させないぞ」

「えっ……心の動きどころか行動まで全部把握されるのか」

　仕事の悩みも逐一共有してもらえるのは申しわけないながらも幸せなことかもしれないが、この二週間の同棲生活のあいだも、会社で食べた昼ご飯があわなくてお腹壊してトイレにいた、とかそんないらない情報まで見られていたのなら恥ずかしいな……。

「ははっ」と学がいきなり吹いて爆笑し始めた。

「おまえほんと可愛いな、知られたくないのがそこってっ……」

　また読んでる。

「も〜……笑ってくれるなら嬉しいけどさ」

「腹の調子は普通に心配したぞ？　身体は大事にしろよな」

　楽しそうな学の髪に左手の指を絡めて梳きつつぼくも笑った。

　心を読まれながらする会話も、もう慣れてしまったな。ぼくには学の本心は読めないけれど、それでも彼が言葉で愛情を伝えてくれるからこそ恐れることなく満たされきって、信じきって、委ねきって、なにを知られてもいいや、って甘えさせてもらっているんだろうね。

「……学も、そろそろ髪乾かさないと風邪ひくよ」

　学がまたぼくの腹に顔を押しつけて腰にも右腕をまわし、強くしがみついてくる。

「俺はそんな軟弱じゃない」

　橙色の光の輪のなかで身をちぢめて自分の腹に縋りつく学が、幼子のようでもあり、母親の体内で眠っている胎児のようでもあった。生まれたときから親の顔も知らずひとり孤独に自立を強要される星で、恋に焦がれて唯一の愛を探し、逞しく懸命に生きてきた学。いまぼくは、愛おしいこの異星人とふたりきりの家族でいる。

Ⅵ　ほしにゆき

それから一週間後だった。木村さんと恋人になった、と星野に報告をもらったのは。

「賭けもぼくたちの勝利だね」

大いに笑いながらそう祝福したら、星野はスマホのむこうで『いや！』と叫んだ。

『祝われるはずのわたしがどーしてあんたらにごちそうすんのよっ』

「えー、だって約束だし」

『夏希とあんたが勝手に言いだしただけでしょ！』

「幸せはお裾分けするべきだと思うんだよ」

『黙れ、いっつものろけてるだけのくせに、幸せボケ白谷っ』

ひどい言われようだ。

「でも本当におめでとう星野。すべてがとんとん拍子でびっくりしたよ。ぼくもこれから幸せボケしていく星野をからかってやるからな〜覚悟しとけよ〜」

『フン……まあそれは甘んじて受けるわ』

ふたりして幸せを口に含むようにして、ふくふく笑いあう。

なんと星野は木村さんからクリスマス一緒に過ごさないか、と告白されたうえ、起業の相談まで受けたというのだ。経済的な不安が増えても社内恋愛よりずっといい、と星野は支える気満々だ。

『一昨日ふたりで食事してきたんだけどね、大学時代の仲間たちと会社を起ちあげるっていうのは在学中から計画してたことなんだって。なにをしてどういう会社にしていきたいかって語ってるときのあいつ、瞳がきらっきらしててさー……格好いいって想っちゃった。やっぱり無謀でも幼稚でも、夢を持ってる人って素敵～……』

吠えていたかと思えばとろんとした声でのろけている。星野も人のこと言えないじゃないか、とつっこみたい気持ちもとりあえず横によけておいて、笑いながら聞いていた。

数日後にはもうクリスマスという時期だったので、お祝いの呑み会は新年会をかねてやれたらいいね、とぼんやり決めて電話を終えると、隣で聞いていた学もにやにや楽しそうな表情で、

「俺の〝占い〟も捨てたもんじゃないだろ？」と得意げに言った。

夏希もクリスマスはインドア派の彼と食事の約束をしたそうだ。

『誘えば食事にもきてくれるんですよねー……わたし無理させてるかな？　でもいきなり家へいくわけにいかないじゃないですか。よくよく話聞いてると彼が好きなゲームとか面白そうでわたしもやってみたくなったから、家にもいきたいんですけどね』

そうなのだ、ぼくは忘れていた。夏希はアウトドア派とはいえ、そもそも好奇心旺盛でインドアな遊びでもなんでも興味を持って吸収していってしまうことを。

夏希なら、相手のどんな趣味や生活も、理解してなじんでいけるんじゃないだろうか。柔軟で果敢で、涙もろくて人懐っこい、優しい夏希の幸せも変わらず見守っていきたい。

「……いろんな恋愛があるよね」

スマホをテーブルにおいてしみじみ息をつくと、学はおかしそうに苦笑した。

「それは異星人の俺のセリフじゃないか？」

「地球人だって驚嘆するよ。心を秘めて、複雑な生きかたをしてる自覚があるからこそ、さまざまな救いや癒やしに支えられてるって日々感じ入ってるしさ」

きっと瀬見先輩や、天使の梯子のレジンをオーダーしたお客さんも。

「まあな。孤月も言ってたように、地球人は他人の心が読めないことで絆を深めていく生きものだしな。でも唯愛が感慨程度でしみじみする事柄に、俺は心底びっくりしてるよ」

学がわざと目をぱちぱちまたたいて肩を竦めるから、ぼくは「はは」と笑った。

例の天使の梯子のお客さんの恋愛も、結婚できなかったという相談以外は学が心を読んで知った事情なのだそうだ。自分も犯罪者だ、と言った学自身は、彼女たちの想いを本当のところ、どう受けとめていたのだろう。

オーダー作品は天使の梯子の日ざしをどう表現するかでだいぶ悩み、いくつか試作品をだしたのちに完成した。学は決して妥協しなかった。試作品の写真を撮ってメールで送り、彼女が求める完璧な〝想い出〟の再現ができるまでつくり続けた。その間も大変そうではあったが、彼が充実感を得ているのはぼくにもわかり、彼女に完成品を実際に見せて泣きながら納得してもらうと、ふたりで喜んですこし高価なワインと料理でお祝いもした。

——今後は想い出にまつわるオーダー作品もつくっていこうと思う。

そのとき学は新たな決意を口にした。

——自分がつくる空で地球人の記憶や感情に寄り添わせてもらうのもいい勉強になるしな。

恋愛に関しても人づきあいに対しても学と自分では価値観も感覚もまったく違うはずだった。

それでもぼくらはいまこうしてふたりで幸福を抱きあっている。

「……ぼくも学と再会してから、他人との関わりについて深く考えるようになったな。最初のころ衝突してたでしょ、〝汚い狡猾さが嫌いだ〟〝道化だ〟って学に指摘されて」

「ああ」

「自分がどういうポジションにいたいか、どう見られたいか、なんて普段はごく自然と行動にしてるから、いいか悪いか辛いか、さして考えてもいなかった。というか、考えたらドツボにハマりそうで嫌だからスルーしてたんだよね。だから学には全部正直に曝すって決めて、結果的に心まで読まれながらありのままの自分を受けとめて、受け容れてもらえて、しかも相手はほかでもない憧れの学で……やっぱり幸福者すぎるよ、ぼくは」

「最後はそこに結びつけるのか」と学が口を震わせて笑っている。「そうだよ」と今夜はぼくが学の膝に転がった。甘えすぎると学は嫌がるだろうかと、いささか不安な気持ちで見あげると、彼も目尻を下げてひどく甘やかな笑みを浮かべている。

「……じゃあ俺も、わざわざ異星から地球にきて、人口の多すぎる地球人たちのなかから唯愛ひとりを見つけられた幸せについて、またしつこく語るか？」

　学の右手がぼくの額を覆って、前髪をよけながら、する、する、と撫で始める。ぬくもりの摩擦、心が見えるような動き、安心の肌触り。

「……三年後にまた語って」

「ん？　心変わりチェックか」

「幸せを数年後にも分けておきたいんだよ。幸せ過多にならないように、五年後、十年後って、まんべんなくしたい」

「ははは、なんだそりゃ。五年後も十年後も変わんねえよ」

「うん……ぼくもおたがい変わらないように、いまよりもっと幸せでいられるように学を想って成長しながら生きていくよ。そのための戒めみたいな約束でもあるかな」

ひとつでも間違えれば学は数年後ぼくに告白したいなどと思わなくなる。だからこれは学を試すというよりは、学に愛してもらえる自分でいられるよう未来の自分への課題だ。

「変なこと考えるな、おまえは」

「変かな」

学の膝の上で小首を傾げる。学の膝はかたくてかたちも決して寝心地のいい枕とは言えないが、こんなに温かで幸せな場所もほかにない。

学の腹のほうへむいて頭の角度と位置を調整すると、「というかなんで膝枕にビビってるんだよ」ともつっこまれた。「嫌がるわけがないだろ」とからかう口調で笑われて、嬉しさと羞恥に埋もれかける。「一緒に暮らしてるからこその、適度な距離感もあるでしょう?」とぼくは反論するが、「レジンに集中したいとき以外はなにされてもかまわねーよ」ともっと笑って右耳たぶをつまんで揺すられた。

「学はぼくがどこまで学を受け容れてるか全部わかっちゃうからいいだろうけど、ぼくはまだ〝これはいいかな〟〝ここは駄目かな〟って探ってるところもあるんだよ」

どう足掻いてもぼくにとって学は〝高校時代に片想いしていた憧れの先輩〟で〝怒らせて喧嘩別れをした相手〟で〝失いたくない男〟だ。恋人になって同棲を始めたとなれば、さらなる緊張も芽生える。

「ばかだなほんと。いつか話そうと思ってたけど、トイレに長時間いるのは恥ずかしいとか、休日はもっと寝ていたいけどだらしない自分を知られたくないとか、家事をまかせてばかりじゃ嫌われるから頑張らないととか、変に焦ってるのも知ってるからな」

　わざわざ全部言わなくてもいいじゃないか……。

「こういう唯愛を見られるのもいまだけかなあと思って放置してたがその程度だ。なにも気にしてない。おまえは俺に格好悪いところも見せろって言うくせに、格好つけだよな」

「好きな人にいきなりダサかったり怠惰だったりする面を見せられるわけないでしょ」

「まあ、俺はなにをしても唯愛が〝格好いい格好いい〟って言ってるのを知ってるから安心してるところもあるんだろうけどな。寝癖ついてても〝格好いい〟風呂からあがっても〝パジャマ姿格好いい〟疲れてても〝怠そうな横顔格好いい〟」

「狡い……くそ……」

「おなじだって言ってるんだよ。俺も家に唯愛がいて、唯愛が生活してるようすを朝から晩までずっと見ていられて、それが邪魔でも億劫でもなく安堵でしかない。幸せだと思ってるって言ってるの。だから怯えるなよ」

　格好いい格好いい、と想わずにいられない大好きな人が、おかしそうな愛おしそうな微笑みを浮かべて前髪を撫で続けてくれている。子どものころ母親に、こんなふうに額を撫でられるのが苦手だった。おなじ箇所を掌でこすられていると、摩擦感が次第に虫の這うような不快感にすりかわっていく。それでどうしたかというと、こう我が儘を言った。

「……べつのところも撫でて」

学が鼻先で小さく吹いて、「はいはい」とぼくの尻を撫でてきた。「そこ?」とぼくも笑うと、「べつのところだろ?」と得意満面に返してくる。

言葉で肯定するだけでなく、こうして許容を態度でしめしていくうちにぼくたちも本物の家族になっていくんだろうか。いま、たったいま、すぐにこの人とキスがしたい。

「——唯愛」

「ん?」

「俺がなに考えてるかわかるか……?」

学の視線が一瞬ぼくの唇へずれて戻った。

「〝したい挿入れたい〟?」

わざと違うこたえを言ったら尻をぐっと摑んで睨まれて、大笑いしてしまった。攻撃の手から逃れて身体を起こし、学の横に寄り添ってむかいあう。

「……わかってる」

学の目を見つめて唇を近づけていく。学もぼくの後頭部に右掌をまわして覆いながら、口をひらいて受けとめてくれる。乾いた唇の奥にある濡れた舌を舐めあっていると、唇も徐々におたがいの唾液で湿っていく。

声を塞いで唇を重ねているだけで、ぼくたちはすべての想いを共有している、おなじ瞬間に唇を求め、おなじ想いを欲し、ぴったりおなじ心で恋をしている、とそう確信できた。

　ぼくたちはクリスマスも家で過ごした。イルミネーションが綺麗なデートスポットは、人が比較的少ない平日の夜遊びにいき、イブは仕事のあと学と最寄り駅で待ちあわせてチキンやケーキを買い集め、ふたりきりでゆっくり楽しもうと決めたのだ。

「こういうクリスマスも悪くないな」

　学がワイングラスを傾けて心地よく酔いながら言う。

「学はいままでどんなクリスマスを過ごしてたの？」

「流星の店で働いてたよ。シフトが入ってない日に重なると孤月がファストフード店のチキンを買って遊びにきたから、ふたりで食べてたな」

「そうなんだ」

　相づちに不信感がまざった、と自分でも意外に感じて困惑したら、学が目を眇めてぼくを探ってきた。

「甘ったるい想い出でもあると思ったか……？　悪いが唯愛さんと違って俺は高校卒業後おとなしくしてたんでね。イルミネーションの並木道を歩いたりケーキ食べてキスしたり、こんな経験はゼロだね」

「……。ぼくの記憶読んだ？」

「おい。読まずにいるのにおまえから〝想い出があります〟って自白してくるのは無しだろ」

「ごめん、忘れて」

「あー最悪だ」

　学がワイングラスを持ったままソファの肘かけに倒れこんでぐったり寝そべった。

こっちに尻をむけて転がって拗ねているから、「ごめん学、いまのはぼくがひどかった」と腿を揺すって謝る。

「おまえがクリスマスクリスマスはしゃぐから青の並木道やら巨大ツリーやら観にいってガラにもなくこっちまで浮かれ始めてたってのに、当の本人がいきなりぶち壊すのかよ」

「本当にごめん。ふたりで楽しく過ごしたいから学の機嫌がなおることぼくになにかさせて」

じろ、と横顔の視線がこちらへむく。

「なにか……？」

「うん、なんでもいいよ」

学のことだから品物を買ってプレゼントしろ、ってことはないだろう。口でするとか未経験の体位で寝るとか、セクシー路線もあるかな。

「それはいま要求しなくても普通にするだろ」

「……そうですね」

自ら大胆な提案をしたみたいで顔が熱い……。

「よし、決めた」

身体を起こした学は、ワイングラスをテーブルにおいてぼくとむかいあった。両手でぼくの左右の頬を覆って顔を挟み、至近距離に寄る。

「唯愛と俺だけができるゲームをする」

「学とだけのゲーム……？　どんな？」

ふふん、と右の口端をひいて悪そうににやける学も格好いい。

「今夜は一切ほかの奴のことを考えるな、俺以外頭に浮かべるのも許さない」

「え。会話の話題にでる人は否応なしに過っちゃうんだけどそれも駄目？」

「だめ。一瞬でも心をそらしたらペナルティで俺が指定した箇所にキスしてもらう」

「キス……わかった、いいよ」

「なら、」とぼくは学の腰に両手をまわして微笑み返した。

「なら、ここからは学のことだけ話して聞かせて。学の星のことでも、学自身のことでもいいから」

「ははん、そうきたか」

　ふたりして吹いて笑った。

「学のことしか考えられなくしてよ。そうだなー……あ、ぼくは再会した日に誕生日や血液型を言ったでしょう？　でも学のは知らないから教えてほしいな。ぼくらこんなプロフィールすら教えあってないいんだもの」

　ソファの背もたれに身をあずけて座りなおし、ふたりでまたワインを片手に寄り添った。

「プロフィールか……」と学は考えこむ。

「ないんだよな。地球で与えられた誕生日も施設の人間がつくってくれた仮のものだし、故郷でも生命の誕生に感謝する日ってのはあるが、すぐ施設に送られる関係上個々の誕生日が曖昧で祝うって習慣もない。血液型も地球の基準にあてはめられないしな」

「そうか、誕生日もない星なのか……。生命の誕生に感謝する日っていうのは、それこそクリスマスみたいな特別なイベントって感覚なの？　もしくはただの祝日？」

「大イベントだな。数日間ずっとお祭り騒ぎが続く。俺の星では、地球で言う〝神〟って存在が自分たちなんだよ。病原菌をも殺す奇跡の知的生命体、尊い進化の結晶……ってな。だから自分たちの存在にも生まれてくる生命にも、並々ならぬ誇りを持ってる。ひとことで言えば、〝俺らすげー俺ら最高ー〟ってばか騒ぎする祭りなのさ」

「はは。でも自己肯定感を生まれたときから持ってるって素敵だね……地球人は〝自分はなんで生まれてきたんだろう〟ってきっと一度は考えたことあると思う。学の故郷と真逆で、自分が息をして、他人と接して、学んで働いて生活してるのはなんのためだ？　って生まれた瞬間持っていた尊いものを全部否定しながら、自分だけの〝意味〟を欲するんだ」

「謎だよな。地球人は会ったことも見たこともない〝神〟を崇め奉って、自分が進化を重ねて生まれた奇跡の生命体だって事実をそいつの手柄にする。それでなにか辛いことがあると〝神よ〟って祈る。神は自分で、息をしてるだけで尊くて、未来を決めるのもどうせ自分なのに。ほんと意味不明だよ、そこだけはまるで理解できない」

学が心から意外そうに、顔をしかめて肩を竦めて頭をふって、大きなため息までつけてお手あげのポーズをするから、ぼくは大笑いになってしまった。

「地球人は命に贅沢になってるのかもね」

「ああ。あたりまえの命なんてない。地球人は心も読めなければ病気にも弱いが、もっと自分の細胞ひとつひとつまで〝尊い、すげえ〟って肯定して誇りを持っていいと思うぞ」

「ふふ。そうだね……ぼくも命の無駄づかいをしないように、学とこうやってしゃべってるだけでも幸せなんだって自覚して生き……いや、それは嫌っていうほど自覚してるか」

「ははは」と笑ってワインを呑んだ。クリスマスを堪能しておきながら〝自分の命を讃えよ誇れ〟と語りあうのもなかなか大胆だが、学の星の価値観は胸に刻んでおきたいなと感嘆する。

「うちの星には風俗もないよ」と学がフライドポテトを囓った。

「精子を無駄に垂れながすのは異常なことなんだ。頭がおかしくなったんじゃないかと疑われる。命の種を捨てるわけだから、殺人行為として裁かれかねない勢いだしな」

「殺人っ……え、でもじゃあ、自慰行為は？」

「おなじおなじ。地球人は性欲処理的な意識で日常的にするようだが、俺の星じゃ精通を迎えたら子づくりするのが当然だから軽蔑されるよ。とはいえ数日おきに必ずセックスしろってのも難しかったりするから、男はとくにやらざるを得ないときもあるんだけどな」

「学は軽蔑されてたってこと？　ひどいめに遭ったりしたの？」

　ぼくが眉をゆがめると、学はポテトをとって苦笑しながらぼくの口に入れた。

「異端だったって言ったろ？　べつにいじめられたりはしてないが、記憶を読まれるせいで、次の日〝また種を捨てたのか〟って叱られたり呆れられたりしたかな。よっぽど面倒な否定派がいる場では女になって過ごしてた」

「その手があったか。なら安心だけど……」

　ポテトを咀嚼しつつ学が嘘をついていないか目の奥を探っても、学はフンと口角をあげて〝嘘じゃないさ〟と瞳と表情で応えて見せる。

　地球では生活能力もない若いうちからデキ婚したりすると蔑視されかねない。そしてぼくには誠実に見える学が異端だと非難される星……知れば知るほどなにからなにまで真逆だ。

「地球のなかでも日本人はとくに性行為を恥ずかしいことだと思ったりするよな。今夜もイベントに乗じてセックスする恋人たちを嗤ってる連中がいるし。変な星だよ……宇宙が発生したことも、人間や動物や植物が生きている星ができあがったことも、海がながれて炎が燃えて、鳥が飛んで木々がさざめいて四季を肌で感じていることも、チキン食ってケーキ頬張って酒に酔ってることも、恋ができることも、なにもかも奇跡だっていうのに。俺の星はこういう生命の美しさを尊ぶべきことだと、信奉してるだけなんだよ」

学の言葉にあわせて、ワンゲル部で見た摑めそうに近い雲や、木の葉の先についた雨露の粒や、陽光の影になって飛ぶ鳥や、橙色の光を放って太陽が昇り始めた星空が見えた。

「そう……それだよ」と、学も頬をほころばせて途方もなくやわらかい微笑を浮かべ、左手でぼくの右手を繋ぎあわせる。ぼくたちはいま心をひとつにして記憶を共有して、おなじ景色を眺めているのだとわかった。

目を閉じて、当時ふたりで見た情景たちにひたすら心を澄ませた。あの夜空の星、宇来先輩とかわした会話にも。

今夜リビングのガラス戸の傍らには学とふたりで買ってきた中くらいの樅の木もある。飾りは学がレジンでつくってくれた小さな球体だ。青空も夜空も、朝焼けも夕焼けもある。雪だるまや雪の結晶や星が入っているものもある。

仕事から帰宅して、学が『つくったから飾ろう』と見せてくれたときには、その想いやりが嬉しくて涙がでた。学がいてくれるおかげではしゃいでいる初めてのクリスマスを、学も一緒に楽しんでくれているのだ、と感じて幸せだった。

どういうわけか学が最後に七夕の短冊みたいなものも飾ったからぼくも笑って一枚書いた。

——幸せな毎日をありがとうございます。

ぼくが書いた言葉を読んで、学は『願いごとじゃないのかよ』と不思議がったが、ぼくは感謝を嚥下するように深くうなずいた。『これまでいろんなことを願い続けていくつか叶えてもらってきたから、そのお礼を返すだけにするよ』と。

もう望むことなどない。なにも欲しないから、ただそっとしておいてほしい。放っておいてほしい。

「……そういえば、唯愛が前に、俺が故郷に連れ戻されたら牢屋に入れられるんじゃないか、みたいな心配をしてたけど、それはないぞ。命を粗末にしたり危険にさらしたりする行為は、うちの星では絶対にしない」

「そうなの」

顔をあげて見返すと、学は唇をくいとひいて、満面の、安心の笑顔をひろげていた。

「生きて罪を償うための罰を与えるだけだ。だいたい社会奉仕が多いが、たとえば施設の職員としてしばらく子どもたちの面倒を見ろとか、調査員になって尽力しろとか、指定された期間と人数に従って子どもをつくれ、とかな」

「子づくり……は、困るな」

「万が一そんなことになればもちろん阻止するさ」

ははは、と口を大きくあけて笑う学は、簡単だよ、というような無邪気な笑顔をしている。死刑のかわりに子づくり刑……なるほど、学の星らしいといえばらしい。

「学」と、彼の左掌をひらいて中心にあるほくろを見下ろした。

「ん？」と学もぼくの肩に寄りかかって、一緒にほくろを見る。

「ぼくとのセックスは殺人だよ」

精子を無駄に垂れながす命を成さない性行為。

「はは」

学は左手を閉じるとぼくの指を強く握りしめて顔を覗きこんできた。

「……地球なら、この恋も許される」

唇に、学の唇が重なった。ワインとチキンとポテトの味がするキス。「脂っこいな」と学が小さく洩らすと、ふたりで笑いながら、笑い声を塞ぐみたいにしてキスを続けた。

するとふいに、繋いだままいた右の掌にかたいものがするりと滑りこんできた。

え、と目をひらくと、学も口を離して目の前で微笑んでいる。

「クリスマスプレゼント、っていうのも用意するものなんだろ……？」

それは小さな星の砂がきらめく青紫の、夜空色をしたレジンの指輪だった。

「『待宵のとばり』と対にした。男がしても甘すぎない印象になるんじゃないかな」

ありがとう、も、嬉しい、も、声にならなかった。瞳の表面に浮かんで視界をぼやかす涙をまばたきでよけ、喜びと至福感をこめて学を見つめた。恥ずかしいほどあふれる涙は、照れて微笑む幸せそうな学を海の底にいるみたいにおぼろにしている。

学には全部伝わっていた。ぼくが言葉で決して形容できないであろう熱く抱えきれない幸福のすべてが。

ぼくの会社での出来事——成功した企画への達成感に尊敬している仲間たちとの絆、そして信頼できない上司や先輩への不快感と不信感、相性のあわない幾人かの同僚とのあたり障りない距離感、そんな明るいだけではない全部を、学は毎日ぼくから吸収している。一方でぼくは学の日々を、学から教えてもらえる以外で知ることができない。

『学はなにか嫌なことある?』と訊ねても、彼は無論『ないよ』と肩を竦める。『ずっと家にいるのに辛いことなんかあるわけないだろ』と、もっともらしい理由もつけて。

ぼくも心を読まれなければ、学とおなじ反応をするだろう。嫌な出来事などわざわざ教えるわけがない。だから学の日々が本当に平穏なだけなのか……疑念は拭えなかった。

ぼくは日々を共有してもらえることで、就寝前の歯磨き中ふいに学が『頑張ったな』とひとことの労い(ねぎら)をくれながら後頭部を撫でて去ったり、ベッドのなかで無言で、こちらの意識が眠りに落ちるまで指先や身体を強く抱いていてくれたりする優しさに、全身の骨が溶けていくのではないかと疑うほどどろどろに癒やされて満たされきっていたからこそ、一方的に守られていることがひどく歯がゆかった。

そういうもどかしさを、ただひとり理解してくれるのは孤月だ。

「学は愚かでばかな異星人なんですよ、イチカさんより格好つけなんです。イチカさんもよく知ってるでしょ?」

言いながら、孤月は銀色のボールに入れた、茹でたじゃがいもをへらでほぐしていく。

「ごまかさないで教えてよ。孤月にはわかるんでしょう？　学が毎日どんな生活をしていて、辛い思いをしているか、ぼくに言ってくれてるとおり平穏無事に過ごしているかどうかをさ」

ぼくは孤月が下味と衣をつけてくれた梅しそからあげを揚げつつ、詰問する。

「俺から訊きだしたところでどうせ学にばれますよ」

「そうやって拒絶するってことは平穏じゃないわけだ」

はーあ、と肩を落とした孤月が、会うたび凜々しくかたちづいていく目をつりあげてぼくにむきなおった。

「イチカさん。もし学がなにか嘘をついているとしたら、それはあなたを守りたいからです。その気持ちに甘えるのも学に対する想いやりですよ」

「見くびるな、ぼくはそんな守られかた望んでない。ぼくの日常を読まずにいることもできるのに、学は自らすすんで背負ってもらってるんだよ。こっちはひとりで解決したいことも全部読んでるんだ。なのに自分は隠してる。こんなのフェアじゃないだろ？　問い詰めてもながされちゃうし、孤月に訊くしかないんだよ」

「俺を巻きこまないでください、まじで」

「ひどいな。もしかして、ふたりしてグルになって隠すほど学は大変なことを抱えてるの？　仕事？　それともそれ以外？」

「あー……はやく戻ってきてくんないかな学と流星……」

天を仰いだ孤月がすぐに「イチカさん、それ揚げすぎ」と指示してきて、ぼくも慌てて焦げたからあげをとりだす。

今夜は四人で夕飯を食べる約束をしていた。料理が得意な孤月とふたりで、ぼくたちは食事の準備、学と流星さんは足りないジュースと酒の補充にでかけている。

「ねえ孤月。ぼくも背負いたいんだ、学のことを。頼むよ、孤月はぼくの味方だろ？」

「俺に甘えられても困りますって。あとで学に怒られるのは絶対俺なんだ、理不尽すぎる……。イチカさんは〝宇来先輩〟におしおきセックスされて終わりでしょうけどね」

「人の記憶読んで変な知識持つんじゃないよ」

「覗け、覗くな、ってまったく大人ってのは勝手なんだから」

学が以前教えてくれたとおり流星さんと孤月は頻繁に遊びにくるのだが、作家として研鑽を積み、矜持と信念を抱いていく学を見ていて流星さんはご満悦だ。『店を辞められてしまったのは淋しいけど、学はもう自分の作品の価値を知ったからね。いわばこれは次のステップだよ。たくさんつくって大勢の人を幸せにしてほしいな』と嬉しげに話す。

学はぼくに今後どういう作品をつくりたいか、オーダーを受けた作品がどんな内容か、そういうわくわくする話はいくらでも聞かせてくれる。だが自分が流星さんほどレジン作家の学を理解できているかと問われると、いまだに自信がない。

もし学がレジン作家の苦悩を胸に秘めているのだとしたら、教えてもらえたところで流星さんのように未来へ導く支えかたはできないだろうとも思う。だからぼくは本当は、学をどうこうしたいというより、無能な自分に苛立ってすこしでも学を幸せにできる部分を見つけたい、と躍起になっている。……自分勝手な我が儘だよな。

「――ひとつだけ」

　孤月が突然咳払いして手をとめ、ぼくを見据えた。

「心を読めるからって学も楽なわけじゃありません。イチカさんに起きたことを全部理解できているのに、もっと話を聞いて弱音を吐かせてあげるべきなのか、余計なことは一切しないで知らないふりを貫き通すべきなのか、常に対応に煩悶してます。恋愛や愛情のない星で育って、初めてイチカさんを愛してますからね。正しい愛しかたがわからないんですよ。正しさだって、一般的なものがイチカさんに当てはまるとも限りませんし」

　……自分が星に連れ戻されたらべつの恋をしろ、と学が言ったとき、怒ったぼくを見て困惑していた学を想い出す。

「恋愛で困ってる学って、ほんと新鮮です。長年つきあってきた俺からしたら、やっとか～って呆れもあるんですけどね。どうあれ、学も学なりに唯愛さんを守ろうとしてるんですよ」

　半分笑いながら、孤月はほぐしたじゃがいもの横にハムやきゅうりを入れてマヨネーズを加え、やわらかな手つきで和えていく。孤月のポテトサラダはじゃがいもがごつごつ残っているタイプのもので、「流星は歯ごたえのあるほうが好きなんです」と照れとやるせなさをまぜたしわを頬に刻んで苦笑する。

　背負いたいと望んでいるくせに、ぼくは時折自分を棚あげして学や孤月が抱えているものを軽率に捉えすぎてしまう。心を読める学は有利だと、なんでも把握できて狡いのだと、胸の底で責めていたんじゃないか……？

「……ありがとう孤月。そうだね、ぼくは地球人の感覚を都合よく学に押しつけてた。ぼくの心を読んでいることこそ、学の苦悩なんだ」

「いえ、罪悪感は無用です。学が心を読んでいるのはイチカさんへの愛情から逃げる気がない証拠ですからね。ふたりして相手を幸せにしたくて、うんうん苦しんでるんですよ。俺からしたらとんでもないばかっぷるです。見せつけられてる。キレていいレベル」

反省に埋もれそうになるぼくを孤月が冗談ぶって笑わせようとしてくれる。相変わらず大人で、十七らしからぬ包容力にあふれている子だ。でも諭してもらったのだから、しっかりいかさなければ。ぼくと学はふたりとも恋に、愛に無能で、おたがい幸せにしたくてしかたなくて、懊悩しながら想いあっているのだ。

「わかった、変に詮索するのはやめる。学が黙ってぼくを守ってくれている部分をつっこんで暴いていくのは、たしかに想いやりとは言えないものね。それも身勝手な自己満足だ。いまはまず、美味しいからあげを食べさせてあげる。それが学を幸せにする一歩だな」

ふふん、といい色に揚がったからあげを、またとりあげて網の上においた。しその葉が巻かれたからあげは、芳ばしい香りを放ってからりとキツネ色に揚がっている。

「ほとんど俺が作ってるんですけどね」と孤月が、べ、と舌をだして可愛く茶化してきたから、肘で突いてやった。梅肉入りの梅しそからあげ。孤月はこれも流星さんの好物なんだと教えてくれた。

孤月をひきとってから流星さんは手料理も頑張ってくれたそうだが、彼は商才はあるものの料理の才能はゼロ以下のマイナスクラスで、見かねた孤月がひとりで勉強して上達していったのだという。幼いころ流星さんに与えられた〝料理担当〟の仕事が嬉しかったと孤月は言った。世話になるだけではなく、流星さんを支えるために得られた自分の初めての仕事。

「孤月も恋愛の悩みを言ってごらんよ」

「は？　イチカさんにぃ？」

「なにその言いかた」

「えー……だって、ねえ？　いつも相談に乗ってるの俺だし」

「だから大人ぶらせろって言ってるんだろ」

　横から脚を蹴ってやったら、「いて」と孤月がよろめいた。軽く屈んでもぼくより背の高い可愛くない高校生だ。

「めんどくせーなイチカさん……」

「なんだと」

「はいはい。えー……流星は女好きのストレートでしょ？　でも俺は中途半端なハーフだから学や母みたいに性転換できないんですよね。叶うなら完璧な異星人として生まれて女になって、流星に好かれたかった。そんな感じですかね」

　もう一度孤月の脚を蹴ってやった。

「いって」

「あほだな、孤月。存在の否定から入ってくるような奴と恋人になったって幸せになれるわけがないだろ？　孤月が女性になりたかったり、男の自分に違和感を覚えていたりするなら話はべつだよ。でも好かれるために性別を利用するっていうならやめときな。いつか絶対、これは本当に望んでいた幸せなのかって我に返るときがくる。流星さんも、孤月が性転換して喜ぶような人だったらぼくは不信感を抱くよ」

「わかってても利用したいんです。性別で流星が手に入るんだったら俺は利用したい」

「ばかもん！」

　孤月の口にいちばん大きなからあげをつっこんでやった。「うぐっ」と孤月が驚いて、手で口もとを覆いながら「あっち、あちっ」とはふはふ咀嚼する。

「学の星では、性転換に感情も絡まなくて容易なのかもしれない。でもぼくらの地球では心も関係してくる大事なことなんだよ。愛するだけじゃなくて、自分がどう愛されたいかもちゃんと考えな。自分を蔑ろにして得られる愛なんかない。それは愛の顔をした絶望でしかないよ」

　孤月の目を睨み据えて言い放った。自分も偉そうなことを言える立派な人間ではないけれど、寂しい幸せのために孤月が犠牲になるのだけはさけたかった。

「愛の顔した絶望か。……はは、唯愛ポエムさすがですね」

　孤月が観念したような苦笑いを浮かべて、右手の人さし指をぼくの唇の前に立てた刹那、あけ放してあったドアから学と流星さんが現れた。

「ただいま～いい匂い、梅からあげだな?」と流星さんはにこやかに買い物袋をダイニングテーブルへおくが、学はかたまって、ぼくの唇にある孤月の指とぼくをじっと凝視している。

　やべ、という感じに孤月がぼくから離れて「おかえり。冷蔵庫入れるの手伝う」と流星さんのところへ逃げていくと、学もゆっくりした足どりでぼくのほうへきた。

「お、かえりなさい。飲み物たくさん買ってきてくれたみたいだね」

　いや、ぼくは浮気なんかしていない。なにを話していたかも、学は全部わかるは……ず。

「わー」

学に唇をむさぼられながら、孤月の呆れたような声を聞いた。ふたりが見ているというのに学はしばらく口を離さず舌まで搦めて大胆なキスを続け、たっぷり二分ぐらい経ったころようやく解放してくれた。目を見る間もくれず抱き竦めてくる。

「……いまも充分背負ってもらってる。俺を幸せにしてるってちゃんと自信持ってくれ」

耳もとにこぼれてきた学の息苦しげな声と言葉は、幼稚な嫉妬でもなんでもなかった。背中を撫でられて、うなじから腰付近までくり返しそっとなぞっていく大きな掌と、隙間なく重なりあう胸と腹をとおして、学の熱い想いが沁みこんでくる。

「学……」

フェアとか有利とか、本当にそんなものないんだな。自分とべつの心を持った人と想いあって過ごしていくというのは、おたがいにどうしたって苦痛なんだ。ぼくが学のことを背負い、悩み苦しみたがるように、学もぼくのために痛みを厭わない。それを申しわけないと思うのはもはや愚行だ。苦しもう。この人と苦痛を分けあいながら生きられる幸せを噛みしめていこう。この痛みは、絶望ではない。

「未成年の前でいちゃつくんじゃないよ」

流星さんが学のうしろから後頭部をぱんと叩いた拍子に、学の額がぼくの額にごちんとぶつかった。「いた」とふたりでくらくら視界に星を散らして、見つめあって笑いあう。ふふ、こんな痛みまで分けあえた。

「ほんとだな」

ぼくの額を撫でて笑いながら、学が心の声にもこたえてくれる。

「うん」

　ぼくも笑った。

「ああごめんイチカさん」と慌てる流星さんに、学が「俺に謝罪はないのか」と反論すると、「色ボケ男は反省しろ」と言い返されてしまったものだから、みんなも笑った。

　こんがり揚がった梅しそからあげの美味しそうな香りが室内に充満してぼくらを包んでいる。「はやく食べようお腹すいた～」と流星さんがグラスをテーブルに運んでいき、孤月は「ならこれ味見して」とポテトサラダを皿に盛って流星さんへ渡す。学とぼくも、からあげを皿にうつしかえて食事の準備をした。

「いこうか」

　学にうながされて、料理を両手にリビングへ移動した。四人での小さなパーティが始まる。胸の奥がくすぐったく高揚してきた。学を見返すと、彼も嬉しそうに微笑んでいる。ぼくたち家族の食卓は、たまにこうしてとても華やかで、賑やかなぬくもりの空間になる。


　年が明けると、約束どおり新年会をかねた星野のお祝い呑み会もした。学を別人になったと言った星野も、恋する乙女に変貌してすっかり変わっていたのが驚きだった。

「元カレのときは気丈な女でいなくちゃいけなくて、甘える隙なんかなかったのよ」と、木村さんがどんなに包容力のある素敵な彼氏か、どこへデートにいってふたりでなにをしたのか、幸せそうに語り続ける。

学とぼくと夏希は、三人で「きっとこれが本来の星野なんだろうね……」と、納得しあった。木村さんに恋して愛された星野は、もう偽りの自分を演じる必要などなくなったのだ。

夏希もインドアな彼とバーベキューへでかけたり、彼の家でふたりでテレビゲームをしたりして、ゆっくりつきあいを続けているようだった。

そして学とぼくも、初詣にお雑煮にお節、とお正月を堪能したあとは節分やバレンタインなど、年明けから続く行事もひとつずつ大事に過ごした。デートも相変わらず楽しんでいたし、キャンプへもでかけた。

十八の姿の学と過去をやりなおすのもありがたい時間だったけど、時を経て再会したいま、当時の記憶が残る場所へ再び訪れて新しい想い出を積んでいくのも幸福なひとときだった。

「俺の星にはこんなに綺麗な景色はないよ」と学はくり返す。

「夏の天の川もよかったけど、冬はオリオン座が重なってていいよな……」

あの日とおなじ長野のキャンプ場の片隅で、冬の淡い天の川を眺めて学と寄り添っていた。

「綺麗じゃなくても、いつか学の星の夜空も見てみたいな。学の故郷にも星座はある？」

そう訊ねると、学は唇だけで微笑んでぼくの肩を抱き寄せた。

「……唯愛はずっと、星の果てで俺と一緒に星座をつくる夢を見ててくれ」

ぼくの頭に唇をつけて囁く。だからそのとき、自分は学の星へも星の果てにもいけず、この願いは永遠に夢のまま叶わないんだ、と知ってしまった。……まあ当然だ。学は自由に体質を変えられるがぼくは違う。簡単に〝外〟へはでられない。地上にでた途端死んでしまう深海魚のように、気候も重力も地球のものだけが最適で、ここ以外に安全な逃げ場所などないのだ。

「ふたりきりで星の果てにいったら野菜を栽培しないとなー……ぼくらうまく育てられるかな。ニワトリは連れていこう、卵を産んでくれるから。肉と魚は食べられないね。かわりになるような生物がいてくれたらいいんだけどなあ」

夜風に震えるようにかすかに明滅する星々がぼくたちの眼前にあった。

「じゃあ狩りは俺がするよ。唯愛より才能ある気がする」

「な。そりゃ経験はないけど魚釣りぐらいならできるぞ」

「ほんとか〜？　なら明日ためしにワカサギの穴釣り対決するか？　負けたほうが相手の言うことを聞くって条件で」

「いいよ、絶対負けないからな」

焚き火の炎が揺らいでいる。薪の濃い匂いと、おたがいの手にあるコーヒーの香り。

夢は無限だ。叶わなくともいくらでもひろげることができるし、それを他人に邪魔されるいわれもない。ぼくたちだけの希望。終わりのない空想で、祈りだ。でも夢を見すぎて寂しくなったら現実へ帰ろう。哀しむ必要などない。ぼくたちにはちゃんとこの地球に、ふたりきりの家がある。

「なあ唯愛。織り姫と彦星がもし電話で話せたとしても、その声が届くまでには十七年かかるんだぞ」

「十七年？　気が遠くなるね」

「十七光年離れてるから十七年。『愛してる』って告白も十七年かけて相手に届くんだ」

学の瞳は、上空で輝く無数の星たちと天の川をまっすぐ見つめている。

「……十七年のあいだにはいろんなことが起きるだろうね。十七年前より深い愛になっているならいいけど、消し去りたい告白になっていたら辛いな」

　十七年分の重たい責任を内包した告白……自分が普段口にしている告白も真剣なものなのに、織り姫と彦星に比べると刹那的に感じられて、複雑な気分になった。

　ぼくの心を聞いていたのか、学が「はは」と左隣で笑った。ぼくのほうへ身体をむけて居住まいを正す。

「じゃあ、唯愛も十七年後の俺に告白をしてみて。たとえ心変わりしたとしても、いまここにある唯愛の想いは真実だから十七年後懐かしむよ」

　ぼくも学のほうへ身体をむけて、焚き火の明るい赤橙色に染まる学の頬と、きらめく瞳を見つめた。灰色のニット帽を被って、ブランケットを肩からかけて温かく防寒している学は、着ぶくれしてふっくらしている。

「その前に、学はぼくと三年後の約束もしてるんだよ」

　わざわざ異星から地球にきて、人口の多すぎる地球人たちのなかからぼくひとりを見つけられた幸せについて語ってもらう。そのためにぼくは愛し続けてもらう努力を継続中だ。

「そうだったな。三年後、十七年後って……俺たちの恋愛は常にスケールがでかいな？」

「ははっ」とふたりで吹いてしまった。冬の冷たい風が吹いてきて頬がぱきぱき痛む。コーヒーカップをおいて、一緒にむかいあった。

「いいよ、なら十七年後の学にむけて、しっかり告白する。織り姫と彦星のことはわからないけど、自分の想いなら誓えるからね。何度だって永遠を約束できるよ」

焚き火に自分の掌をあてて温めてから、学の両頬を挟んで包んだ。乾燥して学の頬もぱきぱきしているから、親指でこすって微笑みかける。

「……愛してるよ学。ぼくの織り姫さま」

唇を寄せてキスをしようとすると、学が喉で笑いだして、ぼくも笑ってしまって、そのまま笑いを喉と口内にとどめた唇でキスをするはめになった。口があわさっているあいだもふたりでくっくくっく笑ってしまう。

「わかるよな、俺が言いたいこと」

口を離すと学が笑いながら真っ先に抗議してきた。

「わかるけどわかんない」

ぼくも笑ってとぼける。すると学とおなじく着ぶくれしているぼくを、学が襲いかかるようにして抱きしめてきた。

「なんでだよ、いい場面で変なひとことつけ加えやがって」

レジャーシートの上に倒されて、ふたりで大笑いしながらじゃれてはしゃぐ。組み敷かれて学にまたキスをされた。それでもずっと笑っていた。笑い声をぶつけながらおたがいの唇を食んで唾液で濡らしていく。上半身はふたりしてふくらんでいるけれど、ジーンズとニット帽は薄いからシートの下の砂利がこすれてちょっと痛い。

「けどさ、学聞いてよ。織り姫と彦星は仕事もしないでいちゃいちゃ遊んでばっかりいたから天の川を挟んでひき離されたんだよ。ぼくたちは真面目に仕事して、真剣に恋愛して、立派に生きてるでしょう？　十七光年もひき離される必要ないじゃない」

ふたりで寝転がって、再び頭上にひろがる冬空の、オリオン座がたゆたう天の川を眺めた。

「あー……それは言えた。あのふたりがああなったのは自業自得だ。でも恋人なんかいちゃついてナンボなのに、一年に一回しか会えないってのも厳しすぎる拷問だよな」

「だね。それこそ十七年以上前からだもんね。そこまで重たい罪だったのか疑問だよ」

──俺も犯罪者なんだ。

──恋をしたいと望んだ罪だよ。

甚く鋭利な瞳をしていた学の表情と声が脳裏を過った。

「俺ならひと晩かけて一年分がつがつセックスするだろうなあ……」

しみじみ深刻な声音で言うから、横から学の腕を叩いてやった。

「そういうことは言わなくていーの」

「でた、セックス恥ずかしがりの日本人」

「恥ずかしがってるわけじゃないしぼくもするけど赤裸々すぎるでしょ」

「赤裸々でいいだろ、素晴らしい行為なんだから」

「〝がつがつ〟が素晴らしくない」

「がつがつがんがんやるだろ。唯愛と一年も離れたら俺はがんがんごりごりするからな」

「なんだよごりごりって、痛そうだなもう～」

学が笑いながらぼくの上へ重なってきて額と額をあわせ、「ごりごり」とこすりながら戯れのキスをしてくる。ぼくも笑って学の唇を食べた。

「もしもの想像もやめよう、ぼくたちは織り姫と彦星にはならないよ。そうでしょう？」

ぼくの上で、群青色の星空を背負って学が瞳を揺らしつつ愛おしげに微笑んでいる。

「……そうだな」

学が異星人でも、結局のところ特別困るようなトラブルもなく日々は穏やかに過ぎていった。当然といえば当然……なのだろうか。ひとりで努力しつつも、彼は三十数年もの長いあいだ、地球人になりすまして平和に過ごしてこられたのだから。

本人の説明どおり身体は健康そのもので風邪もひかない。すこし頭痛が、微熱が、とかそんなちょっとした不調すら訴えてこない。

事故には敏感で、学は免許をとらないと決めている。自転車も、孤月のお母さんの件があるせいか買いもしない。電車には乗るが、タクシーも極力利用しない。信号がない道路も横切るのはさける。いままで気づかなかったが、学はかなり慎重に、危機感を持って行動していた。

しかしおたがい仕事も順調で、生活は安定している。心にもゆとりがあって、休日の予定も数ヶ月先まで友人との遊びやふたりきりの小旅行で埋まっている。

心を読まれながら、自分をまるごと曝けだして会話をするのも、すっかり慣れてしまった。地球人だとか異星人だとかではない、自分は学という生きものを愛して、ともに生きている、そう肌で理解しながら充実した人生を積み重ねていた。

だが同棲生活を始めて四ヶ月が経とうとしていた三月、学は故郷の星へ帰ることになった。体調不良でも調査員に居場所がばれたせいでもなく、紛れもない、学自身の意志でだ。

　仕事をしていると、たまに学からメッセージが届いた。

『今夜は何時ごろ帰る？　駅で待ちあわせて一緒に買い物しよう』

　そうすると、ぼくは最寄り駅に着く時刻を計算して返信し、夜に学と落ちあって夕飯の食材を買ってから帰宅していたのだけど、メッセージをもらった瞬間から唐突に、その日は楽しく幸せな一日にすりかわってしまうのだった。

　いつもなら仕事に疲れて重たい身体をひきずりながらひとり通り過ぎる改札の柱前に、学が立って待っていてくれる。そして「お疲れ」と笑顔で迎えてくれてふたりで並んで歩き、一日の報告をしつつ駅のスーパーへ入る。まるで平日の夜のささやかなデート。他愛ない日が突然輝きだす宝物みたいな時間――そう幸せを感じていると、学は隣で苦笑した。

「……夕飯の買い物ぐらいで喜びすぎだろ」

　こんなふうに、なんでもないことみたいに言うからむかっとくる。

「わかってないな学は。会社と家を往復するぼくの心がどんなに暗く窮屈に萎んでるかをさ」

「暗く窮屈？」

「学がいる家に帰るのも楽しみだけど、一緒に買い物するともっと幸せ。ぱあって身体のなかが華やいで解放感でいっぱいになるんだよ」

　同棲してどれだけ月日を重ねようとも、学が傍で自分の生活に寄り添って生きてくれている現実に奇跡を感じない日はない。

「わからないわけじゃないぞ。一週間毎日デートして体調崩させた前科もあるぐらいだしな」

「はは、そうだったね。でもあれはべつに学のせいじゃないよ」

「おたがいばかだったか」

懐かしい話をして笑いながらスーパーに入ると、学が買い物かごを持ってくれて青果コーナーから順に眺めていった。「欲しいのに高いねえ……」と唸りつつ、許容範囲内の値段をした根菜やきのこ類を選んでかごへ入れる。

「まだ白菜が安いからまた鍋にするか」と学が提案した。冬のあいだは白菜が手頃でつい買っては鍋を楽しんだ。鍋は二日間保つうえに作るのも楽だし、腹いっぱいになってパーティ感もあるからふたりして気に入っている。

「そうだね……料理をサボってる感も否めないけど、鍋は最強だもんね」

おあつらえむきに白菜の棚の横には鍋つゆコーナーも設置されている。キムチ鍋、味噌鍋、塩ちゃんこ鍋、ごま豆乳鍋、トマト鍋、カレーチーズ鍋、塩レモン鍋……年々種類も増えて、鍋つゆ業者の攻撃は容赦ない。どれも惹かれてまいってしまう。

「今夜は唯愛が選びな。つゆで海鮮系にするか肉系にするか決めよう」

「ありがとう……」

礼は言ったが散々迷って生姜味噌のつゆに決めた。「これなら魚介類と鶏肉をあわせてもいいかもな」という学の言葉に従い、続く鮮魚と精肉コーナーで鱈（たら）や海老、骨つき鶏肉を選んでかごに入れた。

「すでに美味しそうだよ、楽しみだなあ〜……」

ぼくがうっとりしたときだった。「唯愛」と学がぼくの腕をひいて、視線を遠くにのばしたまま耳打ちしてきた。

「……いまそこの調味料の棚のあいだに入っていった奴、万引きしようとしてる」

「え」

恐る恐る視線をむけると、手前にスーツ姿のおじさんと、奥に小柄なおばさんがいた。

「おばさんのほうだよ。あんまりじろじろ見るな、気づかれる」

「どうしてわかったの」

「心が聞こえてきた。左腕のエコバッグに、もう鮭と豚肉を入れてるよ」

「えっ、生ものって、大胆すぎない？」

「ああ、あいつ常習犯だな」

信じられない……、と戦いていたら、学はぼくの左手を握ってずかずかと歩き始め、乾き物棚の横にいる女性の前に立った。今度はなにっ？　と狼狽えるぼくと同様に、その女性もぎょっと驚いた表情で長身の学を見あげる。

「警察のかたですよね。いま隣の棚のほうにいる百五十センチぐらいの、ベージュのジャケットを着たおばさんが万引きしているっぽいので、注意して見ておいてください」

「あ……はい、わかりました。ご協力ありがとうございます」

立て続けに起きた出来事についていけず、絶句している間に学が一礼して再びぼくをひっぱりながら精肉コーナーへ戻っていく。

「待って学、警察の人までいたの？　このスーパーに？」

「そうさ。テレビでも万引きGメンってやってるだろ。ここにもちょくちょくきてるんだよ」

「うそ、学は前から知ってたんだ？」

「ン」

　心を読めるからな、という含みのある表情で苦笑している。ごくりと唾を呑んでぼくもなんとか動揺を納得に変え、落ちつこうと努めた。

　その後、飲み物やパンも補充してレジに並んでいると、店の外でおばさんが学の話しかけた警察の女性たちに捕まっているのを目撃した。おばさんはふてぶてしくしばらく抗っていたようだが、やがて店の奥の別室へ連れていかれて姿を消した。

「……学はやっぱり、ぼくに見えない汚いものも受けとめながら生きてるんだね」

　夜の群青色に染まった帰り道を歩きつつ、ぼくは憂鬱な気分になっていた。

「たまたまだよ。見なくていいのに俺が無意識に覗いたせいだ、気にするな。この程度で精神が摩耗するってこともないしな」

「本当に？」

「当然だろ。なんで万引き犯のばーさんのせいでへこむんだよ。捕まって誇らしいだけだね」

「でもああいう地球人の心の闇を、学は普段から見てるわけでしょ？　ぼくなら耐えられないかもしれない。結構、精神削られそう」

「なら、唯愛が心を読めない地球人で安心だ」

　微笑んだ学が右手でぼくの左手をとり、握りしめてくれて歩き続ける。おたがいの外側の手には買い物袋があって、まだほんのり冷たい三月の風がかさかさと揺らしている。

「学の星ではどうだったの……？　悪いこと企んでも実行する前にばれて捕まったりした？」

「したよ。犯罪思考がある奴はその時点で捕まる。〝やりたい〟って願望を持ってるだけでも程度や内容によっちゃ捕まる。だからほとんどの事件は起きないまま解決する」

「すごいな……とても平和な星なんだろうね」

　残酷な事件などゼロと言っていいほど起きないんじゃないだろうか。万引きどころか、凶悪な強盗や殺人も。

「学はよくばれずに地球へこられたね」

　犯罪者だ、と自称している当の本人だ。横顔を見つめて感心すると、「あー……うん」と歯切れの悪い相づちが返ってきた。

「簡単だったわけじゃない。計画したとたん捕まる可能性もあったし、実行したあとも記憶を読まれたらアウトだ。前に話した恩人は俺のために危険を冒してくれたんだよ」

「え……平気だったのかな」

「〝自分は心をコントロールできるから大丈夫だ〟って、修行僧みたいなこと言い張ってたな。そんなの無理に近いけど……あのときは俺も必死で、甘えてしまった。正直、心配ではある。だからあの人の気持ちに報いるためにも地球で幸せになるって、ずっと努力してきたんだよ」

「そうだったんだ……」

　学自身が秘めたがっていた事柄なのか、あるいはぼくを不安にさせないために隠してくれていた事情なのかは判然としなかったが、彼の心の深く重要な部分に触れられたのは理解できた。同時に、地球で恋をしたいという願いがどれほど困難で、罪深いことだったのかも。

駅から離れて民家の並ぶ裏路地へ入ると、ふいに魚の焼ける匂いが鼻先を掠めた。ほんのり焦げたぷりぷりの身から脂があふれでる……あの芳ばしい鮭の香り。

「……罪深い匂いだね」

学の掌を強く握り返しながら微笑みかけたら、学も隣で苦笑した。

「罪か。たしかに地球の夕方のあったかい香りも犯罪級かもな」

うん、とうなずいてふたりで笑いあう。白いご飯とお味噌汁と焼き鮭。日本人の誰もがこれだけで幸福な家庭の優しい食卓を想像するんじゃないだろうか。

施設の食卓は学にとってどんなものだったんだろう。父親や母親に及ばないまでも、家庭の温かさを彼に教えてあげたい。ぼくはこの愚かな異星人を誰より幸せにしなければいけない。

「ねえ学、ひさしぶりに靴紐ほどく……？」

いたずらっぽく笑って学の横顔を覗きこむと、学も眉を寄せておかしげに笑った。

「ばか」

離れがたくて夜道でいつまでもキスをした同棲前のような淋しさは、とんとごぶさただった。いまではわざわざ外でキスをする必要などないけれど、ぼくたちには、意味がある。

「ばかですよ」

人けのない家と家の塀の隙間へひっぱっていってくれたのは学だった。ふたりして声を殺して笑いながら、まるで大人の行為とは思えない想い出のキスにしばらくしずかに浸りあった。

その週の土曜日のことだった。ぼくたちはひさびさに外出せず、家でのんびり休日を満喫していた。学はリビングのソファにゆったり座り、ぼくはその膝に頭をあずけて横たわりながら、エイリアン同士が戦っている映画を眺める。

「……ほんと、学が自由自在に姿を変えられる地球外生命体でよかったなあ」

片方のエイリアンがお面のようなものをはずして、くわっと昆虫みたいな口をひらいた瞬間そう言ったら、学が吹きだした。

「化けものじゃ愛してくれないか」

流星さんを想う孤月の不安も心を過った。

「心が学なら愛するよ。正直なところ、ぼくはこのエイリアンたちのビジュアルも格好いいと思ってるしね。でもキスができるかどうかは大きな問題だな」

「ははは」

ぼくの頭のてっぺんあたりの髪を指で梳いて弄びながら、学が大笑いする。するとそのときピンポンと玄関のチャイムが鳴った。

「あれ、誰だろう」

学の膝の上から起きあがって、ふたりして顔を見あわせる。「俺の宅配かもしれない。でるよ」と学がソファを立ち、ふと壁かけ時計を見ると二時を過ぎたころだった。

「孤月って可能性もない？」

声をかけながら、ぼくも学についていく。「ああ、かもな」とこたえた学は、インターホンの液晶画面を覗くのをやめてまっすぐ玄関へむかった。

「はい、どちらさま」

ひらいたドアのむこうには見知らぬ男性がふたり立っていた。

それぞれ暖かそうなダウンとパーカーのジャケットを羽織った男前で、会社員が休日にふらりと友人の家へ遊びにきた、という風体だった。しかし暗澹とした黒い雨雲のような、圧倒的な違和感が、一瞬で室内に迫り入ってきたのははっきりとわかった。

彼らと学は、むかいあったまま沈黙していた。ひどく長く感じたが、正確には五分にも満たなかったと思う。

「……わかった」

学が首が落ちるんじゃないかというほど深くうつむいてうな垂れた。

「……明日でかまわない。……明日の、夜」

両肩も落として、音のないため息をこぼしている。落胆をぼくに悟らせないためだろうか。でも手遅れだった。背筋が冷たく戦慄して、硬直したまま指先すら動かせないが、ぼくは理解してしまっていた。彼らは学の星の人々で、学はいま、たったいま、明日帰郷すると、決断したのだと。

学の星の〝会話〟のしずけさとはやさも初めて目の当たりにした。彼らがひとことも発しないうちにドアは閉まり、学は、永遠かと疑うぐらいゆっくりとそっとふりむいた。

学、と呼びたかったが、唇が震えて喉がひきつって声にならない。昼間なのに日のささない玄関は若干薄暗く、どういうわけか視界も悪く、まばたきをしてなんとかきちんと焦点を学にあわせると、表情を把握する前に突然強く抱き竦められた。

「ごめんな唯愛。星に帰ることにした」

学の声が異様なほど明るい。

「大丈夫、心配しなくていい。ちょっといってくるだけだよ」

笑いまじりの、言葉の重力ゼロの物言いに、嘘か真実か、ぼくの感情も揺さぶられる。

「……ばれたんだね、学がここにいるってこと。故郷の人たちに」

声が喉にひっかかって掠れた。自分の声色で、自分がどれだけ怯えているのかを知った。

「ああ。このあいだ唯愛とスーパーにいたときにな。ほら、万引き犯捕まえるために心を読んだろ。あれを察知されたらしい。あとをつけられて家もばれた。あのとき隠れてキスしてたのも見られてて、そうとうびっくりしたみたいだよ、それは笑えたな」

会話中一度も笑ってなどいなかったくせに、なに冗談を言っているんだろう。

「どうして帰るの。やっぱり犯罪者だから……？」

学が右腕の位置をかえてぼくの背中をさらにひき寄せ、胸のなかへ抱き包んだ。

「もちろんそうだけど、俺を助けてくれた恩人がいただろ。彼が結局、俺を地球に運んですぐ捕まってたんだ。俺が三十年ここにいたあいだ……あっちでは三年ぐらいだけど、罪を償わされてる。だから彼を救うために帰るよ」

学らしいな、と心の底まで沁み入るように納得しながら、それでもさらに底の奥のほうではその〝らしさ〟も現実も、すべてを拒絶していた。

「協力してくれた人が三年も囚われているなら学は？　学はどれだけ長く罪を償わされるの？　それに、本当に社会奉仕の仕事だけですむのかな。精神的な負担は？」

――そういえば、唯愛が前に、俺が故郷に連れ戻されたら牢屋に入れられるんじゃないか、みたいな心配をしてたけど、それはないぞ。命を粗末にしたり危険にさらしたりする行為は、うちの星では絶対にしない。

――生きて罪を償うための罰を与えるだけだ。だいたい社会奉仕が多いが、たとえば施設の職員としてしばらく子どもたちの面倒を見ろとか、調査員になって尽力しろとか、指定された期間と人数に従って子どもをつくれ、とかな。

学に教わった〝罰〟が、頭のなかでおぞましい虫みたいに蠢く。実際は学だって故郷に帰ってみなければ罰の内容などわからないだろう。詰問したところで困らせるだけだ。これはぼくの欲に違いない。自分の安心のために、〝大丈夫だ〟と学に言わせたいだけ。

「大丈夫だ唯愛」

学がまたぼくをきつく抱き竦めて、歌うように言いながら笑う。

「安心していい。あいつらの心も読んだけど、刑自体もたいしたものじゃなさそうだし、すぐ解決するよ。なんにせよ俺しか恩人の彼を救えない。……唯愛に出会わせてくれた大事な人だ。絶対に救いだしたい。わかってほしい」

さよならと言われるとき、ぼくはいつもひきとめる言葉を持たない。

学に対してもそうだった。彼の意志に圧されて、そんな自分の我が儘など声にできなかった。あの卒業式の日も、恋人になったいま、このときも。だけど学はぼく自身が言えない言葉も、自覚できていない心すらも、全部きっと、ぼく以上に知っている。

「深刻に考えるなよ、大丈夫だから」

　じゃあなんでこんなに痛く抱きしめるんだよ、と絶望した刹那、学の腕が離れた。ぼくの顔を覗きこんで、にいっと、さっきまでの他愛ない休日を過ごす彼のように幸福そうに微笑む。

「しかたない。唯愛ともっと映画観てたかったけど、いま受けてるオーダーを急ぎで終わらせてくるよ。ほかにもいろいろ支度しないといけないから、夕飯は頼んでもいいか？　そうだな……唯愛の手作りカレーが食べたいな。そのあとは一緒に風呂へ入ろう」

　額に、学が唇をつけてキスをくれた。……深刻に考えすぎなんだろうか。学の言葉を信じて、しばらく帰省する程度だと思っていていいんだろうか。いや、協力者がいまだ償い続けている犯罪の主犯である学が、簡単に解放されるわけがない。地球の三十年が三年……ということは、次にもしまた学が地球に帰ってきたとしてもぼくはいないって可能性も。

「大丈夫だ唯愛。……大丈夫」

　途方に暮れて苦笑する学がぼくの頭に右手をのせる。それから再びぼくを掻き抱いて、唇を烈しくむさぼった。こういう瞬間、安心すぎる言葉が全部嘘に聞こえるのはどうしてだろう。〝必ず戻る〟と彼がひとことも言わないそのただひとつだけが、真実に思える。


　カレーには学が好きなトマトを入れてみずみずしく仕上げた。

「唯愛が作るカレーは懐かしい味がするんだよな……」と学が嬉しそうに香りを嗅ぐ。

「ワンゲル部で作ったときの味かな」と夏希を思い出していると、「郷原のことは考えるなよ」と仏頂面で嫉妬をされた。

「ああ、そうだ。またゲームしよう。今夜は俺以外の奴のことを考えたらキス一回」

学が楽しげに笑っている。ぼくも、笑うべきだろうか。

「いいよ。でもこれって不公平なゲームだよね。だってぼくだけ学の心がわからない」

学はなにを考えているんだろう。なにを……あるいは誰を。どんな覚悟を。どんな恐怖を。どんな明日を、明後日を。

ふたりきりのこの家のなかで学の笑顔が不自然な輝きを放っているのは明らかなのに、ぼくはどうすればいいのか、なにをしてあげればいいのか、できることがあるのか、わからない。

心が読めることも読めないことも、どちらも苦痛なのだと彼といて学んだ。しかし今日ほど心が読めない自分の無力さを悔やんだことはなかった。

教えてほしい。ひとりで震えて愛を夢見ていた孤独な子どもには戻らないでほしい。心底に思い悩む事柄があるのなら、その痛みの道連れに、必ずぼくを選んでほしい。ほしいのに。

「俺は唯愛のことしか考えてないさ。このあとどういう体位でセックスしまくるか、ってね。そういう星の生まれなもので」

嘘つき。〝そういう星〟で身も心も許さず、恋に焦がれて必死で地球へ逃れてきたくせに。

「まあ、そうだけど。唯愛を抱きたいと想ってるのは真実だよ」

カレーの味なんて、ぼくはまったくわからなかった。

毎日傍にいたのに。同棲を始めてから朝も夜も怯えることなくふたり一緒に生きてきたのに。明日から学がいない。

「……学、これ知ってる」

　風呂へ入ると、ぼくは右手で拳を握って、湯船の横にある曇った鏡へ小指側をぐっと押しつけた。続けて、その上に人さし指の先でちょんちょんと五つの点を描く。

「なんだ？」と学が背後からぼくの腰を抱いてすり寄ってくる。

「足跡みたいになったな」

「そう」

　拳の底と、五つの点。こうすると小さな足の跡がつくれる。

「子どものころ母親に教わったんだ。自分が赤ん坊だったころの足のかたちだって」

「え、本当なのか？」

　魔法を信じる小学生みたいな勢いで学が驚いたから、ぼくは苦笑した。

「冗談だよ。ちょっとずつ成長していくからこのサイズだったころはあるだろうけどね。よく母親が風呂でつくって見せてくれたんだ」

「へえ……母親ってのは面白いことを考えつくんだな」

　両親の存在を知らない地球外生命体らしく、感心している学が淋しい。

「見ろ、俺のほうがでかい足跡になったぞ」

　学もぼくの足跡の隣に拳を押しつけて跡をつくる。

「学は手が大きいからね」

　ぼくの右耳の裏に口先をさし入れてくちづけながら、学がぼくを抱き竦める。湯をやわらかく鳴らして右手を揺らし、左胸を撫でてからしなやかに掌をさげて腹までさする。

「……この地球人の俺の手は、唯愛を抱くためだけにある」

囁きに耳朶をくすぐられて腕が震えた。くすくす笑う学の鎖骨が、肩のあたりにぶつかる。湯に浸かってない部分の肌は冷えていて、肩と背中がすこし冷たい。ぼくの肌も学には冷たく感じられるのだろうか。

学の体温、学の感触――忘れないうちに、懐かしさなど感じないほどすぐにまた会いたい。わざわざ罪を犯して地球にきた学はばかだ。幼いころからの夢なら、ちゃんと調査員の職に就けばよかったのに。そうすればこんな淋しい想いをせずにすんだ。ああ、でも結局地球人と恋をすれば犯罪者になってしまうのか。罪を犯すしかぼくらが出会う方法はなかった……？

なにかのせいにして、責めて哀しみを紛らわそうとするのも子どもの所行か。

学を悪者にしたいわけじゃない。彼の恩人を恨んで楽になりたいわけでもない。ただ二度と会えないのではないかというこの淋しい予感に、確実で明白な安堵が欲しい。

「学は両親に会いたいと思ったことはある？」

「ないよ」

即答だった。

「唯愛はきょうだいがいなくて辛い、苦しい、自分は不幸だ、と思ったことあるか？」

「……ないね」

「だろ？　そういうことだよ。もとからいない者に対して、会いたいだとかいなくて辛いだとか想えるわけないじゃないか。同情は必要ない。俺の家族は唯愛だけだ」

愛してる、と情感をこめて告白をくれながら学が唇をさげて、ぼくの首筋からうなじ、肩先、と舐めて証しを刻んでいく。

「……俺の故郷では、全員が〝無い者〟なんだよ。だけど俺だけは〝有る者〟になれたんだ。俺には唯愛がいる。この人生に、一点の後悔もない」

恋を知った者。愛を得た者。この宇宙で奇跡的に、孤独ではなくなった生きもの——つまりそれは〝失えない者〟という、命を半分人質にとられた危うい生きものでもある。ぼくの半分の命も、もはや学のもとにある。

同棲生活を続けていくなかで得体のしれない不安は薄まり、これからもこんな日々が永遠に続くだろうと信じ始めていたのに、唐突に別れの夜が始まった。

感情はまるでついていけていなかったが心はしっかりと理解していたようで、感傷は、学に抱かれているうちにどんどんと際限なく、痛みを伴って深くなっていった。

愛情と情欲が絡みあってぴったりとひとつの熱になる、こんな溺れるほどの愛おしさに全身侵されるセックスがあるのを初めて知った。髪の一本一本、足と手の爪の先の先まで、苦しい想いに苛まれながらおたがいをひき寄せて幾度も達する。

……おかしいな。夕方にはまた一緒に買い物へでかけて数日分の食材を買いこむはずだった。そうして民家のキッチンからただよう香りを楽しんで歩き、帰宅したらふたりで料理をして、自分たちも小さな食卓を笑顔で囲む。そんな普段どおりの休日を送るはずだった。なのになぜ、ぼくらはいま涙をこらえながら必死に抱きあっているんだろう。

「学……」

ぼくの心を読んでいてもなお、学は〝帰る〟と口にしない。

「……唯愛、」

――……そんなに責めてくれるなよ。

自分は異星人だ、と学がうち明けてくれた日も、愛情で傷つけあった。

必ず帰ってくる、という言葉と約束を学に請うたら、ぼくは再び彼を傷つけてしまうのだと思う。そもそも約束できない学も、いますでに苦しんでくれているに違いない。そう確信できるほど、ぼくらは誠実におたがいを愛してきた。

「学、好きだよ」

学の両頬を掌で挟んで抱き寄せた。鼻と鼻をすり寄せてキスをして、下唇を吸い寄せた。

罪悪感を抱かせたくないから言わないが、心を読める学には伝わってしまうだろうか。学、ぼくは決断した。ここで、この地球のぼくたちふたりの家で、ぼくは以前誓ったとおり学だけを想って生き続けるよ。

待つとは言わない。でも奇跡がもう一度起きてくれるのだとしたら、死ぬ前に一日だけでもいい、また学と過ごしたい。それぐらいの夢は持っていてもいいだろう。

「……好きだよ」

この家はぼくが最期まで守る。学の部屋を片づけて、べつの人を住まわせたりはしないよ。たまに友人が遊びにきてくれることはあるだろうね。夏希と星野や、流星さんと孤月と過ごす賑やかなあの時間も好きなんだ。家賃も心配しなくていい。ぼくだけでもやっていけるから。

だから学は思いを貫いて、大事な人を助けておいで。でもただひとつ約束してくれるなら、このまま身体も心も健康でいてください。自分をいちばんに労って生きていてください。

ぼくたちは織り姫と彦星じゃない、と話したけれど、もしかしたら彼ら以上に罪深い恋に落ちていたのかもしれないね。ぼくらは何光年離れるんだろう。愛してると伝えるのに何年……何千年、何万年、何億年かかるんだろうか。

「愛してる学」

わからない。でも学と十数年前に出会って、恋人にしてもらって一緒に暮らしていたぼくは思うよ。心だけは、距離も及ばない、絶対の繋がりを結ぶことができるって。

心を読めないのは不自由だ。黙っている学が憎いよ。けどぼくが学を愛していることを学は知っている。学がぼくを愛してくれていることを、ぼくも知っている。織り姫と彦星のふたりとおなじところがあるとすれば、何年経とうとただひとりだけを一心に想い続けている心だ。

「……唯愛、俺も愛してる」

「うん」

閉じた左目の目尻から、涙のこぼれていくくすぐったい感触が一筋おりていく。頬にぱたりと冷たいものが落ちてきた。瞼をひらくと、暗い寝室のなかで、学の目もとも濡れているのがぼんやりうかがい知れた。

「ありがとう唯愛……ありがとう」

大きな身体をした学が小さな子どものように礼をくり返す。ぼくも彼を掻き抱いた。ばかで愚かで孤独な、ぼくの恋人。ぼくの愛する異星人。

「感謝するのはぼくだよ。幸せにしてくれてありがとう学……ありがとうね」

ぼくもこの人生に——学を想って過ごしてきた十七からのすべての日々に一点の後悔もない。

翌日、学は「出発の準備をする」と言ってまた部屋にこもり、夜になるとオーダーを受けていたレジンの包み数個と手紙を、リビングのテーブルへ並べた。

「レジンは流星に渡してくれれば話が通るようにしておいた。手紙は二通。流星と孤月宛てだ。俺が帰ったあとに渡してくれ」

真剣で、どこか淋しい瞳を揺らしてそう言う。

「ふたりに挨拶はしていかないの……?」

訊ねると、もっと淋しげに苦笑した。

「……俺の心と記憶は調査員に読まれるからな。すでにふたりのことも知られているだろうが、余計なトラブルが増えないようにできるだけ接触はさけたい」

「そうか……わかった」

クリーム色の封筒に書かれた『流星』『孤月』という達筆で素っ気ない字を見つめる。

「唯愛にはこれ」

続けて、学はスマホと水色の小箱もテーブルにおいた。

「スマホには唯愛と旅した場所の写真がある。メッセージのやりとりも全部好きに見てくれ。唯愛以外の奴との会話も隠したいことはないからどうぞ。って言っても、俺が頻繁に話してたのは流星と孤月ぐらいだけどな。パスワードも解除してるし、電話会社とも解約済みだ」

「ン……わかった」

「こっちの箱には一眼レフで撮った写真とか、そのほかにもいろいろと入ってる。恥ずかしいからこれも俺が帰ったあと見るように」

「わかったよ」

画面が真っ黒いスマホと、味気ない小箱。ぼくらの想い出が詰まったものたち。

「学はなにもいらないの」

学を見返すと、眉を寄せておかしそうに苦笑した。横においていたリュックをぽんと叩く。

「いらないわけがないだろ。おなじものを俺も持ったよ。俺が撮った景色を、唯愛にも残していきたいだけだ」

「……そうか」

別れの前の会話をしている。未来が見えない別離の会話。淋しくなるばかりの会話。

「ぼくも学を見送りにいく」

左隣に座っている学がぼくの肩をすこし強引に抱き寄せた。

「……もちろんいいよ。一緒にいこう」

そのあと、昨日の残りのカレーをオムカレーにして食べてから一緒に家をでた。

終電からふたつ前の電車に乗って運ばれていく。人目も憚らず、ぼくらはずっと手を繋いだままでいた。不思議な感覚だった。学と自分だけが透明な膜に包まれていて、外側で、淡々と普段通りの世界が動いているような。地球とも宇宙とも違うふたりだけの空間にいるような。

電車をおりると、どこか他人に気取られない山奥などで宇宙船を待つのかと想像していたが違った。学が連れてきてくれたのはあの懐かしい、十代のぼくらが過ごした高校だった。

「ここ……？　本当に、ここに宇宙船がくるの？」

「ああ、俺が頼んでおいた。もう屋上にきてるはずだよ」

灯りもついていない暗い学校に、裏庭から忍びこむ。喧嘩をした場所の近くには紅色と純白の梅の花が咲いていた。

「ほんと懐かしいな……唯愛とまたこられて嬉しいよ」

「うん……ぼくもだよ」

嬉しいし、苦しい。とはいえ警備員がいるはずだからしみじみ浸っているわけにもいかない。抜け道を通ってふたりしてこそこそと校内へ入り、足音をたてないよう緊張しながら階段をあがっていく。

「学校の匂いだ……」

しかし三階へ近づくと、学の手を握りしめながらつい呟いてしまった。

ワンゲル部の部室があったのも、三年生になったとき学の教室があったのも三階だった。あの廊下で学が彼女さんと並んで歩いていた姿を見たし、この階段で、学とキスする夢を見た。

「二十九の姿でもいいならその夢は叶えてやれるけど？」

先を歩いていた学に手をひかれて一段高い場所から顎をあげられ、キスをした。焦がれ続けたこのキスが最後のキスだと、至福と寂寥のぬくもりが胸にひろがるのを感じながら悟った。

やわらかい学の唇は、さっき一緒に食べたカレーの味がする。

最後に屋上の鍵だけは、学が壊してあけた。「地球での、最初で最後の犯罪だ」と反省しながらドアをひらく。

春に近い、梅の香の冷えた夜風が吹き荒れた。瞼を半分閉じて目を凝らした先の、そのひろい屋上の奥に、たしかに見慣れない、ひらたい物体がある。

「あれが……宇宙船、」

「そうだよ」

　映画みたいにぎらぎら輝いてはおらず、ひっそりと夜の闇に同化して佇んでいた。ひらたいデザインは映画やUFO番組でも観ていたが、イメージよりつるりとして小さい。

「うちの星の宇宙船はぺったりしてるんだよ」

　教えてくれながら、学が一歩踏みだした。二歩、三歩、と、宇宙船へむかっていってしまう。ぼくはもう隣についていてはいけなかった。この先はすでに自分の領域ではないというふうな壁を感じて身体が硬直していた。口も、指も、動かせない。声も、涙もでない。

　学がいってしまう。本当にいってしまう。

　また会おう、必ず帰ってくるよ、と残酷で優しい嘘もついてくれないで。美しいものを好きな学らしく、綺麗な地球人のままで、去っていってしまう。

「……がく、」

　出会えてよかったと、あなたを好きになってよかったと、幸せだったと、ぼくも最後に学にくり返し、何度でも伝えたい想いがあるのに、言葉が喉の奥から外へでていかない。かわりに、彼の灰色のフードコートの背中を眺めながらようやく涙があふれだしてきた。

　左肩にさげているリュックの、チャックに括られているキーホルダーは、学とキャンプ旅行へでかけたときおそろいで買った富士山のものだ。

……ありがとう学。ぼくを好いてくれてありがとう。恋人になってくれてありがとう。

離れていってしまう背中に、声にならないこの心も届いてくれるかな。やっぱりぼくはいつだって背中を見送ることしかできない。

「唯愛！」

そのとき学がくるりと身体ごとふりむいた。

「昔みたいにいつまでも背中なんか憶えておくな」

叫ぶような大きな声で叱って、学がうしろ歩きをしつつ微笑んでいる。これまで見せてくれた幸福そうな笑顔よりももっとも幼げで、愛らしい途方のない至福に彩られた笑顔だった。

「愛してる唯愛」

告白をくれる学に、この手が届かない。

「ぼくも……ぼくも、愛してる学」

涙でぼやける視界に、ふいに白いものが横切って降ってきた。はらはらと学の髪にも、宇宙船にも、細かく小さく落ちてくる。雪だ。

「まだ冷えるから、暖かくして唯愛も健康でいろよ」

ゆっくり後退っていく学は決して手をふらない。

「学、明日の夕飯はまた鍋にしようよ、今度はつゆ、学が選んでいいからっ」

ぼくも叫んだ。なんで自分がこんな言葉を言ったのかわからなかった。

「ああ、楽しみだ」

けれど学はやっと嘘をついてくれた。

「唯愛といると、明日も明後日も、毎日が永遠に楽しみで幸せだ」

学の背後で宇宙船の入り口がひらき、昨日会った調査員のふたりがでてきた。

「唯愛、また唯愛ポエム言って」

笑顔を絶やさず、満面の笑みをひろげた学が彼らの前に着いて、そう要求してくる。ぼくは声を張りあげた。最後の告白のつもりで告げた。

「あの日の星に願うなら……ぼくは、あなたの瞳の、宇宙塵になりたい」

ふたりで完成させたのに、いままで一度もきちんと伝えたことはなかった。

どこへいこうと、どれだけ離れようと、二度と会えなくとも、その心と瞳のなかに、どうか住まわせておいてほしい。辛いことが起きても哀しいことに苛まれても、嬉しいことや幸福なことに包まれたときも、どうか学のなかにいるぼくに教えて。

ぼくもどんなときも学を想うよ。死ぬ瞬間にも瞼の裏に学を描く。

宇宙からしたらぼくらはちっぽけでしかないけれど、ふたりで育んだ想いは宇宙の規模すら凌駕(りょうが)するとロマンチックに信じ続ける。こんな恋は二度とない。学だけだ。

「ありがとう唯愛」

学がまた礼を言う。

「愛してるよ」

そしてもう一度告白をくれたとき、遠目でも、微笑む学の左頬に一粒の白い雪が落ちたのがはっきりと見えた。

また一週間が始まった。恋人と別れても——恋人が異星へ帰っても時間はとまらないし会社を休む理由にはならない。社会人としての日常へ強引にひきずられて身を委ねているうちに、学がいない一日が終わっていった。

こうやって学の不在に慣れていってしまうんだろうか。淋しいが、慣れていかなければ学も自分の星で安心して過ごせない。

仕事をしながら、昼ご飯を箸でかきまわしながら、おしゃべりな女子社員に愛想笑いをしながら、会社をでて、ひとりで最寄り駅から民家の夕飯の香りを嗅いで帰宅しながら……ずっと学を想った。

——ありがとう唯愛。

学のあの礼はなにに対するものだったんだろう。

高校のときから片想いし続けた未練たらしさについてなのか、再会後追いまわしたしつこさについてなのか、恋人として過ごした日々についてなのか、同棲生活についてなのか、帰ってくるという約束をくれなかった学を愛したことについてなのか。それもすべてひっくるめての、ありがとうだったのか。

心を読めないぼくは、いつまでも記憶の彼に問いかけながら愛情を維持していくしかない。

この淋しさが日常になじむまでまだ時間はかかるだろうが、学が願ってくれたとおりぼくはきちんと温かい服を着て美味しいものを食べて、健康に、可能な限り幸福に、学を想って生活していくよ。

「よし」

餃子の入った温かい野菜スープを作って夕飯にした。学と食事していたダイニングのテーブルは使用せず、リビングでひとりで食べたが、部屋のすべてに彼の残り香と想い出が刻まれていて淋しさはごまかせなかった。

食事を終えると、流星さんのところへ電話をかけた。

「すみません、学から連絡があったかと思うのですが、オーダー作品をあずかっているので、水曜日に店へ渡しにいきますね」

流星さんは『ああ』と笑いまじりにこたえた。

『学からメールがきてたよ。しばらく取材旅行にいくって書いてあったからなんでイチカさんは一緒じゃないのかなあと思ってた』

取材旅行。流星さんにはそんなあからさまな嘘をついていたのか。

「まあ、ぼくは仕事があるので」

『でも淋しいよね。創作家ってのはそういう人種だからしかたないのかな。——あ、というか、孤月がこのこと気にしてて今夜そっちにいくって言ってたよ。まだきてない？』

「え、きてないですね」と壁かけ時計を見あげたら八時前だった。

『さっきまでうちの店で働いてたからそろそろ着くころかな。ごめんね……相手してやって。なんだか学とイチカさんのことをやたらと心配してて、血相変えてでていったから』

ふふ、と笑いながら流星さんが楽しげに教えてくれる。賢い孤月は、学の行動からなにかを察したのかもしれない。優しい孤月らしいな、とぼくも苦笑した。

　電話を終えて食器洗いをすませたころ本当にピンポンとチャイムが鳴った。手を拭いている間に、どんどんどんと玄関のドアも叩かれる。

「学、イチカさん!!」

　聞いていた以上のすごい剣幕だ。「いまでるよ」と駆ける勢いで玄関へむかってドアをあけると、たしかに目をつりあげて息をきらしてひどい怒りの形相で突っ立っている孤月がいた。

「……ああまじか」

　ぼくを見つめていた孤月はすぐにその場へ崩れ落ちた。

「最悪だ……学、あのばか野郎っ……」

　罵って責めて嘆く孤月の足もとの地面にぱたぱたとしずくがひろがっていく。孤月が大粒の涙を目にためて号泣している。

「……孤月、どういうこと？」

　ただならぬ孤月の反応に言い知れぬ恐怖を覚えて慄然とした。肌の表面が震えだす。

「手紙……見せてください」

　孤月はぼくの心を読んですべて把握している。家のなかへ招いて、『孤月』と封筒に書かれた手紙を渡した。それでも孤月の涙はとまらず、コートの袖で拭って、真っ赤な瞳で懸命に手紙を読んでいく。

「……学を絶対にいかせるなって、イチカさんに警告しておくべきでした」

　手紙を読み終えた孤月は立っているのもやっとというふうに膝に両手をついて、「俺に言わせるのかよっ……」とまた涙を床にぱらぱら落とした。

「イチカさん……学は二度と帰ってこない。あのばかは死ににいったんです」

目の前が、頭のなかが、真っ暗になった。

「嘘なんですよ……嘘なんです、学の星が命を大事にする星だなんてのは。あの星ではたしかに自分たちの進化を尊んで、この生命は素晴らしいものだっていう思想でいます。でもだからこそ、すこしでも汚れのある者は容易く抹殺するんですよ」

抹殺。

「どんな犯罪でも〝したい〟と一瞬望んだだけで周囲の連中にばれますからね。けどその程度なら学が言ってた社会奉仕罰で解放されます。ただし、実行したら完全アウトです。犯行に及んだとたん即死刑」

「そんな、」

「だからなんですよ、あの星がセックスをくり返しているくせにいつまでも人口の少ない小さな星でいるのは。だいたいおかしいでしょう？　命が大事だと言いながら個人を尊重する名前もなければ誕生日の記録もしないって。自分たちの星の高度な文明と生命の進化は尊んでも、個人の価値は軽視してるんです。そういう残酷な星なんですよ」

——命を粗末にしたり危険にさらしたりする行為は、うちの星では絶対にしない。

「そんな……嫌だ、」

——ぼくとのセックスは殺人だよ。

——……地球なら、この恋も許される。

「だって昨日別れたときも、ずっと笑顔で……笑ってて……大丈夫だ、って」

——……唯愛。

——なに。

——俺は帰らない。前にも言ったけど帰る場所は唯愛のところで、唯愛と暮らす家を欲したのも自分名義で契約したのも地球で生きていくっていう俺の意志だった。でも唯愛が不安がるように、予想だにしない理由で帰る必要がでてくる可能性もないとは言えない。

——……うん。

——けどどうなっても俺は唯愛を想ってる。俺の星には恋愛がないから、浮気の心配もしなくていいよ。俺は生涯唯愛だけだ。でも唯愛は、俺がいなくなったらもう一度恋をしろ。

——どうして……？　ぼくも学を想うよ。

——想っても、寂しくて孤独だと感じるようになったら俺に執着するのはやめてほしい。地球人の命は短いだろ。帰るかどうかもわからない俺を想って唯愛がひとりで死ぬのは耐えられない。……男でも女でもいい、誰かに愛されて見守られて幸せだと思いながら死んでくれ。そのときほんのすこし想い出してもらえたなら俺は充分幸せだよ。

——寿命の長い学は、べつの人と恋して死んでいくぼくを想い続けるのが幸せだっていうの？　百年の拷問を、ぼくが学に与えろって？　こんな嫉妬深い恋人をぼくに裏切れって？

「学……」

——そうだ。

——おまえが俺に、帰る場所をくれたんだよ。

「学っ、」

必ず帰る、という嘘はつかなかったくせに、ずっと前からこうなる可能性を想定して嘘をついていてくれた。でも嬉しくない。幸せでもないよ。

帰ってきてよ、ここが学の帰る場所だろう……？　学の家族はぼくで、ここだけが学の居場所なんだろう？

「学っ……」

——俺の故郷では、全員が〝無い者〟なんだよ。だけど俺だけは〝有る者〟になれたんだ。俺には唯愛がいる。この人生に、一点の後悔もない。

「ばか野郎っ」

——……唯愛、俺も愛してる。ありがとう唯愛……ありがとう。

裏切り者の異星人。孤月の言うとおりだ、最低だよ。最悪だよ。

「ひとりで死ぬなよっ……」

ずっと心を読んでいてもぼくの愛情は結局伝わってなかった？　背負わせてくれって願ったじゃないか。本音を言えって叱ったじゃないか。なんでわからないんだ、なんで黙って去ったりしたんだよ。

心を読む力などまるで万能じゃない。愛の前ではどんな生きものも常に無能で無力だ。

「愛してるよ学っ……愛してるっ……」

あなたの痛みの道連れにしてくれって、あんなに散々頼んだのに——。

Ⅶ　ソラより

唯愛。

おまえと初めて言葉をかわした十年前、その名前を聞いて運命めいた光を見たと言ったら、おまえは信じてくれるだろうか。


おまえはひとつ歳下で、まだ中学生の名残があるちびの子どもみたいな初々しい後輩だった。いまより頬もつるんつるんでたまごっぽい輪郭をしてたよな。

——噂どおり格好いい先輩だな……部内の風紀を乱さないでくれたらいいんだけど。

でも見た目の軟弱さに反してしっかりとした自我と意思を持っていて、ワンゲル部を心から大事に想っていた。

——宇来先輩は、どうして二年の途中から部活に入ったんですか？　三年生になったら大学受験の勉強が始まるから、ほとんど一緒に活動できないのに。

俺が入部したあの日も、傍にきて話しかけてくれたのはおまえだけだっただろ。合田はあからさまに『モテ男は死ね』と俺を嫌っていたし、星野も『トラブルメーカーがきちゃったじゃん……』とげんなりしていた。全部を察したからなんだろうが、あのとき心のなかで『宇来先輩にはやくなじんでもらおう』とか『みんなと仲よくしてもらいたい』とか聖人然としたことを思っていたのもおまえだけだったよ。

おまえが必死で俺に話しかけているあいだ、記憶も読ませてもらった。すると名前も音ではなく文字で見えてきた。

唯愛――それは小学生のころ習字の授業中に書いて、まわりの奴らに『女みて〜』とからかわれたときのもので、辛くて恥ずかしくて悔しかった感触とともに筆で書かれた不器用な字がはっきりと浮かんできた。

おまえが大事に想っているワンゲル部の部員も、全員『白谷』と呼んでいた。どうやらおまえが『名字でお願いします』と頼んでいるからしい、というのもわかった。

唯一の愛……この世でこんなに美しい名前もないだろう、と俺は視界に星がきらめいたのかと思うぐらい驚嘆したのに。

地球人には〝男らしい〟だの〝女らしい〟だのと、性別に対する差別が感覚に染みついている。自在に性転換できなかったり他人の不快感を読んで理解しあったりできないと、こんなふうに拗れて複雑に絡みあっていくものかと、おまえの記憶を眺めながら考えていた。

――唯愛。

数日後そう呼んだら、おまえだけじゃなく部員全員がぎょっとしていた。

『どうしよう……宇来先輩には怖くて嫌だって言えない。部になじんでほしいこの時期に我儘も言えないよ。しかもすごく綺麗に発音してくれた』と悩んだあとおまえはこたえた。

――はい。なんですか、先輩。

あの瞬間から好きだったんじゃないかと思うのは、いま幸せぼけしているせいなのかな。

　俺に恋を語る地球人はさまざまだった。告白の理由も〝影があって格好いい、内面をもっと知りたい〟〝顔が好みだから彼氏にしたい〟〝みんなが噂してて興味が湧いた、自分がつきあったら一目おかれるかも〟などと単純な興味やお飾り、自己顕示欲によるものもあれば〝本当はすごく優しい人なんだろうな〟〝恋人になって大事にされたい〟と映画や漫画のヒーローを投影しているような、理想と妄想に支配されているものもあった。

　しかし彼女たちがそうやって欲を抱いたり妄想をしたりするようになった背景には、個々の生い立ちや環境の影響も少なからずあるらしかった。

　俺を執拗に知りたがる子は歳下のきょうだいに囲まれて育った長女で、甘えを抑えて〝賢いお姉さん〟を演じ続けている自分と俺が似ているのではと勘ぐり、本音を言いあえる拠りどころとして求めてきた。

　彼氏にして一目おかれたい、と飾りや自己顕示欲の対象にしたがるふたりは思春期の女社会に翻弄されていた。〝可愛くなくちゃいけない、恋愛経験少ないとダサい、ハブられる〟と。

　理想の男を俺の背後に見ていた子のひとりは、姉の旦那に言い寄られて男に絶望していた子で、もうひとりは母子家庭で男との接点が極端に少ないまま思春期をむかえた子だった。

　つきあいながら彼女たちの過去や生活や思考を覗かせてもらうのは、非情だが勉強になった。唯愛に話していたように、恋人でいるのもかなり疲れたんだけどな。

　――宇来先輩、白谷が気に入ったんです？

　ワンゲル部に入って週三回キャンプの練習や、体力づくりのトレーニングをしていたある日、星野に指摘された。

――会話してくれるのがあいつしかいないってだけだよ。

実際、星野と話したのもそれが初めてだった。あいつは『そんなことないでしょー』と苦笑いしつつ、そのままそそくさ去っていった。

地球の、日本の常識もだいぶ理解し始めていたが、複数の恋人をつくる俺はワンゲル部では畏怖と嫌悪の対象で、厄介者でしかないようだった。

――唯愛、走りにいこう。

――あ、はい。

ジャージのチャックをあげて、ふたりで並んで走って正門から外へでた。

ワンゲル部のランニングコースは学校と近所の神社を往復するもので、途中大きな川を眺めながら橋を渡り、神社の長い階段を駆けあがる。あれは結構しんどかった。

――すごい疲れるけど、健康になれる気がしますよね、走るのって。

息をきらして、夕暮れ時の川辺を背景に笑顔をむけてくれるのも唯愛だけだった。

――……宇来先輩ってなんか淋しそうなんだよな。

声では明るく他愛ない話題を発するのに、心では憂慮をめぐらせている。

おまえだけが、本当におかしな地球人だったよ。誰もが恐れ戦く厄介者の浮気男を〝淋しそう〟だなんて思いやるようになっていったんだから。

地球で高校生をしていた当時、唯愛の懸念どおり自分が淋しく孤独だったのかはわからない。

ただ、地球人の卑屈さや複雑さについていけず疲れてはいた。

　俺の故郷では生まれたときから他人と心を読みあっているせいで、誰もが自我を曝けだして己に正直に潔く生きている。嘘も欺しも、諂いもおべっかも無意味なのだから、みんな感情に正直でストレートだ。対人関係に狡賢さや打算が入る余地もない。

　しかし地球人は違う。自己肯定感も低く、他人の好意に自分の命の意味を見いだそうとして心まで偽り、精神を削る。

　地球人は心が読めないのだから、そのせいで臆病者なのだから、と受け容れようとしても、表の偽りと裏の欲を見過ぎたのか、言葉を駆使して地球人と理解しあうという行為をとにかく億劫に感じた。こんなに拗くれまがって腐った奴らとは話しても無駄だ、と諦念のほうが勝ってしまう。そしてどんどん無口になっていった。

　ところが唯愛が考慮するのは常に他人だ。部員にも、俺に対しても、なにを思っているのか、どうして哀しげなのか、とじっとうかがって慮るばかり。

　俺がバイトしているのを知って、なんのバイトなのか、ほかのバイト仲間と親しくやれているのか、と心配してくれていたのも気づいていたよ。

　唯愛にも欲はあったが、自分を幸せにしたがる強欲さは圧倒的に少なかった。ごく自然に、おまえは周囲の他人を大事にする。いずれそれが己の利益になる、と計算する策士でもない。

　俺がつきあってきた人間たちもほかの地球人たちも、それぞれいろんな人生を歩んでいたが、生い立ちや環境のせいで、彼らの性格そのものが形成されたとは思わなかった。裕福だろうと貧しかろうと、綺麗な奴は綺麗だし汚い奴は汚い。才能とおなじで、生まれたときからすでに土台があり、のちの経験でさらに輝いたり、腐ったりするというのが俺の結論だ。

要するに唯愛は、この地球に誕生した瞬間から情深く綺麗な心をしていたんだと、俺は考えていた。しかも世渡り下手とも言える無欲さ、穏和さは日に日に美しく研ぎ澄まされていく。俺のささくれだった心を癒やしていたのは、そんな唯愛の存在だったんだ。

――先輩は葉笛つくれます？

入部して初めて河原へバーベキューをしにいったとき、瀬見が葉笛を披露して女子部員を喜ばせているのを見て、唯愛が訊いてきた。

――ああ、まあ。

あれ嘘だったんだよ。なぜ嘘をついたのか自分でも謎だったが、『すご～いっ』とちやほやされている瀬見に憧れの瞳をむけてきらきらまなこで期待する唯愛に、見栄を張りたくなった。

……というか格好よく思われたかったんだと、いまはわかる。

――ほんとですかっ？　じゃあつくってみて。

にこにこ喜ぶ唯愛から葉っぱを受けとって、格好悪く、瀬見の心を覗き見しながら葉笛をつくって吹いた。

――すごい、宇来先輩の葉笛の音すんごく綺麗……！

心から純粋に褒めて喜んでくれる唯愛を前にして、俺はいたたまれなかった。自分の力で、俺も唯愛に綺麗なものを贈って癒やし返すべきなのにな、と情けなかったよ。

おまえは俺が綺麗なものをたくさん知っている、見つけるのが得意、と信じているようだが、写真を本格的に学ぼうと決めたのも、レジン作品の存在を知ってつくり始めたのも、もとはといえばあのとき抱いた劣等感がきっかけだ。

おまえと出会ってから俺は私欲で嘘をつくようになった。格好よく想われたい憧れられたい、と欲張るようになった。おまえが望む理想に近づくため、隠れて写真やアウトドアの勉強をして努力もするようになった。

唯愛と過ごしていたことで、俺はどんどん地球人らしくなっていった。恋や愛を知っている、地球人らしく。

俺が嫉妬深くて面倒で格好悪い男だ、っていうのはとっくにばれているけど、翌年、唯愛が二年、俺が三年に進学してから郷原たちが入部してきただろ。するとひ弱な一年坊だった唯愛が、突然頼りがいのある勇猛な先輩に変貌した。あれは正直言って、腹が立つぐらい面白くなかったし、俺たちが拗れた決定的な始まりだと思っている。

ランニング中も、すぐ『疲れた～』だの『休みたい～』だの言いだす後輩連中のもとへ唯愛が駆け寄っていって『宇来先輩は先にいってください。ぼくはこの子たちとすこし休憩してからいきます』と追い払われる。おまえがなにかと世話を焼くから、筋トレの指導担当も『白谷にまかせていいかな』と瀬見が任命しやがった。で、いざ本番の山登りでも同様に『足が痛い～』だの『もう無理～』だのぐだぐだ言う後輩につきあって相変わらずのろのろやってる。

おまけにそれまで調理担当だった俺たちは星野の指示でひき離されて、おまえだけ郷原と組まされることになった。

いつも隣にいた唯愛がいなくなり、俺はひとりでランニングと筋トレをこなし、山に登って、肉と野菜を切った。

――……宇来先輩、もしかして淋しがってます？

俺が作ったバーベキューの串を、唯愛と郷原がきゃっきゃしながら焼いているのを尻目に、星野と小林が訊いてきた。

――なんで俺が淋しがるんだよ。

淋しいんじゃない、腹を立てているんだ、という気分で言い返した。

――いえ……あのふたりいい感じでしょ？　だから応援してやってくださいよ、ね？

小林は気まずそうに、ばかげたキューピット発言をする。すべてが的外れだったから余計に苛々した。郷原はすでに瀬見に傾倒していたうえに、唯愛は俺で頭がいっぱいだったんだ。

――瀬見先輩、素敵だな……白谷先輩とは優しいお兄ちゃんって感覚で仲よくできるのに、瀬見先輩は全然無理。どうしたら近づけるだろ。……いや、わたしには高嶺の花だよね。

郷原の心のなかは終始こんな調子。

――ああ、宇来先輩ずっとひとりぼっちだな……ぼくがべったりくっついてても先輩とほかの部員の距離がちぢまらないだろうからいいとは思うんだけど、あの人自分から部員と仲よくしようとしないせいで結局孤立しちゃうんだ、心配でしかたないよ……でも無理やり仲よくしろって言うのも違うし、先輩には先輩の人づきあいがあるわけで……。

唯愛のなかはこんな感じだ。

ふたりに恋愛感情がないのはこの世界の誰より、たしかに俺が知っていた。だから俺は自分の苛立ちと嫉妬と恋愛をイコールで結びつけることもできなかった。無自覚のまま、おまえが郷原たちの〝素敵な先輩〟になっていくのをどうしようもなく不快に感じていた。

食事時や自由時間になると、ここぞとばかりに後輩たちから逃れ、唯愛が俺のところへくる。それも素直に喜べなくなった。

——先輩ひとりで楽しんでたかな、大丈夫かな。

心のなかでそう心配しながら、口では『先輩、お肉美味しいですか？』『写真撮影、ついていってもいい？』と甘えてくる。

——さあな。

俺は素っ気なくこたえた。実年齢は唯愛よりもかなり上で、長く生きてきたはずなのにこの体たらく。初恋は子どものうちにしておくべきだ。姿だけでも十代で本当によかったよ。


——……ぼくはゲイなんだろうか。

あるときから俺にそそがれる唯愛の視線の種類が変わった。

——いつもひとりでいる先輩がただ気がかりなだけだと思ってた。けど違うのかもしれない。先輩が彼女さんたちといるのを見るのが辛い。隣にいると落ちつく。……これって恋みたいだ。でもぼくは女子に欲情する。ゲイなのかわからない。先輩に特別扱いされたいだけ？　先輩が運命の恋人を探してるならその相手になって、優越感を得たい、っていう汚い欲……？

おまえは悩んでいた。ほかの地球人はみんな〝告白してつきあってもらう〟〝まず恋人になる〟と望むのがほとんどで、恋愛っていうのはつきあってから始まるものだと思っていたのだが、唯愛は〝同性だ〟とか〝この想いはなんなのか〟とか自分の胸から芽生える感情のひとつひとつに疑問をぶつけて、長いあいだ懊悩し続けていた。

ばかなのか誠実なのか難しい奴だな、と眺めつつ、恋愛でいいだろうがと俺は呆れてたよ。とっとと俺を好きだと認めろよ、と。

夏休み前の試験最終日、俺は例の化学教師の本木に『好きだ』と告げられた。

——来年ここを卒業したらつきあってくれないか。

そうだよなっ？　と声を張りあげそうになった。地球人は普通こうだよな？　なんで唯愛は俺に告白してこないんだ？　と喉まででかかった。

男同士だろうと、気持ちを伝えなければ恋愛は始まらない。唯愛はスタートラインにも立とうとせず、いつまでも『ぼくは先輩とどうなりたいんだろう』『親友でもいいんじゃないだろうか』『結局肉欲が決定打になるなら……宇来先輩とセ、セックス……したく、なくもない。いや、できなくもない、かな、どうだろ』とうろうろぐだぐだ悩んでいる。

こうだろ本木を見習えよ、とひとり憤慨してしまった。どんな関係になりたいかとか肉欲があるかとか、そんなのあとから考えればいいんだよ、なんなんだおまえは、どうでもいいから俺を好きだと言え、俺だけ見てろ、俺の傍から離れるな、と。

本木はゲイで、いいタイミングで発見をくれた男となった。しかし告白は断った。

——教師とつきあうのは厄介なので嫌です。

地球にきてまで犯罪まがいのことはしたくない。危ない橋は渡らないべきだ。

——どうしてだ、おまえは誰とでもつきあうんだろ？　卒業後ならなんの問題もないじゃないか。元生徒と結婚した教師もいるぞ、うちの学校にだっている。

——いいえ、やめておきます。

恋人関係になる、っていうのは大変だ、と身に染みてもいた。複数人とつきあって恋愛感情を抱けなかった結果〝セックスすれば恋情が芽生えるわけでもなく、デートっていうミッションを何回もこなさなければいけない。あれが疲れる。しばらく恋愛活動は休みたい〟と感じるようになっていたんだ。それより部活動をして唯愛の傍にいたかった。

——……聞かなかったことにしたい。卒業まで考えてほしい。頼む。

本木はしつこかった。

——こんな子どもにわたしがふられるのはありえない。どんな手段をつかってもかまわない、つきあい始めてしまえばあんなばかな女子生徒たちより大人の男のほうが自分にはあっていると気づくはずだ。

途中から恋心よりプライドで俺に執着をあらわにした。

どんびいたよ。本木は失敗や負けを極端に恐れて生きている人間だった。俺は彼を救いたい。新たな人生を切り拓く助けをしてやるんだ。

愛情か友情かと悩んでいたが、俺は本木にどっちの感情も抱けないと悟ったね。唯愛は俺に対して

夏休みに入るとワンゲル部で何度かキャンプへでかけた。

三年生の大半は大学受験のために退部していたが、俺はバイトとひとり暮らしの準備をしつつ部活動には必ず参加した。

——うわ〜すごい、もうトンボが飛んでる。

夕暮れ時の草原で両腕をひろげて、太陽光に神々しく照らされながら唯愛が喜んでいた。

小川から聞こえてくる清らかなせせらぎと、青々とした木々、そのなかに笑顔で佇む唯愛。

自然とおまえが共存している写真をこっそり撮るのが好きだった。

——ばか、トンボは夏にもいるよ。おまえのまわりにいるシオカラは夏のトンボだから。

——まじか〜知らなかった〜っ。

人さし指を空高くにのばして、笑いながらトンボをとろうとしていた。夕日に透ける黒髪、赤橙色に染まる細い腕、無垢で邪気のない清廉すぎる笑顔……綺麗だった。

——おまえ性欲なさそうだよな。

感情に結論をださず悩み続けていた唯愛にカマをかけたら、一瞬で耳まで紅潮して硬直した。そのころ俺の携帯メアドを盗んできた本木から毎日メールが届いて無視していた。

——あ、りますよ、一応。失礼ですね。

——へえ、どんなのが好みなんだよ。

——どんなのって……なにがですか？

——性的昂奮をするのはどんなのだって意味。

——え……うー……胸のサイズとかの話？

——べつに女基準じゃなくてもいいだろ。

大きな目をさらに見ひらいて、唯愛が停止した。

——……先輩はすごい。生きかたまで格好いい。この人は差別も区別もしないんだ。異性愛も同性愛も、あたりまえに受け容れているんだ。

革命的な衝撃でも受けたように、呆然と立ち尽くしている。地球人は……というか、唯愛は性別を気にしすぎだろ、と呆れはてた。そうか、俺が気にしてないって意思表示すればこいつはこんなにぐだぐだだらだら考え続けなくてもよかったのか？　とも気づいた。

――えっと……じゃあ、その……ちっさい胸が好みってことで。

へへ、と苦笑した唯愛は大喜利みたいな返答をする。お、れ、だ、って、い、え、よ。

――先輩はどうなんですか。……性的昂奮。

十七の思春期男子がこの手の話題でいちいち照れるな、と苛ついたら『……歳上の人にこんなこと訊いていいのかな』と妙な緊張も聞こえてきた。遠慮まで可愛かった。

――するよ。女も男もかまわずなんでも昂奮する。でかかろうとちっさかろうと気にしない、どんな身体も抱ける。

唯愛とつきあうことだってできる、と訴えた。もう迷うな、どんとかまえてやってるんだからとっととここにこい、と言ったつもりだった。

――だよな……だから先輩はモテて、彼女さんもたくさんいるんだもんな。

ところが唯愛は落ちこんで、笑った。

――さすがにプレイボーイは違いますね。恨みを買って危険なトラブルが起きないように、うまくやらないと駄目ですよ。

なんでそうなるんだよ。もう本当に、あのときは暴れたくなったな。だからカメラをおろして近づいていって、左手でおまえのジャージの上の胸を撫でてやった。

――うわあっ。

――ぺたんこが。

真っ赤な顔で絶句して、立ちながら気絶寸前の唯愛を放ってテントへ戻った。行動がまるで小学生だ。おまえの驚いたまんまるの目を想い出すと笑えてくるよ。

そのあとはまたひとりで肉と野菜を切って、唯愛と郷原が仲よくカレーを仕上げていくのを眺めた。で、食事になると隣に戻ってきて笑いかけてくるおまえと、べちゃべちゃの水っぽい最悪なカレーを口に押しこんだ。

『ワンダーフォーゲル部のキャンプはどうだ？』

　夜はまた本木からメールがくる。なんなんだ、と途方に暮れて、カメラを持って外へでた。本木は気持ち悪いが、唯愛もこれぐらいアピールしてきたらどうだ、と苛立ちが消えない。

　夜が更けてくると空には天の川がきらきらながれ始めて、その荘厳な美しさに心が和み、レジャーシートをひろげてひとりで撮り続けた。

　唯愛がいないほうが安らぐ。あいつはいつの間にか俺の癒やしじゃなくなっていたのか……そう我に返ると、ふいに寂しくなった。唯愛がいなければいいなんて、変わってしまったのは唯愛なのか俺なのか。

　こんな短期間になにがあったっていうんだ？　望んだってなにも起きなかったじゃないか。俺たちの関係は出会ったときのままなのにどうして自分だけ唯愛を煩わしく思っている……？

――星、うまく撮れますか。

すると唯愛がテントから抜けだしてやってきた。

気まずくて撮影に集中しているふりを装った。それでも唯愛は俺を見て微笑んでいる。

――写真に撮ってずっと残しておくのも素敵だけど、肉眼で、目で見て胸に刻んでおくのも大事ですよ。

先輩とふたりきりで観る夜景……忘れたくないな――おまえの心の声も聞こえた。

俺が一瞬唯愛を嫌ったことなど知りもせずに、唯愛自身は俺から目も、心もそらさず、見つめてくれている。感情に答えをだせなくとも、そうやって右往左往しながらおまえは常にまっすぐ俺を想ってくれている。

投げだそうとしたのは俺だ。

唯愛が自分の思いどおりにならないことに苛立ち、挙げ句〝いなければいい〟とさえ考えて、身勝手に責めて嫌った。唯愛がいてくれるなら愛情でも友情でもいい、唯愛の存在そのものを俺も大事に想えばいいじゃないか。

星の砂を教わって、ながれ星を追いかけながら、自戒して心を改めていた。これからも大事な後輩でいてほしい、と。

地球へきて、とうとう故郷の星の子孫繁栄思想も捨て去り、まさに悟りの境地に達した、というところで、しかし今度は、右隣にいる唯愛がむくむく欲望を抱いていった。会話も閉じて、ただ星と天の川を眺めていたひとときに、唯愛の想いのみが突然〝この世界に、宇宙に、生きているのは自分たちだけ〟と壮大になっていく。

――腕が近い。触ってみたい。先輩がつきあっていた女子みたいに手を繋いでみたい。それで、別れを告げるときのあの無慈悲な表情じゃなくて、嬉しそうで幸せそうな、笑顔をむけてもらいたい。やっぱりぼくは宇来先輩を――この男を、好きになったんだ。

え、ここでっ？　と、ランタンを灯して唯愛を見返したら、ぽやんと恋の顔をしている。

だからどうしてなんだよっ！　と文句を叫びたくてしかたなかったよ。俺が修行僧ばりの清らかな心になったとたん、おまえは恋情と欲望に目覚めるのかよって。

おまけにおまえときたら心のなかで告白するだけなんだよな。いきなり手をだすわけにもいかないこのストレスの捌け口はどこにいけば見つかるんだ？　としんどくてしかたなかった。ああ、これは地球にいたとき蒸し返して責めておけばよかったな。失敗した。……まあでも、いちばんの問題は俺だよな。

いま考えると恥ずかしくてしかたない。弁解させてもらえるなら、当時の俺はまだ自分が恋愛をできる異星人だと思っていなかったんだと改めて言わせてほしい。それに、つきあう前に恋愛感情が生まれるしごく当然であたりまえな事実をうまく信じられなかったんだ、とも。

過去の自分をふり返っていると思うよ。俺自身が先に、唯愛に溺れるほど恋していたよな。むしろ〝自分から告白しろよ、なに唯愛に言わせようとしているんだ〟とつっこみたい。そうすれば十年以上一緒にいられた。制服姿でデートをしたかったたっていう、唯愛の夢も全部叶えてやれた。ほかにももっと、いまはまだ思いつかない、ふたりで過ごす楽しみや、幸せだって、積み重ねていけたかもしれない。……すまない。唯愛や孤月の言うとおり、俺は本当にばかで愚かな異星人だった。

夏休みの最後の週に引っ越しを終えてひとり暮らしを始めた。進学はしないと決めていたせいで、本木は進路を会話のネタにメールのみならず電話までしてくるようになった。

怠かったたが、無視していてもそれ以上鬱陶しく迫ってくることもなかったから放置していた。しかしこれがよくなかった。

――わたしは教師としておまえの将来を心配しているんだぞ。メールに返事ぐらいしたらどうだ。

　本木は自分の立場を利用してストーカー行為を正当化し、迫ろうとしてきた。こっちが担任や生活指導の教師に本木の行動を暴露して相談しないのをいいことに、口撃をエスカレートさせていく。

　秋は学園祭など行事も多く、夜遅くまで学校に残ることも多々あった。それで隙ができると、校内でも『教師を邪慳にするな』と叱る素ぶりで堂々と接触をはかり、進路がどうとか生活態度がどうとか延々と叱責しつつ『やっと宇来と話せた』『わたしに叱られて不愉快そうにしている顔もいい』と悦に入る。

　地球人のこういう欲深い狡猾さや気味の悪さはいい加減見慣れていたので、行事が終わって自主登校に入るまでの辛抱だろうと楽観していたし、卒業すれば縁も切れると問題視していなかったわけだが、同時期に俺は唯愛への苛つきがピークに達していた。

　ワンゲル部は文化祭で写真展示をするから、放課後は毎日唯愛とも会っていた。以前と違い、会えば唯愛は終始『先輩と一緒に作業できて嬉しいな』『卒業したら先輩はどうするんだろう』『もう会えなくなるのかな……』と俺を想ってくれている。なのにそれらを全部口にしないばかりか決定的なひとことなど絶対に言ってこない。当時のばかな俺には自分から言うっていう考えもない。自分が恋愛している自覚すらない。で、ただただ苛々する。

　唯愛を想うと本木にも苛立ちが芽生えた。好かれたい奴は素直にならないのに、どうでもいい奴はストーカーに変貌した。地球はあほだ。心を読めないあほな進化をしたあほだらけだ。全部わかりあえれば万事即効解決、いますぐセックスで世界は平和になるのに。

つきあっていた女子とも関係を終わらせた。フリーになれば、唯愛が告白しやすいかと思ったからだ。でも調子に乗ったのは本木で、『わたしとつきあう気になったのか、偉いぞ。そうだ、宇来には女なんか似合わない』と心の声をメールでも垂れながし始める始末。

はっきり拒絶をしめせば逆効果になる人種だとわかっていたが、とうとう『あんたとつきあう気はない』と返事をした。そしてそれ以降、曖昧にするのはやめて『あんたに恋愛感情を抱くことは永遠にない』『俺の将来もあんたには関係ない、相談するつもりもない』『あんたの行動のすべてが気持ち悪い』と口と態度で徹底的に嫌悪を返した。

今後も執拗に追いかけまわすつもりなら担任たちに訴えて問題にしてもらう、とも言った。告白に加えて、セクハラまがいのメールも届いていたから証拠として提出する用意はある。

すると最初は『やれるならやってみろ』『わたしは教師だ、おまえより大人で力もある。生徒想いの教師の行動にすぎない』と豪語していた本木も、次第に下手にでるようになってきた。『すまない、上に告げ口するのだけはやめてくれ』『おまえを愛してるんだ、それだけだった、愛ゆえの過ちだろう？　おまえもわかるはずだ、許してほしい』……謝罪まで態度が偉そうで、ほとほと呆れ返ったね。


――……先輩、このあいだまた彼女さんふってましたね。

すごく冷たい顔で怖かった、ぼくなら好きなんて言ったとたんあの顔で嫌われるのかな――

学園祭当日ふたりで展示当番をしていたら、珍しく唯愛から恋愛の話題をふってきた。相変わらず消極的で自虐的だったが、俺にとってはまたとないチャンスだ。

——おまえは好きな奴とかいないのかよ。

唯愛のひとり上手は恋愛とは言えない、単なる夢語りだ、さっさとつきあうぞ、てな気分だったよ。

——好きな人、ですか……どうだろう。

でもおまえは頑なに悩み続けた。

——本人に気持ちなんか言えない……ぼくにはゲイとして生きていく覚悟もない。親を哀しませる恋愛に飛びこむ勇気がない。先輩も偏見はないっぽいけど、つきあうのは女子だけだ。男だったら簡単にオッケーしないかもしれない。告白してくる全員とつきあう先輩に、初めてふられる男になるのは怖くて耐えられない。

うつむいて泣きそうな横顔で苦笑いして、勝手に落ちこんでいる。

——言えよ、いるんだろ。

俺はなおも詰問した。

——先輩が恋バナって珍しいですね。

——おまえからふってきたんじゃないか。

——そうですけど……べつに自分の話をしたかったわけじゃないから。

うだうだぐずぐず面倒ったらない。

苦笑いも、眉をゆがめる意外そうな表情も、いちいち可愛いのが苛立ちに余計拍車をかけた。

カメラがあればいますぐ撮ったのに。

——おまえのそういう性格はなおしたほうがいいと思う。

口からでたもっともらしい忠告は、先輩が後輩を思いやってむける叱責のように響いたが、無論そんな立派なものじゃなかった。俺も本木とおなじなんじゃないか、とすぐ我に返った。

――……すみません。先輩に嫌われたくないからなおします。

先輩に嫌われたくない。無色透明な空気に淡い香りがついた程度の、告白にもならない曖昧でささやかな主張。おまえが俺を好きだと想うたび、俺はおまえを嫌いそうになった。おまえがただよわせる甘い恋の匂いなど一瞬でどんなものだったかわからなくなる。

そして学園祭終了から一週間ほど経過したころ、あの事件が起きた。

――わかった。最後に一度だけキスをさせてくれないか。そうしたら宇来のことは諦める。

帰り際に裏庭を歩いていたら本木に見つかって迫られ、奴がそう提案してきた。こんな漫画じみた条件をだしてくる奴が本当にいるんだな、と心底気持ち悪かったが、心でも『しかたない、宇来からはこれでいったん手をひこう』と思っている。

改心したわけではなく、どうも新たなターゲットを夜の店で見つけたらしく、教師の仕事を失いかねない生徒に手をだすよりしばらくそっちで遊んで気を紛らわそう、と都合のいい判断を下したっぽかった。

――気持ち悪い。嫌に決まってるだろ。

こっちも真っ向から拒否してしばらく言い争ったが、奴の鬱陶しいプライドがキス一個にかかっていてまるで退こうとしない。ふられるという負けは、キスという勝ちでゼロになるって理論らしい。

結局しまいにはどうでもよくなってこっちが折れた。鳥肌が立つほど気色悪いキスだった。去っていく最中も終わってからも本木は自分本位な感傷に浸っていたが、どうでもよかった。去っていく本木を、あーやっと終わってくれた、と清々して見送っていたら、唯愛が現れた。

——せ……先輩、いまの……。

唯愛の心のなかは嵐にひっかきまわされたようにめちゃくちゃだった。

——つきあってたんだ、先輩は教師と。あの先生と。……先生と。

——相手は、きょ……教師じゃないですかっ。学生同士ならまだしも、教師は、法的にも赦されない関係なんですよ、犯罪です、すぐに別れるべきです！

——哀しい。先輩は本当に男ともつきあってた。しかも教師だった。性別にも職業にも本当にまったく、全然、偏見なんか持ってない。とにかくつきあう。常識に囚われず学校でキスもする。悔しい。狡い。……羨ましい。

——最低ですよ、犯罪なんて、最悪ですよ、軽蔑しますよっ。

——ぼくも先輩とキスしたい。先輩の恋人になりたかった。辛い……悔しい。

声と心から交互に、相反する感情が大きな叫びと嘆きとなって耳を劈いてくる。

——……おまえ、面倒くさい奴だな。

反して、俺の心はスイッチが切りかわったように一瞬で冷めて嫌悪のみになった。

——面倒くさいってなんですか、ぼくはあたりまえのことを言ってるだけでしょう⁉　しかも先生は男ですよ！

——正義を楯にして逃げる奴は嫌いだ。気持ちが悪い。

——……逃げるって、どういう意味ですか。

——言葉のままだよ。おまえみたいな奴を天の邪鬼って言うんだろ？

おまえだけは綺麗な地球人でいてほしかった。俺の癒やしでいてほしかった。迷うのも悩むのも隠すのもかまわない、けど偽りの感情をまといながら狡猾な欲を剥きだしにして汚れた姿を、見せないでほしかった。

赤橙色の夕焼けのなかで両腕をひろげてトンボと戯れながら、夜空のながれ星を眺めながら、いつも隣に寄り添いながら、笑っていてくれた唯愛がただそこにいてくれるだけで熱い幸福に包まれるほど、俺は恋をしていた。

卒業すると、長年バイトを続けていたファストフード店の店長に誘われて社員になった。贅沢するでもなく真面目にこつこつ働いて貯金もした。その合間にレジン作品をつくっていた。レジンに出会ったのは高校在学中だったが、真剣に始めたのは卒業後だ。ところがひとり暮らしの部屋はトイレも共同の、おんぼろ木造アパートだったせいですぐ作品が邪魔になった。それで流星がいる店へ持っていった。流星に気に入られて、転職してレジン作家と二足のわらじになり、孤月とも知りあった。唯愛と縁が切れて三年が経とうとしていたころだった。

——学っていつもイチカさんのこと考えてるよね。

孤月には記憶を読まれて、しょっちゅうつっこまれていた。

——なんで告白しなかったの？　絶対学も好きだったじゃん。

あいつは唯愛と会う前から、ずっと俺の心のなかにいる唯愛を知っていたんだよ。

――うるせえな。俺はあんな奴好きじゃなかったって言ってるだろ。

――でたでた、クソ鈍感のクソ嘘つき。

――おまえな……。自分はどうなんだよ、俺が流星に言っといてやろうか？　え？

――やめろよっ。ったく、小学生が。

だから十年経って唯愛と再会したのを知られたときも、猛烈にウザかったよ。

――は？　占い口実にしてわざわざきてくれたのに、なにイチカさんに嫌いとか言ってんの？　イチカさんも大人になって正直に好きって言ってくれてんじゃん、子どもみたいな態度とるのもいい加減にしろよ。

――黙れって。大人には大人の考えがあるんだよ。

――よく言うよ、単なる意地じゃないか。ダッサ、学ダッサ～。

じつは心を読めないはずの流星にも、唯愛が書店へきたあとただの先輩と後輩の関係ではないと見抜かれていた。ほら、おまえが『待宵のとばり』の件でくれたあのメール、店長の流星も当然見ていたからさ。

――イチカさん、学と親しくなりたいみたいで必死だね。昔どういう関係だったの？

それでしかたなくうち明けた。おなじワンゲル部で接点があったこと、自分を気にかけてくれた唯一の後輩だったこと、自分も一緒にいると癒やされたこと。でも喧嘩別れしたこと。

――甘酸っぱ～い……いいなあ、学にもそんな学生時代があったのか。

――甘酸っぱいってなんだよ、辛さしかねえよ。

――恋愛してる当人はそう思うんだろうねえ……。

――れんあい？　流星までそんなこと言うのか。

――傍から見てるからわかるんだよ。つきあってみなよ、そうすれば学もわかるから。

本当はあのとき、やっと許されたような不思議な感覚が降りてきた。

好きだと認めても許される、これが恋だと受け容れても責められない。唯愛があの日ショッピングモールにきて再会できた瞬間の感情が喜びだったと、何度も追いかけてきてくれる唯愛に心が騒いで嬉しくてならなかったと、『好きです』とやっともらえた告白に至福感があふれでたと、素直に、もう我慢せずに認めてしまってもいいんだと、流星が俺に許しをくれた。

――……わかった。流星がそこまで言うならあいつとつきあってみてもいいかな。

羞恥も反省も通り越して、いま想い返してると笑えてくるな。

チェリーパイをネタに初めてキスをしたときも、口がついただけ、と自分で言ったし、泣いてくれた唯愛をからかいもしたけど、それまでしてきたどんなキスとも違うと驚いていたよ。

唯愛の唇は熱いような痛いような、静電気が放電した瞬間のばちんとした、光が弾けるような感覚があった。

とはいえ、ばかな俺はそれが好きな相手としたキスだからだとまだ気づかない。

――なんだあの感覚は。キスしてこんな気分になったのは初めてだ。……心臓がざわつく。

唯愛にもおまえはどんな気分だと訊きたい、いますぐ。でもここにいない。

唯愛が帰ったあとも悶々としていた。ベッドに転がってスマホを手にとって『しかしなんて言うんだ。おまえの唇は変だって？　静電気でも持ってたのかって？　いや、頭がおかしくなったと思われるな』とひとりで煩悶する。

――またしたい。唯愛とキスがしたい。できることならあんな短時間じゃなく、もうすこし長く。そうしたらこの心臓の違和感もわかってくるんじゃないか。

……懐かしいよ。故郷にいたら一生知り得なかった感情を抱いて生きた。俺も恋ができた。

地球にいってよかった。地球に唯愛がいてくれてよかった。俺は宇宙一ばかで幸せな異星人だ。

おまえはもう孤月から聞いているだろうな。狡いとわかっていたが、唯愛に伝えておいてくれと、手紙で孤月に頼んでおいた。待つだけ無駄だという真実を。

知っていたら唯愛はあのときどうしただろう。いかせない、と腹を立てて殴りかかってくる姿も見えるし、ついていく、とむせび泣く顔も見えるし、一緒に殺してくれ、と勇ましく言い放つ、凛然とした表情も見える。どれかじゃなくて、全部実行したかもな。うん……そうだ、そんな気がする。

おまえに俺の心が見えなくてよかった。おまえが地球人でよかったよ。

おいて逝けば激昂するのはわかっていたが、俺の罪におまえを巻きこんで死なせるわけにはいかない。死刑になるから一緒に死んでくれ、なんて地球人も言わないだろ？

ひとりで生きても意味はない、とそれでもやっぱりおまえは怒ってくれるのかもしれない。唯愛が求める正しい愛に、俺はまたそむいたのかもしれない。だけどわかってほしい。これも俺が地球で得た、俺なりの正しい愛情だ。

愛してる唯愛。自分の人生を、自分の幸福のために生きてくれ。

忘れろとは言わない。俺が地球にいて唯愛に恋したこと、恋人だったことを、一緒に憶えておいてほしい。抗おうと嘆こうと、心はやがて現在のすべてを過去に変えていく。俺が与えた裏切りと傷が癒えたころにまた、おまえが誰かを愛しても責めはしないから。

愛させてくれてありがとう。唯愛、ありがとう。

生命を尊ぶ星で育って、生まれて初めて自分の命より大事にしたいと想える相手に出会えた。子どもみたいだと人にからかわれる初々しく他愛ない恋でも、俺にとっては大恋愛だったよ。そして生涯でたった一度だけの、ふたつとない唯一の愛だった。

Ⅷ　宇宙に自慢できる恋

『今夜そっちにいくね、イチカさんはやく帰ってきて、できるだけはやく』

午後、孤月からスマホにメッセージが届いた。

『今日は金曜だから仕事が詰まってるんだよ、夕飯作りにきてくれるの？　それなら九時以降に食べるからチンできる料理が嬉しいな』

返信して、孤月の美味しすぎる手料理を思い出す。

夜には寒さが増すそうだからこのあいだ作ってもらった餃子スープがいいな。いや、野菜がたっぷり入ったお手製肉団子の小鍋もいい。市販のルーをつかわずに作ってくれるクリームシチューも悪くない。

『おせーよ！　いいから仕事なんかほっぽってとっとと帰ってこい！』

……なんだかやけに乱暴だな。

『わかったよ、頑張って急ぐね』

大学へ進学して二十歳になった孤月は、近ごろ子どもらしさが削げ落ちて昔以上に立派な大人へ成長した。家事全般もひとりでこなすし、流星さんの店でも責任のある役職についたうえ、大学でも成績優秀で教授に一目おかれる存在らしい。

三年前、ぼくが食事もせずただ息をしてかろうじて生きていたころから、うちにも頻繁にきては料理を作って生活を支えてくれた。流星さんとぼくは孤月に甘えて、すっかり頼りきっている。

顔をあげて、オフィスの窓の外へ目をむけると空が薄暗い。雪が降るかもしれない、と朝のニュースでいっていた。外出する営業部の社員たちも、はやめにでかけて直帰する、とホワイトボードに予定を書いて早々に消えていったから、オフィスは事務の女の子や社内仕事のぼくらのみでがらんとしている。

仕事をしよう、とスマホをおいて手帳をひらくと、内側にある写真シールが視界を掠めた。かさかさに褪せて、写真にうつる笑顔のぼくと学の髪や頬も汚れている。

雪は学との想い出を濃くさせる。

窓の外の鈍色の雲がぶ厚い。空を見あげる癖がついたのも三年前からだ。一瞬たりともこの想いを忘れはしなかった。だから彼との想い出に触れると心の手前に常に生きている記憶が、よりいっそう鮮明に、美しく存在感を増していく。

三年、生きたよ。学がいないのに生きた。

生きられたわけじゃない。地面を這いずるようにして、崖から地獄へ落下しないよう懸命にどうにか努力して一日ずつ生きてきた。だけど学の不在を、死を、認められたわけでもない。

異星人の存在は容易く信じたのに、生きものすべてに絶対必ず訪れる死を受け容れないって、考えてみればおかしな話だね。でもしかたがない。何億光年離れようと、命が消えていようと、ここに、ぼくと学のあいだに、心がたしかにあり続けている証拠だ。

結局、上司にも「今夜は雪が降るらしいからはやく帰れ」と追いだされて残業は中止になり、定時退社することになった。

外へでると粉雪が舞い始めていて、電車がとまらないうちに急いで帰らないと、と気持ちも焦った。傘をさして駅へむかい、電車に揺られて家へ急ぐ。

最寄り駅では毎日無意識に学を探した。一緒に夕飯の買い物へいこう、と誘ってくれる夜、彼がいつも立っていた改札の柱前のところ。でも今夜も誰もいない。

冷たい雪風が吹いてきて、コートの襟をあわせつつ駅をでた。

左隣を歩いていた学がいないだけで凍えそうなのに、雪のせいで余計に寒い。帰れば孤月がいてくれる。あったかい手料理を作って、待っていてくれる。胸のなかで呪文のように唱えて一歩ずつ踏みしめ、家へむかった。

ぼくはなんで生きているんだろう。こんな寂しい想いをしてまで生き長らえる理由など本当にあるんだろうか——そう嘆いて、孤月に泣き縋ったこともある。

いまぼくが生きているのは、学を理由にぼくまで自害したら、命を落として罪を償った学に、死してなおさらなる罪を背負わせることになる、と気がついたからだ。

学に後悔を抱かせたくない。綺麗なものが好きな学らしく、故郷の星でどうか痛みも罪悪感も哀しみもなく、安らかに眠っていてほしい。だから歩く。また一歩。もう一歩。学のために。学と自分のために。

——まだ冷えるから、暖かくして唯愛も健康でいろよ。

——学、明日の夕飯はまた鍋にしようよ、今度はつゆ、学が選んでいいからっ。

——ああ、楽しみだ。

生きる。学のために。

――唯愛といると、明日も明後日も、毎日が永遠に楽しみで幸せだ。

学と、自分のために。

「……は、」

灰色のシャーベット状になった雪を踏みしめて顔をあげると目の前に自宅マンションがあった。部屋の灯りがついている。孤月がいるな、と気持ちをひきしめてエレベーターに乗った。

「ただいま」

声をかけながら傘を傘立てにしまい、靴を脱いで部屋へあがる。マフラーをときつつすんと匂いを嗅ぐと、キッチンのほうからいい香りがただよってきた。……鍋？

「帰ったよ、雪のおかげで定時で帰らせてもらえたん、」

キッチンに立っている人影は孤月のものではなかった。孤月より長身の、ひろい背中、すらりとした手脚、艶やかな黒髪と、左側だけはねている癖……言葉も息も呑んで、思わず世界に目を瞠った。ゆっくりと、彼がふりむく。

「おかえり唯愛」

一言一句、丁寧にきちんとぼくの名前を発音して呼んでくれる声――学。学だ。

「学……」

声が口からこぼれでたのと、涙があふれだしたのと、どちらが先だったのかわからなかった。ブルーのエプロンを身につけて微笑んでキッチンにいる学の身体に、ぼくが飛びついたのが先か、学が強引に抱き寄せてくれたのが先かも、判断できなかった。

「……唯愛」

ぼくらはほとんど同時に駆け寄っておたがいの身体を掻き抱き、名前を叫びあって唇をむさぼりあった。

「学……がく、」

彼の背中は温かかった。三年前と同様に逞しく、胸板は厚く、唇は熱くやわらかく懐かしい味がした。

「学……帰れたの、本当に学本人……？」

唇と上半身を離して見つめたが、涙でぼやけてよく見えない。でも微笑んでくれているのはわかる。

「ああ、俺だよ」

声も学のものだ。

——唯愛が愛してくれるこの姿が、俺の真実だ。

地球人の、真実の姿をした学。

「嘘じゃないよね。学の姿になって潜入してきた調査員ってことないよね？」

「はは、孤月に警戒しろって忠告されたか？　不安なら孤月に心を確認させてもいいよ」

笑いつつ、学はぼくの右頬を噛んで下唇を吸って、背中と後頭部をしっかりと撫でてくれる。学もぼくがここにいることを、掌で感じて、確認している。

「嬉しいけど……どうして帰れたの？　逃げだしてきた？　また帰ってしまう？」

「平気だよ、ここもばれてるのにさすがに犯罪をくり返すような真似はしない。ちゃんと交渉してきたんだ。これからはずっと唯愛と一緒にいられる。もうなにも心配しなくていい」

「交渉？　話しあいに応じてくれたの……？」

うん、とうなずいて学がぼくの涙を左手で拭いながら目や鼻や唇を見つめる。優しく微笑んでくれる目もとが懐かしい、またこの目に見つめてもらえている。

「あっさり殺されるぐらいなら抗ってやろうと思った。それで三十数年地球の日本で生きて、言葉もわかる、国籍もある、男と恋愛もした、って全部を武器にしたんだ。うちの星は相変わらず日本嫌いなままだったよ。だからうまいこと重宝がられた。しかもあいつらは地球の同性愛にも興味津々でな、子どもが産めない恋愛に傾倒する愚かな思考を学びたいとさ」

愚かな思考……、と驚きながらも得心がいった。

「……そうか、学の星の人たちにとっては地球人以上に同性愛が謎なんだものね」

「そのとおり。いまじゃ地球人でも言わないような差別と偏見を、いっぱい浴びせられたよ。子孫繁栄に逆らうのは生きものの欠陥品だ、異常だ、って。でもだったらそれを知ろうとするのも新たな進化に繋がるんじゃないか、学びを放棄することこそ生命への冒涜(ぼうとく)だ、とかなんとか、俺も適当にもっともらしいこと言い返して必死になった。それでやっと帰ってこられた」

学がにっこり笑う。笑ってくれている口横のしわに、唇を寄せてキスをした。

「じゃあ学は、今度は日本のことを故郷に伝える仕事をするの……？」

「ああ。社会奉仕罰ですんで正式に調査員になった。実質エリートへ昇格だよ、すごいだろ。俺を地球に送ってくれた恩人もちゃんと救えた。いいことだらけさ」

湧きあがる喜びをキスにかえて、はしゃぎながらまた唇を食みあう。ぼくも安堵と幸せを持て余して熱い涙がとまらず、こたえるキスが下手になる。

「ただし、もうひとつ任務がある」

「え」

目を覗きながら、学は左手でやわらかくぼくの後頭部の髪を梳いた。

「孤月と出会ったことも手柄にされたんだ。あいつらはハーフの孤月も調べたがってる」

「調べるって……孤月を星に連れていくの？」

「いや、望まれたがそれは無理だと説明した。孤月は体質を変えられないからな。うちの星で生きることはできない。でも奴らはそれも興味深いんだよ。おまけに孤月も男が好きだろ？　体質や恋愛、その他諸々孤月には申しわけないが報告対象にさせてもらう」

……報告対象。

「孤月が聞いたら怒りそうだけど……ぼくからもお願いしたい」

「ン。今日の午後こっちに着いてすぐ、孤月に連絡しておいたよ。明日きてくれると思うから話をする」

「え。孤月、今夜うちにくるって連絡くれたよ？　だからぼくも家にいるのは孤月だと思って帰ってきて、それで、」

「なに。今夜は唯愛とゆっくりしたいから明日って頼んだんだけどな」

「孤月も三年間心配してくれてたから……そりゃ学に会いたいよ」

学の事情を知るのは孤月とぼくだけだった。学が流星さんにも嘘をついて帰っていったから、ぼくらはふたりだけで学の覚悟を受けとめ、ひっそり悼(いた)みを分けあいながら生活していたんだ。

その耐えがたい長い日々は、ぼくの心の記憶から学にもすべて見えているはずだ。

「それは、わからなくもないけど……約束しただろ。生きて帰ってきてひさびさに会えたんだ、今夜は唯愛を抱きたい」

真剣に訴えてくれるから、涙まじりに「ふふ」と笑ってしまった。

「ぼくも学とがんがんごりごりしたいよ。けど、」

有無を言わさず唇を塞がれて、そのまま腰も抱きあげられて学が歩きだした。

「学、」

キッチンをでてリビングのソファにおろされる。左手をとられて、そこにしていた『待宵のとばり』の指輪に学が唇をつけた。

「……帰ったんだよ。俺はいまここにいる。ただいま唯愛、寂しい想いをさせてすまなかった。もうどこにもいかない、黙って消えたりもしない。ずっと傍にいる、愛してる」

学がいる。ぼくの愛する異星人が大好きな笑顔で、目の前に生きている。

「うん……ぼくも愛してる。おかえりね、学。帰ってきてくれてありがとう。嬉しいよ」

涙はまた自然とこぼれていった。これまでながしたどんなに苦しく痛い涙とも違う、幸福によってあふれでる涙だった。言葉もなく心だけで会話をかわして、おたがいおなじ速度とタイミングで唇を寄せ重ねあう。学がいる。……学といる。

しかし抱きしめられて身体をソファに横たえられ、学の左手がぼくのコートのボタンについたとき、ピンポンとチャイムが鳴って、「ああああっ」と学がぼくの胸に突っ伏した。ぼくも「ぶはっ」と吹きだしてしまった。噂をすれば、だ。

「入るぞ学！　イチカさん！」

孤月の足音が近づいてくる。「駄目だっ」と学はこたえたが、無駄な抵抗だった。

「学、学っ……！」

駆けてきた孤月は瞳いっぱいに涙をためて、泣きはらした真っ赤な顔で学にしがみついた。

「あー……おまえはまったく、鼻水まで垂らして」

うああ、と声をあげて学の左肩に顔を押しつけ、孤月が号泣している。

「いいよ、どうでもいい……べつの星の奴らなんか俺は知らない、いくらでも報告してくれっ、学が死なないために役に立てるなら俺はなんだってするっ……！」

学の心を読んだのであろう孤月は、喉から嗚咽ごと叫んで訴えた。ぼくも孤月の想いに押されて、また瞼の縁に涙があふれるのを感じた。

大人の顔をして数年間ぼくを支えてくれていた孤月が、子どもの身体でどれほどの哀しみを抱え、気丈にふるまってくれていたのかを知った。

「……ありがとうな孤月。唯愛のことも守ってくれてありがとう」

観念したように苦笑した学も、孤月の肩を抱いて頭を撫でる。

孤月は学のすべてを覗いている。こぼれ続ける孤月の涙を目の当たりにしていると、学がどんな想いで地球を離れ、どれだけの苦労をして帰ってきたのかも、身に迫って感じられた。

「唯愛さんも……二度とこのばかを離さないでくれ」

震える声でそう言う孤月の手が、学のシャツとエプロンをぐしゃぐしゃにして摑んでいる。

「うん……わかってる、離さないよ」

ぼくも学の腰に両腕をまわして一緒にしっかりと抱きついた。

学と孤月と自分の腕が絡みあって、温かな体温がまざりあう。いくら心が読めて、記憶まで一瞬で把握できるとしても、いまぼくたちには会話も必要だ、とぬくもりのなかでそう感じた。

学が息をついて苦笑する。

「しかたないな……落ちついたらみんなで夕飯にしよう。それで三年分ゆっくり話そうか」

学の左右の手が、孤月とぼくを撫でている。

「うん……学と話したいことがぼくらはたくさんあるよ」

生きて、ここに帰ってきてくれたぼくの最愛の異星人——あなたとかわしたい尽きない話が山ほどある。

「俺もだよ」

三年間毎日、心のなかで見つめ続けた愛おしい笑顔をひろげて、学がぼくの額に額をつける。まだ唸りながら慟哭(どうこく)している孤月と三人で頭と身体を寄せあって、涙をよけて微笑みあった。息づかいが聞こえる。学の心臓の音も。

ぼくたちはいまここにいる。他愛なくもあたりまえではないこの事実こそがなによりの奇跡に違いないと、彼の鼓動に耳を澄ましてぼくは想った。

ソラの果て

織り姫と彦星は、自分たちが二度と会えなくなる未来を想像したことがあるだろうか。

あるいはどちらかの命が絶えてしまったあとの孤独と痛みに、嘆いたことはあるのだろうか。

「——待ってください。その……よろしければ、うちですこしゆっくりしていきませんか？

お茶を用意しますので」

ぼくの誘いに、彼は唇をひき結んで不快感をしめした。

「ええと……お菓子もあります。クッキーとか、チョコとか……」

さらに続けても、すっと目を眇めて軽蔑しているかのように睨まれる。

「地球の食べ物は、お口にあいません……かね」

へへ、と情けなく笑う自分の頬も、若干ひきつってしまっているのを感じた。

「ありがとうな唯愛。でも今日は帰りたいとさ」

「そ、そっか……」

学があいだに入ってフォローしてくれると、彼も不機嫌そうな表情のままではあったがようやく丁寧な一礼で反応をくれて、そして身を翻して去っていってしまった。

学が地球に戻ってきて二ヶ月。学の星の調査員は何度か家に訪れていたが、いつもこうして玄関先で突っ立って学と数分無言の対話をしたあと、あっさり帰ってしまう。

「なんでかな……もうちょっと仲よくしてくれてもいいのに、やっぱりぼくがいると嫌かな」

学とふたりで部屋へ戻りながら、はあとため息をこぼした。

「はは。たしかにあいつは地球に染まってないけど、もっとも嫌ってるのは俺だよ。だから俺の恋人の唯愛も受け容れないって感じかね」

「なんで学を。犯罪者から調査員になったせい？」

「ああ。それにほら、俺は子どものころから〝地球で恋愛したい〟っていう犯罪思考があっただろ。だから故郷の星の警察的な奴らに捕まっては裁かれて、社会奉仕罰を受けて、ってくり返してたわけだよ。唯愛に話してた調査員に関わる仕事っていうのも、社会奉仕罰でやってた。正しく就職して社員になったわけじゃない」

「うん……」

「その結果、更生するでもなく本当に地球にいって唯愛と恋愛した。で、今度こそ死刑かってところでまた釈放されて、おまけに調査員に昇格したんだ。嫌われて当然だよな」

「ン〜……理解できるけど、納得はしたくない」

「ははは」

笑う学と一緒にリビングの窓辺へ立つ。今日はふたりで調査員を待ちつつ、学お手製のサンキャッチャーを飾りつけていた。レジンでつくられたサンキャッチャーは空の球体とは大きさもかたちも違う。模様は青空や夕空なのだが、すべて直径二センチ以下の、周囲が細かくカッティングされた星形やしずく型のもので、テグスに間隔をあけて数個ずつ括られている。

学からサンキャッチャーを受けとり、窓の桟の部分へひっかけて飾りつけを再開した。

「もちろんさ、犯罪者がいきなり自分と同等の立場に飛びあがってきて腹立つっていう調査員の気持ちは理解できるよ。でもそもそもぼくは学の罪を罪だと思えないからな。〝恋したい〟のなにが悪いんだろう。だいたいあんなふうに好き嫌いって意思が明確なのに恋愛感情が発生しないほうがおかしいでしょう。ほんと奇妙な星だよ」

「そこはうちの星と地球人の違いだよなあ……。宗教とまでは言わないけど、星によっても〝絶対〟とされるさまざまな思想があるわけさ。そのなかで、俺は故郷より地球が生きやすい生物だったんだよ」

「うん……最初から思想や価値観がぴったりあう星で生まれられたらいいのにね」

「どうかな。地球で生まれて、唯愛は〝生きやすくて幸せ〟って満足してきたか？」

「恋愛に関してはノーコメント。だって結局ぼくは異星人しか愛した経験がないからね」

「ははは」

　また学からサンキャッチャーを受けとって、テグスの先の輪っか部分を桟にひっかけて飾る。小さなまるいレジンは色とりどりの雨のように連なり、いちばん下には大きな夕空色のしずく型レジンがぶらさがっている。ダイヤモンドのように細かくカットされているそれぞれのレジンが太陽の光を受け、きらきらと輝きを弾かせているのが綺麗だ。

　しずく型の快晴の青い空、透きとおった薄桃色の朝焼け、六角形の星空や、橙色の陽光が覗き始めた夜明け……それらが光を通してリビングの床には虹色のプリズムもひろがっている。

「サンキャッチャーは日照時間の短い北欧で、〝太陽の光を感じたい、楽しみたい〟っていう想いからつくられたそうだよ」

「そうなんだ……切実な想いで生まれたものなんだね」

学もぼくが飾りつけたサンキャッチャーを左手で包み、光に透かしてきらめかせる。

「ガラスでつくるのが一般的で、レジンだとガラスほど綺麗に太陽光を通さないんだけどな。この家に飾りたくてつくったんだ」

地球に戻ってきて、学が最初につくり始めたのがこのサンキャッチャーだった。

流星(りゅうせい)さんに『三年も取材旅行してきたんだ、しっかり働け』と叱られてオーダーの仕事を再開した傍らで、ずっとこつこつつくり続けていたのを、ぼくは毎日傍で見ていた。

完成した今日、ぼくらの家の、太陽の日ざしがもっとも強く入るリビングと寝室の窓辺に、朝からふたりで飾りつけている。学が再び見せてくれた、綺麗な空と光たち。

「ありがとう。学のおかげでぼくたちの家はどんどん綺麗に、素敵になっていくよ」

取材旅行なんて嘘だと、流星さんもとっくに気づいているだろう。孤月(こげつ)とぼくの暗澹とした三年間をいちばん近くで見続けていた人なのだから。しかしぼくらもなにも言わなければ、しれっと帰ってきた学も謝罪以外の理由説明をしないから、大人の心で傍観しつつたぶんとても怒っている。

一方孤月は、学の調査報告のため一週間に二度はうちへきて一緒に夕飯を食べていく。

学と孤月は近距離にいるだけで記憶も読みあえるわけだが、ぼくだけハブにするのは申しわけないと気づかってくれているのか、いつも食事中にわざわざ声で、日々の報告をしてくれる。それは学に読まれたぶんの補足的な意味あいもあるのかもしれないけれど、ぼくには流星さんを仲間はずれにしてしまっていることへの、間接的な懺悔にも感じられた。

　孤月の恋はさして進展しないまま、複雑な溝だけが深くなっていく。

『学のために、俺は流星に告白するべきかな』と孤月は結構真剣に思い悩んでもいて、学は『おまえは自分の心で自分のために恋愛をしろ。流星のためでもなく俺のために告白ってなんだぞりゃ』としょっちゅう叱っている。

　心を読めない地球人も、心を読める異星人も、相変わらず不自由だ。

「学、調査員の人は何度もああやってうちにきて、どうするのかな」

「どうって？」

「孤月や学のことを知って星へ帰って、みんなと情報共有して……そのあとどうしたいのかなと思って」

「地球侵略なんか考えてないぞ。うちの星の奴らは自分の星の人口を増やすことで頭がいっぱいだしな」

「ふふ、そういうのはぼくの管轄外だよ。ただ学と孤月にこれ以上なにかされたら嫌だからさ。孤月も言ってしまえば罪人の子どもなわけでしょう？　星の人たちはこのまま黙って生かしておいてくれるのかな……不安だよ」

　三年だ。三年も学が死んだ者として生きた。這いずりながらも懸命に前をむいて生きたが、無論絶望と哀しみに苛まれた地獄の日々だった。もう二度とあんな辛い想いはしたくないし、させたくもない。

「――唯愛」

　左側にいる学が右腕をぼくの背中にまわして顔を覗きこむように近づき、キスをくれた。

「俺はもう唯愛に嘘をついたり、真実を隠したりしない。いま唯愛に話してることは全部本当のことだし、秘密にしてる事柄もないって信じてくれ」

　学の瞳は鋭く実直で、そこに嘘偽りがないのは探ろうとせずともわかる。彼の左頬にも、サンキャッチャーの虹色の光の模様がついている。

「いまでもあのとき唯愛をおいていったことは後悔してない。裏切りだろうとなんだろうと、俺は唯愛に自分の幸せのために地球で生きていってほしかった。それも信念を持って貫いた、俺の愛しかただだった。でも自分の行動のすべてが正しかったとは思ってないよ」

　右掌で、学の虹色に照る頬を覆った。

「……おまえ俺が異星人だって知ったとき悲嘆に暮れて散々泣いただろ。〝この人をひとりでおいて逝くのが辛い〟〝火葬して手もとに灰は遺るのか〟とか、おたがいを慮って。そんな奴に〝死刑になります〟とはどうしても言えなかった。それで孤月に頼んであいつに言わせた。自分の口で伝えて、またおまえの泣き顔を見るのが嫌で逃げたんだよ。俺の新しい罪だ」

「学……」

「俺にとって三ヶ月でも唯愛には三年だ。自分がどんなに唯愛を苦しめたのかも、唯愛の記憶から理解してる。……これからは約束どおり唯愛を看取るまで傍にいる、離れない。そうしてこの罪を一生かけて償っていくよ」

　あふれそうになる涙と愛おしさを抑えようと目をきつく閉じたら、こめかみが痛くなった。学の右肩に額をあわせてすり寄る。学もこたえるようにして背中と腰を抱き返してくれる。

「……罪だなんて言わないでよ。もうわかってる。ぼくも学の心ならすこしは読めるから」

右のこめかみのあたりに学の苦笑いが小さくこぼれてきた。つられてぼくもちょっと笑って、学の身体にさらに額と身体をすり寄せ、学も強く抱き返してくれて、くっついてじゃれて笑って、日だまりのなかでしばらく甘えあった。

あの日学がくれた水色の小箱には、ぼくをうつした写真が入っていた。しかも高校時代から同棲中までの、十年を記録した写真たちだ。ワンゲル部で一緒に活動していたころ、たしかに学にカメラをむけられて写真を撮られていた。だけど気まぐれか嫌がらせのようなものだと考えていて、まさか長年大事に保存し続けてくれているなどと思ってもみなかった。

場所も時間帯も、訪れた季節も天気も、全部しっかりわかったし想い出せた。すぐに頭のなかでそのときの会話や、ぼく自身記憶に焼きつけた恋しい学の姿がリアルに動きだした。

自分の心に、学は生きている——そう想うと学が残してくれた愛情ごと愛おしくて嬉しくて苦しくて哀しくて会いたくて、夜明けまで泣いた。そのうえ流星さんと孤月にあてた手紙には、どちらにも『唯愛を守ってくれ』とあった。

だけど学は帰ってきてくれた。学の星の人たちも学を痛めつけず、受け容れて仕事を与え、地球に帰してくれた。そしてまたふたりの家で、美しいサンキャッチャーをつくってくれた。

「……ぼくはね、どんな能力があろうと恋愛の前では無意味で、おたがいが〝一緒にいたい〟って意志を持って繋ぎとめておかないと、簡単に駄目になることを思い知ったよ。ぼくもばかな地球人だった。離れないって言ってくれる学を、ぼくも二度と離さないよ」

学の唇にぼくもキスをして、ふたりでまた笑いあった。学のつくった美しい空のレジンから虹色の光がいくつも反射して、ぼくたちを包んでいる。

　このレジンたちの空模様とおなじ、朝と昼と夜をぼくも知っている。学が撮ってくれた写真のように、ふたりで見たそれぞれの景色が、空の色彩のむこうに浮かびあがってくる。

「そうだ、そういえば七夕がくるたびに、三年間ずっと短冊に書いてたポエムがあるんだよ」

「ほんとか？　唯愛ポエム、知りたいな」

　ふふ、ともったいぶって笑うと、学が急かすようにキスしてきてしゃべれなくなる。おかしくてぼくが笑うほど、学もだんだんキス攻撃が楽しくなってくるのか、余計にキスで邪魔をしてくる。笑いがとまらないながらも、ようやく「言うから」と制して「これがぼくの――、」と言いかけた瞬間、パンツのポケットに入れていたスマホが鳴りだした。「あ、夏希から電話だ」と耳にあてたら、目の前にいる学の表情ががらりと不機嫌に変わった。

『あ、白谷先輩？　いま星野先輩とふたりでランチしてたんですけど、先輩たちの顔見たいね～って話してたら恋しくなっちゃったんです。これからいっていいですか？』

「いやだ」と被り気味に即答したのは学だ。左手で学の頬をぎゅとつねってやった。

「もちろんいいよ、じゃあ夕飯を一緒に食べようか」

『え、いま〝嫌だ〟って言いませんでした？』

「ううん、空耳じゃない？　誰もそんなこと言ってないよ」

『そですか？　じゃあお言葉に甘えて、夕方ごろそっちにうかがいます～！』

　スマホのむこうで星野も『やった～』とはしゃいでくれているのが聞こえる。ふたりして、昼間から酒でも呑んでいたんだろうか。星野も夏希も彼氏は放っておいていいのか、っていうつっこみは……まあ、会ってからすればいいかな。

「じゃあとでね」と通話を切ると、学は観念したように「はああ」と大きなため息をついてぼくの肩にしなだれかかってきた。

「やっとオーダーの仕事も落ちついたから、この土日はいちゃつけると思ってたのに……」

「夕飯だけでしょ。星野と夏希も、なんならワンゲル部の瀬見先輩たちだってまだ学の〝三年間の謎の不在〟を気にしてくれてるんだよ、顔ぐらい見せてあげなきゃ」

「……わかってるよ。じゃあしかたない、流星と孤月も呼んでパーティにするか」

「お、いいね。楽しくなりそう」

長身で重たい学を抱えて背中を撫でながら、みんなと過ごす夕飯パーティを想像した。

流星さんと孤月、星野と夏希は、初対面だ。全員、人見知りするタイプじゃないし、むしろ人との出会いを楽しむたちだからいつもどおり仲よく賑やかな夜になるだろう。流星さんはモテそうだな、唯一歳下の孤月はお姉さんたちに可愛がられそう。

「たしかに。困惑する孤月も見てみたいな」

学がぼくの心を読んで苦笑する。ぼくも「守ってあげなきゃ」と失礼だけど笑ってしまう。

すぐさま孤月たちに誘いのメッセージを送ってオッケーの返事をもらうと、夏希たちにもメンバーが増える旨、伝えて『大歓迎です！』と了承を得た。

「よし、じゃ夕飯の買い物にいくか」

「はい」

どちらからともなく再びキスをして、笑いあってから玄関へむかった。窓辺を離れた刹那、サンキャッチャーたちが揺れて、部屋に虹色の星屑をきらきら散らしているのが見えた――。

■あとがき■

ショコラ文庫さまからの初文庫になります『ソラのひと』を、お手にとってくださいまして心からお礼申しあげます。

現代ファンタジーやＳＦもたびたび書かせていただいてきたのですが、日常系とは違って、その世界観や人種の助けを借りて、シンプルな事柄に深みを生めるのが素敵なところだな、と感じています。同性同士の恋愛を書いていきたいと志したときから、この恋の辛さや純粋さを必ず念頭においてむきあっておりますが、異星人の学と、地球人の唯愛をとおして描けたのは、それでも結局、恋をするうえでのシンプルな想いの数々だったように思います。

想うほど無能になること、どんな能力も無意味になってしまうこと、繋がりあい続けるにはおたがいの意志が必要であること。

彼らを美しく彩り、生かしてくださいましたのは苑生先生です。いつかご一緒できたら、と願っていましたが、やや細くて鋭い目、という下手をすると強面な学も、鷹揚でありながらも芯のある唯愛も、頭で描いていたとおりの麗しい容姿にしていただいてとても幸せでした。

カバーや口絵の景色も、挿絵も、彼らの瞳にうつる美しい光に満ちていて恐縮しきりです。担当さんとも初めてお仕事をさせていただきましたが、恐ろしいほど幸せな環境でしたし、デザイナーさんや編集部の皆さまほか、お世話になった方々にも感謝の念に堪えません。

諸事情あって執筆期間も一年とすこしかかり、学と唯愛たちとは長いつきあいになりました。ふたりの温かな恋から、読者さまにも癒やしを贈れますよう祈っております。

朝丘　戻

初出
「ソラのひと」「ソラの果て」書き下ろし

この本を読んでのご意見、ご感想をお寄せ下さい。
作者への手紙もお待ちしております。

あて先
〒171-0014東京都豊島区池袋2-41-6
第一シャンボールビル 7階
(株)心交社　ショコラ編集部

ソラのひと

2021年4月20日　第1刷

著　者:朝丘 戻
発行者:林 高弘
発行所:株式会社　心交社
〒171-0014　東京都豊島区池袋2-41-6
第一シャンボールビル 7階
(編集)03-3980-6337 (営業)03-3959-6169
http://www.chocolat_novels.com/
印刷所:図書印刷 株式会社